生死之門

The Door Between

Ellery Queen 著

紀暉 譯

M&C推理傑作

艾勒里·昆恩 作品系列26

艾勒里·昆恩作品系列 26

生死之門

The Door Between

作　　者	Ellery Queen　艾勒里·昆恩
譯　　者	紀暉
封　　面	李東記
特約編輯	莊雪珠
出　　版	臉譜出版
發　　行	英屬蓋曼群島商家庭傳媒股份有限公司城邦分公司 台北市104民生東路二段 141 號 2 樓 讀者服務專線：0800-020-299 服務時間：週一至週五9：30～12：00；13：30～17：30 24小時傳真服務：(02)2517-0999 讀者服務信箱 E-mail：cs@cite.com.tw 郵政劃撥：19833503 英屬蓋曼群島商家庭傳媒股份有限公司城邦分公司 城邦網址：http://www.cite.com.tw
香港發行	城邦（香港）出版集團有限公司 香港北角英皇道310號雲華大廈4／F，504室 電話：25086231／傳真：25789337
新馬發行	城邦（新、馬）出版集團 Cite(M) Sdn. Bhd.(458372 U) 11, Jalan 30D/146, Desa Tasik, Sungai Besi, 57000 Kuala Lumpur, Malaysia 電話：603-9056 3833／傳真：603-9056 2833 email：citek1@cite.com.tw
初版一刷	2004 年 9 月 5 日 版權所有，翻印必究（Printed in Taiwan）
	ISBN　986-7896-92-0
	定價：290元

（本書如有缺頁、破損、倒裝，請寄回本社更換）

關於艾勒里・昆恩

推理史上的連體人：

正如他們的一部推理小說：《暹羅連體人的秘密》（*The Siamese Twin Mystery*），艾勒里・昆恩這個了不起的名字，其實是由兩個不同的人組合而成：其一名喚佛列德瑞克・丹奈（Frederic Danney），另一名為曼佛瑞・李（Manfred Lee）。

這是一對同樣一九〇五年出生於紐約布魯克林的表兄弟，相隔九個月和五個街口，性格卻截然不同。丹奈是沉穩、思考型的學者人物，李則是敏銳而活力四射的騷包傢伙，因此，兩人幾乎無事不可吵。丹奈說：「我們兩個誰都不服輸，總想壓倒對方。」李則說：「我們這樣吵吵鬧鬧已達三十九年之久，就連對推理小說的基本觀念也完全不同。」

怪的是，這對歡喜冤家卻是推理小說史上最成功且最長時間的合作搭檔，他們所創造一系列以推理作家兼業餘神探艾勒里・昆恩為主的數十部推理小說，寫作時間垂半世紀之久，全球行銷約兩億冊，並五次獲得美國推理小說最崇高的艾德格獎（Edgars，以推理小說鼻祖愛倫坡

Edgar Allen Poe 命名）。

安東尼・布契（Anthony Boucher）直截了當的指出：「艾勒里・昆恩，即是美國推理小說的同義詞。」

事情是這樣開始的：

這一切開始於一九二八年秋天，地點是曼哈頓一家義大利餐館，這一對年輕的表兄弟，得知*McClure's* 雜誌和Frederick A. Stokes 出版公司合辦獎金七五〇〇美元的推理小說獎，遂食指大動決定聯手一試。於是，他們以艾勒里・昆恩為筆名，並以艾勒里・昆恩為小說中的破案偵探，寫出了第一部長篇《羅馬帽子的秘密》（*The Roman Hat Mystery*）。頒獎之前，*McClure's* 的編輯先私下告訴他們可能獲得首獎，這對兄弟想到處女作竟能一舉成名，自然是樂不可支。

要命的是，錢未到手書未出版，且兩人已買了DunHill 名牌煙斗互贈慶祝勝利，並雄心萬丈打算辭職專事寫作之時，主辦的*McClure's* 雜誌忽然宣佈破產，而買下*McClure's* 的新老闆後來把大獎頒給別人，兩人當場由天堂墮入地獄，所幸原來負責出版的Stokes 公司仍願出版此書，惟酬勞縮水為一人二〇〇美元，在沒魚蝦也好的狀況下，這部開啟半世紀美國推理史的昆恩首部長篇，遂跌跌撞撞出版了，賣了八〇〇〇冊，差強人意。

古典推理的繼承者：

從此，這位既是作家本身又是書中神探的艾勒里・昆恩，便以一年一到二部長篇推理的速度，活躍於一連串謎樣的謀殺案中，迅速取代了古典大師范達因（S. S. Van Dine）及其筆下神探菲洛・凡斯（Philo Vance），成為美國推理小說的代表人物。

基本上，昆恩的小說，繼承了從愛倫坡、柯南道爾一脈相沿至二〇年代起能人輩出的古典正統路線。意即，以某個謎樣的犯罪事件（通常是詭譎的謀殺，甚至一連串的謀殺）為始，眾多的嫌疑及其線索鋪設成迷宮，而由擔任破案工作的「大偵探」（Great Detective），通過嚴謹的理性分析，撥開迷霧，理清真實和假象，找出凶手，完成了社會正義。

正如海克拉夫（Howard Haycraft）所言：「推理小說就是個結局——結局的破案。」古典正統推理小說，大體上是個頗為純粹的智性遊戲，而整個犯罪樂章的真正高峰，通常便在於書末的破案解說，昆恩的小說，除了聰明狡詐的佈局和柳暗花明的解說絲毫不讓前人之外，在他早期的秘密系列，甚至正面向讀者下戰書——在破案之前，有所謂的「給讀者的挑戰」（Challenge To The Reader），這是作者一份極具挑釁意味的啟示，告訴讀者，所有破案有關的線索至此俱已齊備，而這些眾聲喧嘩的線索事實上只可能容許一個破案的解答，只此一個，別無分號，你能嗎？

昆恩和雷恩：

昆恩小說中扮演福爾摩斯式大偵探的，通常是艾勒里·昆恩，其次是哲瑞·雷恩。書中，艾勒里的本行是推理小說家，扮演華生醫生式的探案搭檔則是他父親——瘦小的紐約警局探長老昆恩。老昆恩的正統警察身份，不僅讓艾勒里方便介入各個謀殺案的核心；老昆恩那種硬橋硬馬的實踐派作風，更清楚襯托出艾勒里佻撻頑皮，時而閃爍著聰明洞見的探案趣向，這也使得這組小說比線條稍嫌生硬的古典傳統推理，多了層可供「再次閱讀」的盎然風味。然而，作為創造者的丹奈和李卻毫不客氣修理他們筆下這個聰明愛現的了不起偵探，丹奈說：「這傢伙的性格真是討厭極了。」李則說：「他可能是前所未見最喬張作致的人。」

另一位神探雷恩出現得稍晚，他的首次探案發生於一九三二年的紐約市，是為《Y的悲劇》——發表時並非以艾勒里·昆恩的名義，改為巴納比·羅斯（Barnaby Ross），書出之後，這兩個愛搞鬼卻頗有生意腦袋的年輕推理作家，還自導自演一場昆恩和羅斯的戰爭，相互揭短，尖酸的攻擊對方小說的弱點，三年後才揭開謎底，把美國推理迷結實的玩弄了一番。

雷恩和昆恩很不一樣，他出場時年已六〇，耳聾而不耳順，是退休的著名莎劇演員，隱居在赫德遜河畔的古堡內，古堡叫哈姆雷特山莊，堡中的僕人以莎劇人物命名，擺設和佈置皆是維多利亞時期的，雷恩自己則除了一身古老的裝扮之外，辦案時動不動就援引一段莎劇對白，非常麻煩。

但雷恩由於太老了，在一九三三年辦完了《哲瑞·雷恩最後探案》之後，便溘然長逝，一共只出了四本書，往後仍是年輕的艾勒里·昆恩的天下。

已死和未死：

這一對精力旺盛的表兄弟，當然不以創作小說為足。三〇年代開始，他們先帶著推理故事進軍廣播，為期九年之久；跟著又推上了電視螢幕，由明星拉甫·貝勒米（Ralph Bellamy）扮演艾勒里·昆恩；一九四一年，他們還創辦了艾勒里·昆恩推理雜誌，盡力搜尋高水平的作品，以拔高推理小說在美國社會大眾心中的地位，一掃昔日粗糙廉價的印象。

到了一九七一年，他們仍奮力推出了《美好私密之地》（*A Fine and Private Place*），李也於是年逝世。

丹奈則多活了整整十一年，死於一九八二年。

至於艾勒里·昆恩，至今仍未死去。（撰文：唐諾）

生死之門

The Door Between

目次

人物表

卡倫·萊斯	女作家
伊絲特·萊斯	卡倫·萊斯之姊
絹惠	卡倫·萊斯的貼身老女傭
吉妮佛·歐馬拉	萊斯家的女僕
莫瑞爾	卡倫·萊斯的律師
布斯科	卡倫·萊斯的出版商
約翰·麥可盧	癌症權威，卡倫·萊斯的未婚夫
弗洛伊德·麥可盧	約翰·麥可盧之弟，伊絲特·萊斯的丈夫
伊娃·麥可盧	約翰·麥可盧醫生之女
理查·巴爾·斯科特	開業醫生，伊娃·麥可盧的未婚夫
維妮塔	麥可盧家的黑人女傭
特里·林格	私家偵探
格維弗伊	探員
山繆·鮑迪	紐約警局的助理法醫
亨利·山普森	紐約地檢處總檢察官
湯瑪斯·維利	紐約警局的刑事巡佐
瑞特、皮格、福林特、海斯壯	紐約警局的刑事警探
朱南	昆恩家的小男僕
理查·昆恩	紐約警局的探長
艾勒里·昆恩	推理小說家，昆恩探長之子

1

當卡倫·萊斯贏得美國重要的文學大獎時，竟然破天荒地答應出版商在公眾場合露面，這讓出版商喜出望外，也讓每個人都感到吃驚，因為卡倫·萊斯一向自負甚深。

更令人驚訝的是，萊斯小姐還應允，這場如夢似幻的盛會就在她位於華盛頓廣場那棟雅潔房子後面的日式花園中舉行。

當天許多重要人物都出席了這場盛會，他們在人群中間，就像鑲嵌在蛋糕上的葡萄乾一樣醒目。在場的每個人都非常高興，當然萊斯小姐的出版商更是笑得闔不攏嘴。他做夢也沒有想到，他最難搞的資產，會同意將自己當成展覽品，而且還是在她自己的花園中！

看來，獲獎對於這個嬌小、文靜又美麗如昔的女作家來說，似乎真的產生了一些影響。一九二七年，她悄然地離開日本以後，就一直隱居在華盛頓廣場後面的寓所中閉門不出，並從這個避難所中送出那些令人心眩神迷的美麗小說。少數曾經見過她的人發誓說，他們從來不曾看過她像今天這般興奮與親切。

然而，在場的多數人在今天以前都與萊斯小姐緣慳一面，因此這次聚會與其說是慶祝她得獎，不如說是她的首度公開亮相。女人向來被認為就像小鳥一樣容易受到驚嚇，因此此時的她也許正忍受著痛苦的折磨。事實上，她似乎有意引起眾人的注意。她穿著一身華麗的日本和服，光潔的黑髮鬆鬆地在腦後盤起了髮髻，一副弱不禁風的模樣。即使是在場那些眼光挑剔的上流紳士也無話可說。卡倫·萊斯透過這典雅的打扮，將她的優雅表露無遺，也使得那些存心挑釁的人顯得自討無趣，因為即使她穿上第五大道最昂貴的女裝，也不可能比現在這身日式裝扮更加得體大方。嵌在她頭髮上的象牙及翡翠髮簪就像鑲滿了瑰寶的王冠；的確可以這麼說，卡倫今晚就猶如王室貴族一樣。她壓抑著心中的興奮，冷靜地接待著她的客人，如同訓練有素的女王在加冕典禮上的表現一樣。

這位以《出雲》一書崛起的女作家，柔弱得就像羽毛一般，正如一位詩人般的紳士所說的：一陣微風就會把她吹得搖搖晃晃，而一陣大風就會把她颳走。她的臉頰蒼白而瘦削，仔細地抹了一些叫不出名字的化妝品。事實上，她看起來像是生病了，走動時常常會腳步不穩，顯示出她因神經衰弱而疲乏不已。

只有一雙灰色眼睛還充滿了活力。這雙擁有高加索人特色的眼睛，在紫羅蘭色的眼底中閃閃發亮，並帶著幾分防備，彷彿她那神秘的過往在幾經打擊之下，已讓一雙眼睛習慣了畏縮。在場的太太小姐們用罕見的寬宏大量，異口同聲的稱讚她漂亮得就像仙女下凡一樣，一點也看不出年紀；而且宛如東方瓷器，或者像她自己小說中所描寫的那種奇妙的陶瓷製品。

每個人都認為卡倫·萊斯就是這樣的一個人，但實際上並沒有任何人知道她究竟是怎樣一個人，因為她從來不外出，像一個修女般將自己封閉在她的寓所與花園中。她的寓所既不讓人進入，花園圍牆又高高築起，有關她的生平資料簡直貧乏地令人氣餒。她是一個名不見經傳的美國移民之女，父親直到死前都在日本的東京帝國大學教授比較文學；她的大半生都在日本度過。這些就是大家所知道的一切，也僅只於此。

在這充滿異國風情的花園中間有座小涼亭，卡倫正在那兒主持著聚會，準備著她稱為「茶道」的日本儀式。她以唱歌似的語調輕鬆地發出這種奇特的日本口音，兩相對照之下，會讓人誤以為她真正的母語不是英語。她如少女般細緻的雙手忙碌地攪動著綠茶粉，這些綠茶粉就放在一只粗糙、厚重且老舊的韓國式陶器中。一名穿著和服的東方老婦人靜靜地站在她的後面，就像一尊守護神。

「她的名字是絹惠，」有人問起老婦人時，卡倫回答並解釋道，「這個高尚慈祥的靈魂已經跟隨我——呃，有一個世紀了吧。」就在這一瞬間，卡倫漂亮、疲倦的臉上突然蒙上了一層令人費解的陰影。

「她看起來像是日本人，但其實她不是，」涼亭內的那群人中有人說道，「她好瘦小哦。」

卡倫向老婦人說了些什麼，他們把這些聲音都當成了日本話，只見那老婦人彎身鞠了個躬後，就啪噠啪噠地走開了。「她聽得懂英語，」卡倫帶有歉意地說，「雖然她從來沒有學著把英語說得流暢些……她的故鄉不在日本本土，而是來自東海上一座稱為大琉球的島嶼，那是個群島，就在臺灣與中國大陸之間。他們的身材比日本人還要矮小，但比例卻勻稱得多。」

「我也認為她不是道地的日本人。」

「關於這個民族，人種學家仍有些爭論。有人認為大琉球人源出愛奴族（譯註：Ainu，一名阿伊努族，日本北海道的原住民），他們體毛盛，鼻型比較好看，五官也比較突出，就如你們所看到的那樣。此外，他們還是這個世界上最與世無爭的一群。」

一個戴著夾鼻眼鏡、身材瘦高的年輕人說道：「與世無爭？萊斯小姐，妳可以就這點舉例說明嗎？」

「當然，」卡倫帶著她那罕見的微笑回答說，「我相信在大琉球上，三百年來沒有使用過足以取人性命的武器。」

「這樣的話，我就無話可說了，」高個子的年輕人似乎有些後悔自己的冒失，「那是個沒有謀殺的伊甸園！真令人難以置信。」

「我必須說，這完全不是典型的日本人。」卡倫的出版商插嘴說。

卡倫瞥了他一眼，然後開始把盛著茶葉的陶碗傳上一圈。這時一個專跑文學線的記者提出了一個問題。

「嘗嘗看……不，我不記得小泉八雲（譯註：Lafcadio Hearn，1185-1904，日本明治時期的作家，研究英國文學。原籍英國，生於希臘，後入籍日本。十三歲在一場遊戲中被誤傷左眼而失明，一生耿耿於懷，只以右臉示人）。他死時，我才剛滿七歲。但是我的父親與他卻相當熟稔——他們曾一起在東京帝國大學教書……好喝吧？」卡倫問。

第一個接到陶碗的是那個戴著夾鼻眼鏡的年輕人，他的名字叫昆恩，是個還默默無名的偵探小說作家。他只覺得這碗污濁的東西令人作嘔，但表面上仍裝得好像很好喝。他把陶碗傳給了下一位——一個像學生般謙恭、身軀龐大的中年男子，但他沒有喝茶，直接將陶碗轉手傳了下去。

「所有事物我都願和妳分享，」大塊頭男子充滿感情地對卡倫解釋道，「但細菌除外。」每個人都笑了起來，因為這是個公開的秘密。約翰·麥可盧醫生比世界上其他任何人都要瞭解卡倫·萊斯，而且他還想要更快地瞭解更多。他有張寬而短的臉，臉上銳利發亮的藍眼睛一直注視著卡倫的臉。

「呀哈，醫生，」一名曾經寫過關於新英格蘭小說——一部平板乏味的作品——的太太叫道，「你實在太沒情調了！」

麥可盧醫生反駁道：「細菌也沒有！」連卡倫都暗自發笑。

《世界》雜誌的那個男記者，就是剛才提起小泉八雲的那一位，最後說道：「不要怪我多嘴，萊斯小姐，妳大概有四十歲了吧？」

卡倫低頭攪拌另一只陶碗中的茶葉粉，沒有說話。

「值得注意的是，」昆恩先生低聲說道，「有人告訴我，人生四十歲才開始。」

卡倫羞怯而謹慎地盯著麥可盧醫生的胸膛。「這只是巧合。人生會在五十歲開始，也會在十五歲開始。」她輕輕地吸了口氣。「當幸福降臨時，人生才算開始。」

在場的女士妳看著我，我看著妳，暗自品味著卡倫話中的含意。現在的卡倫·萊斯不但在文壇上嶄露頭角，也擄獲了她想要的男人。女人中有人懷著相當的敵意問麥可盧醫生，他的想法如何。

「我對婦產科沒有研究。」他唐突地回答。

「約翰。」卡倫叫著他。

「好吧！」他揮動著粗壯的手臂說，「我對生命的開始不感興趣，我感興趣的是生命的結束。」沒有人有必要開口解釋他話中的意思，因為麥可盧醫生是死亡的天敵。

一時之間，大家都默不作聲。經常與死亡搏鬥的麥可盧醫生，強而有力的回答讓大家一時語塞。關於他的一些傳聞，每人或多或少都曾經聽過，譬如說連致命的髒東西碰上他也都沒轍；因此大家對他身上的那件長白袍和揮之不去的石炭酸氣味自然會感到有些不舒坦，那種感覺與人們對某些神秘宗教中高高在上的祭司的看法無異。於是，傳聞就產生了。

對於金錢和名望，他毫不在意。也許正如一些嫉妒他的同行苛刻的評論，他之所以不在意，是因為這兩者他都擁有得太多了。對於他來說，大部分的人就像是在顯微鏡下蠕動著的生物，只有在實驗室解剖時才派得上用場；而這些生物如果惹惱了他，他就會用他那毛茸茸、沾滿防腐劑的手爪不耐煩地拍打下去。

他是一個不修邊幅、漫不經心的人。沒有人能記得，他身上那件皺巴巴、已經開始脫毛的褐色舊外套何時離過身。他是個既強壯又疲憊的男人，儘管他不在意年齡，但他看起來就像已有一百歲了。

這是一個充滿矛盾的人，有時像個孩子，也許各方面他都是個孩子，除了他的工作之外。他是個憤世嫉俗、不擅於社交的人，即使大家對他議論紛紛，他也完全沒有意識到。

現在他用無助的眼神看著卡倫，就像小孩子在緊急狀況下求助於自己的母親一樣，他不明白為什麼每個人突然都不說話。

「約翰，伊娃呢？」卡倫趕忙問道，她的第六感察覺了他的困惑。

「伊娃？我記得我看到她在——」

「我在這兒。」一個高個子的年輕女孩站在涼亭的台階上回答。她沒有進來的意思。

「她在那兒。」麥可盧醫生高興地說，「妳玩得愉快嗎，寶貝？妳——」

「妳一直在那兒嗎，親愛的？」卡倫問道，「這些人妳都認識嗎？這是昆恩先生——是吧？——這是麥可盧小姐，還有這是——」

「我想我們都見過面了。」伊娃·麥可盧帶著得體的微笑回答。

「不是吧，我們還沒有見過面呢。」昆恩先生實話實說，敏捷地站了起來。

「爸爸，你的領帶又蹭到耳朵下面了，」麥可盧小姐說，她不搭理昆恩先生，而且還冷冷地掃視著其他的人。

「哎，」卡倫嘆氣道，「想讓他保持體面些，簡直不可能。」

「我很好。」麥可盧醫生咕噥道，又坐回角落去了。

「妳也寫作嗎，麥可盧小姐？」那位詩人急切地問道。

「我什麼事情都不做，」麥可盧小姐用悅耳的聲音回答。「噢，卡倫，對不起，我看到熟人了。」

她走開了，把那尚待磨練的詩人留在身後，消失在嘈雜的人群中。出席這場慶祝酒會的人正在享用著各種外國美食，這是日本僕人為這場聚會特別準備的。她穿越過人群時沒有和任何人說話，而且眉頭深鎖地一路往花園盡頭的小橋走去。

「你的女兒好可愛，醫生，」一位俄籍女作家氣喘吁吁地說，她的胸部被紮得緊緊的薄紗勒出一條一條的。「而且看起來好健康！」

「理應如此。」麥可盧醫生回答，他的領帶隨之顛動。「完美的標本，而且保養良好。」

「燦爛的雙眼，」詩人回到現實，「雖然對我有那麼點疏遠。」

「噢，伊娃只是到了女孩的叛逆期，」卡倫笑道。「茶，有誰要來一點嗎？」

「你該撥個時間成家了，醫生。」俄籍女作家喘著氣說道。

麥可盧醫生看看詩人又看看那位俄籍女士，他們兩個的牙齒都不好，他嫌惡地打量著。

「約翰總是忙得沒有自己的時間，」卡倫急忙說道，「他實在需要休息，再來點茶？」

「這是偉大的人都有的特質。」卡倫的出版商說，他對著在場的每一個人頷首微笑。「醫生，究竟為什麼你十二月沒有前往斯德哥爾摩？想想看，有哪個人會故意冷落世界醫學大獎的贊助人？」

「沒有時間，」醫生吼道。

「他沒有故意冷落，」卡倫說，「約翰從來不會冷落任何人。他就像個孩子。」

「這就是妳為什麼要嫁給他的原因吧，親愛的？」俄籍女作家問道，她比剛才喘得更厲害了。

卡倫笑笑。「再來點茶吧，昆恩先生？」

「好浪漫，」新英格蘭女作家尖聲說道，「兩位大獎獲得者，兩個天才，你們也許會說，結合他們兩人的遺傳基因誕生的新生命——」

「再來點茶吧？」卡倫平靜地說。

麥可盧醫生忍不住對這些女人怒目而視。

事實真相是，對於這個好醫生來說，人生是在五十三歲才開始的。他從來沒有想過他的年齡問題，同樣地他也不曾掛意過「青春」問題，但是「青春」卻向他撲過來，而且還帶來莫名的愉悅和興奮。

如果又能獲得醫學大獎，又能不喪失目前平靜的生活，那麼他是會欣然接受的。然而，得獎就意味著會伴隨著一些令人討厭的事物，像是媒體的訪問、醫學機構的邀請、榮譽學位的授予等等，一定會讓他不勝其擾。他淡漠地處理了整件事情。他甚至沒有去斯德哥爾摩，他早在去年秋天就已接獲前往領獎的通知。一個新的醫學研究吸引了他全部的注意力，加上癌症研究基金會發現他人仍在紐約，讓他根本走不開。

但是與卡倫·萊斯墜入愛河卻讓他震驚不已，而且感到心煩意亂。他為此困擾了好幾個月，孤獨地忍受著椎心的寂寞，捫心自問自己該與不該，甚至直到現在，他對這個問題仍然十分敏感。這是一個該死的、不符合科學原理的課題——一個他已經認識超過二十年的女人！他還能記起十七歲的卡倫，當時的她是個悶悶不樂的小女孩，在東京的住家中——東南方可以看得到像霜淇淋一樣高聳著的富士山——拿一些難以回答的莎士比亞的問題，去煩擾她那個很有耐性的父親。

那時麥可盧醫生還年輕，想要在日本找些與癌症有關的早期研究，但是一切都徒勞無功。當時，他對卡倫沒有什麼好感，但對她的姐姐伊絲特，那就不同了。那時，他常常思念著伊絲特，想她的滿頭金髮及那隻拖著腳走路的腿，她就像傳說中的女神一樣。但是卡倫——奇怪，在一九一八年至一九二七年期間，他眼裡一直沒有她！那時真是幼稚。自然而然的，因為先前的淵源，當她離開東方到紐約定居時，他就成了她的主治醫師。這些都是老掉牙的事了，而其中卻證實了某些事情，令人感傷的壞消息。當了卡倫的主治醫師後，因為職務上的關係而理應保持距離……

事實並非如此。當麥可盧醫生冷靜下來從日式花園中的人群穿梭而過時，他暗自嘲笑自己。他不得不接受自己的改變，現在死去的是個軀殼，他已經能夠自在享受重生的感覺。他甚至仰望著月亮，產生了一個瘋狂的、不符合科學的想法，他希望在這座栽滿了奇怪、氣味濃烈的日本花木的小庭院中，只有自己和卡倫單獨在一起。

2

小橋有個短而上翹的凸面，造型甚是可笑，而伊娃·麥可盧就站在凸出的橋面上，斜倚著欄杆，凝視著橋下的黑暗。

橋下的水並不多，除了月光照射到的地方之外，看起來一片寂黑。水是如此的淺，若是有什麼東西掉在橋下，所激起的漣漪，可能不要三秒鐘就能擴散到水塘邊。伊娃之所以知道這一點，這是因為她曾經在心中默數過。

這裡的一切都很小巧：橋邊的陰影中，那矮小多節的李樹已開滿了芳香的花朵；遠處賓客幽暗的身影傳來細碎的嘈雜聲，而那些多縐褶的日式燈籠，就像小型的手風琴一樣在空中穿成一串。置身在杜鵑花、鳶尾、紫藤、芍藥等所有卡倫喜愛的日本花卉中，伊娃感覺自己就像是玩具王國裡發育過度的女學生似的。

「我究竟怎麼了？」當她看到一圈圈漣漪擴大時，苦苦地思索著。

這是她不時會反問自己的問題。不久之前，她悄悄地長大了——一個成熟、健康卻無精打采的年輕女孩。她沒有特別的感受，不管是痛苦或愉悅都沒有；她只是長大了。

麥可盧醫生提供最好的一切讓伊娃在南塔斯凱特的樂園中快樂的成長，那裡有鹹鹹的海風，還夾雜著野花豐富的刺鼻氣味。醫生送她到最好的學校就讀——那些學校的情況，他都事先一一打聽過。她衣食無缺，還有專門照顧她的女傭。他讓沒有女主人的房子變成了她真正的家，還傾其所能地應用他確實可靠的知識來照顧著她的健康。

在那些讓她性格定型的日子裡，伊娃從來沒有經歷過讓她椎心刺骨的情緒波動。她知道她正處於一個轉型期——就算是一株植物，在生長過程中也必然會有一段茫然不知所從的過渡期。就像所有成長中的事物一樣，她感覺得到生命的軌跡在她的身體裡面流竄，並透過一些特別的事物來形塑並建構她；其中有些經驗是她前所未有的。這是一段有趣的時期，甚至是令人興奮的時期，而伊娃也全然地感覺到快樂。

但是曾幾何時，一部分的她卻迷失在黑暗中了，彷彿太陽被某些可怕的怪物張口吞噬，世界陷入邪惡及不自然的色彩中。

以往快樂、可愛、生活單純的她，現在卻整日憂心忡忡。食物不再美味；流行時尚變得呆滯無趣；她與裁縫師狠狠地吵了一架；原先與她無話不談的朋友，現在卻讓她無法忍受——而她也永遠地失去了其中的兩位朋友，因為她直率地說出了她們自己都明白的一些實話。

這一切是如此的神秘。她熱愛的戲劇與書、托斯卡尼尼交響樂團的魅力、雞尾酒會，以及那些在波士頓、紐約名店中精心搜得的商品、朋友聊天、舞會，這一切她曾經熱愛的嗜好和活動，都突然對她失去了吸引力，就好像有個鋪天蓋地的陰謀專門對付著她。她甚至還粗暴地對待布朗尼——這是中央公園馬廄中她最寵愛的一匹馬——以致布朗尼憤怒無禮地在馬道中間將她摔了下來。她身上摔傷的地方，現在還隱隱作痛。

這一切令人驚訝的症狀，全都在一個異乎尋常的春天在紐約一一發生了。麥可盧醫生自從搬離南塔斯凱特之後，偶爾才會在周末來一次——就算麥可盧醫生只具有一般人的觀察力，他也會為他的寶貝女兒做個簡單的診斷，以減輕這些症狀所帶來的痛苦。但是這些天以來，這個可憐的男人太專注於他自己的羅曼史，完全看不見近在眼前的事情。

「啊，我真希望我死了。」伊娃對著池塘中的小漩渦大聲叫道。就在那一刻，她真的有心尋死。

小橋吱嘎作響，從橋面晃動的樣子，伊娃知道有個男人正從她背後向這邊走過來。她突然感到渾身發燙，如果他聽見了，那就太愚蠢了——

「為什麼？」一個年輕人的聲音。這確實是年輕男人的聲音，更麻煩的是，這聲音相當可惡地帶著嘲弄意味。

「走開。」伊娃說。

「妳想讓我下半輩子都良心不安嗎？」

「別自討無趣，現在請你離開。」

「看看這裡，」男子說道，「在妳下面是水，而妳看起來又是如此絕望。妳該不會是想要自殺吧？」

「太好笑了！」伊娃砲火全開，「池塘中的水也不過兩呎深。」

他是個高大壯碩的年輕人，塊頭和麥可盧醫生不相上下，伊娃惱火地還注意到一點，他有張可恨的英俊臉龐。不只如此，他還穿著晚禮服，這讓事情看來更糟糕。就像麥可盧醫生用尖銳的眼神看著其他人一樣，他也用銳利的眼神盯著伊娃，讓伊娃覺得自己就像個孩子。

她決定不理會他，轉過身靠著欄杆。

「噢，別這樣，」高大的年輕人說道，「我們不能讓事情就這樣過去，我有一定的社會責任。如果不是淹死，那會是什麼——在月光下服用氰化物？」

說完，這個令人討厭的男人向她靠了過來。她能夠感覺到他就近在身旁，但仍固執地一直低頭看水。

「妳不是作家，」年輕人沉思後說道，「雖然這裡的作家多如過江之鯽。按我說，妳太年輕，而且也太不顧一切了。」

「是的，」伊娃冷冷地說，「我不是作家。我是伊娃·麥可盧，而我希望你能馬上離開這裡，越快越好。」

「伊娃·麥可盧！老約翰的女兒？是吧？」年輕人看來很高興。「我很高興妳不是那堆人中的一個——我真的很高興。」

「啊，你高興啦，」伊娃嘲諷地說，希望自己的聲音越陰沉越好。「真的嗎？」她的語氣越來越壞。

「討人嫌的作家，莫名其妙的藝術家，那一群都是。而且沒有一個稱得上漂亮。」

「卡倫·萊斯就很漂亮！」

「女人一過三十就與漂亮絕緣了。漂亮是年輕人的專利，在那之後就只能靠化妝了，他們稱之為『迷人』……我會說，妳可以給妳未來繼母的只有慰問卡片和一把鐵鍬。」

伊娃喘著粗氣。「我認為你最——最粗魯無禮！」

「在我眼中他們都是一絲不掛的，」年輕人不在乎地說，「其他人也一樣看我們。」

「你到底——是誰？」伊娃氣得有些結巴了。她想，她從來沒有見過如此可惡的人。

「嗯，」他一邊說，一邊盯著她的側臉。「月亮，水，漂亮女孩看著她在水中的倒影……儘管令人沮喪，我說還是有希望的。」

「我不知道我幹嘛要跟你說話，」伊娃強忍著怒氣。「我正在觀察金魚，我要弄清楚牠們什麼時候睡覺。」

「什麼！」那可惡的年輕人叫道，「那麼，情形比我想像的還要糟糕。」

「你真的太——」

「在月光下想弄清楚池塘中的金魚什麼時候睡覺，這個徵候比妳希望死掉還更糟糕。」

伊娃轉過身來，冷冷地凝視著他。「我可以問問你，你到底是誰嗎？」

「這樣好多了，」年輕人用滿意的語氣說，「我們必須要有積極正面的情緒，譬如在生病的情況下，生氣就是最好的信號。我的名字是斯科特，一個正常的男人。」

「要嘛你走開，」伊娃粗魯地說，「要嘛我走，斯科特先生！」

「妳沒有必要拒人於千里之外。我的全名是理查·巴爾·斯科特，而且是個『醫生』，當然，妳也可以叫我迪克。」

「噢，」伊娃小聲地說，「那個斯科特啊。」

她曾聽過理查·巴爾·斯科特醫生的大名。除非她離開這裡跑到巴塔哥尼亞去，否則她就不可能沒有聽過理查·巴爾·斯科特醫生的事情。好幾次，她的朋友們會難掩興奮地談起他來，而在許多女性的寓所中，也會談起前往理查·巴爾·斯科特醫生位於公園大道豪華診所的情形，甚至還蔚為一種風尚。坊間還傳聞，有些已經為人母的婦女們不顧本身的病痛，會突然精神抖擻地穿上晚禮服，為的是去參加斯科特醫生在麗池酒店舉辦的雞尾酒會。這些傳聞，傳到喜怒無常的伊娃耳裡時，已經鬧得沸沸揚揚的了。

「所以妳看吧，」斯科特醫生說，眼神若隱若現地看著她，「為什麼我會擔心，那純粹是職業反應。請坐下吧。」

「對不起，請再說一遍！」

「請妳坐下。」

「坐下？」伊娃咕噥道，摸不著頭緒。「為什麼？」

斯科特醫生斜睨著一隻眼睛。現在除了數不清的螢火蟲以及遠處傳來的細碎嘈雜聲之外，在日式花園的這一小地區只有他們兩人。他伸出冰涼的大手放到伊娃的手上，她心煩意亂地全身起了一陣雞皮疙瘩。這種情形相當罕見，她再次不給他好臉色看，馬上抽回自己的手。

「不要像個孩子，」他柔聲說道，「坐下，還有脫掉鞋子和襪子。」

「我什麼都不會做！」伊娃喘著氣說，對他這種唐突的要求讓她深感震驚。

「脫下來！」高大的年輕人突然低聲吼了起來。

等伊娃回過神來，才發現自己已經坐在池塘旁的石頭上了。她想，這一定是夢。

「現在，」斯科特醫生在她身旁蹲下，精神勃勃地說，「讓我們瞧瞧。啊！好可愛的腿，好可愛的腳，好可愛的腳弓……來，請把腳放入池水中。」

混亂的情緒與先前所受的煩悶痛苦，讓伊娃開始享受眼前這種情境了。它瘋狂、浪漫，就像脫序演出的小說內容。他確實是個不尋常的醫生，她私下勉強地承認了這一點，可見那些傳聞並非全是空穴來風。

「真可愛，」斯科特醫生若有所思地反複說道。

伊娃感到一陣嫉妒。他以前肯定做過這類荒唐的事情，肯定是的。這是他職業技術的一部分。一個上流社會的醫生！伊娃大力吸氣，因為清醒而震驚心痛。她聽過所有關於斯科特醫生的事情。精明的年輕男子都會用這種方式——臨床的方式。寄生蟲——麥可盧醫生就是這樣稱呼他們。英俊，當然——這是俘獲愚蠢女性的基本條件。他們對於善良的社會是個威脅，伊娃認為這一點沒什麼好爭論的。

她將會讓他好看。他自以為又抓到另一條肥魚了，是嗎？麥可盧醫生的女兒！毫無疑問，這是一個千載難逢的宣傳機會，他會把它裱放在辦公室裡炫耀，就像一張珍貴獸皮……伊娃想要奪回長統襪，卻發覺他抓住她的腳踝而吃了一驚，他將她的雙腳放入池塘裡。

「真可愛，」斯科特醫生心不在焉地又說了一遍。

冰涼的水包住了她赤裸的雙腳，侵入她發熱的皮膚往上擴展到她的雙腿。

「水很涼吧？」斯科特醫生問，仍然心不在焉。

伊娃背叛了她自己。從她嘴裡說出來的話是那麼溫順：「嗯——是的。」

斯科特醫生好像被某個想法嚇了一跳而清醒了過來。「那很好！現在，年輕女孩，妳要回答一些個人的問題。」

伊娃的態度立即強硬了起來，但下一刻又因為感覺到水是如此舒服而鬆懈了下來，而片刻之後又被自己的態度所激怒了。

他點了點頭，這完全像他期待的那樣。「發熱的雙腳，脾氣來得快去得急。在溫暖的天氣中不會有錯誤的治療。」

「這是你為病人檢查身體的例行作業嗎，斯科特醫生？」伊娃刻薄地問道。

「什麼？」

「我是說——在你的私人診所裡，是否也有個水池？」

「呃，」斯科特醫生有點茫然不解。

「我猜想，」伊娃嘆氣，扭動著足尖，「這靈感是從吃日式火鍋或其他什麼東西得來的。」

斯科特醫生奇怪地凝視著她。然後他再一次清醒了過來，說道：「妳知道，當年輕女孩有自殺的衝動時，我們必須假設許多原因。」他在她旁邊的水泥地上坐了下來。「妳多大年紀？」

「沒有表格可填嗎？」伊娃反問道。

「什麼？」

「二十。」伊娃順從地說了出來。

「消化情形如何？」

「非常好。」

「食慾呢？」

「直到最近，」伊娃臉色陰沉地說，「我都像母豬一樣能吃。」

斯科特醫生研究著她挺直的背部、渾圓的手臂，以及那張隨著月光輕輕搖晃、如雕塑般光潔的臉龐。「嗯——」他說道，「可喜可賀。」

伊娃在銀色月光的陰影中笑了。她的多數朋友永遠都在與食慾這個共同的敵人作戰，睜大雙眼看著她們自己的體重。

「妳體重多少？」斯科特醫生繼續問道。

「一百一十八磅，」伊娃回答，還不懷好意地加了一句，「脫光秤的。」

「是嗎，那運動量呢？」

「喜歡騎馬。」

「早晨起床時，有沒有昏眩的感覺——骨頭會隱隱作痛嗎？」

「都很好，不會。」

「有沒有記憶力衰退或注意力不集中的現象？」

「一點也沒有，」伊娃故作莊重地回答，但下一秒鐘她又為自己的態度懊惱不已。做個淑女！她到底是哪裡不對勁了？她緊閉著雙唇。

「妳的新陳代謝沒有問題。那麼睡得好嗎？」

伊娃叫了一聲，慌忙地從池塘中抽回腳來。一條金魚正囓咬著她扭動的足尖，就像吃餌一樣。伊娃鐵了心，又將雙腳放回水中。

「睡得像死人一樣。」她斷然回答。

「夢多嗎？」斯科特醫生問，假裝沒看到伊娃的動作。

「非常多，」伊娃說。「但是，不要問我夢見什麼，因為我不會告訴你。」

「妳從剛才就這樣了，」斯科特醫生不帶感情地說。「好了，問診結束。有患者自己的說明，在精神病學上經常大有幫助——暫時還看不出來妳體質方面有什麼問題。妳自己認為呢？」

伊娃從池塘中抽回她的雙腳，一邊按摩，一邊冷冷地觀察著這個年輕人。

「現在，請你不要再多事了。其實你誤解了，剛剛我是在排練一齣戲劇的台詞——準備下星期為社區的孩子們演出。」

「『真希望我死了』，」斯科特醫生有意重複這句話。「我認為對孩子來說，這有些病態。」

他們彼此的眼光交會在一起；沒多久，伊娃又將雙腳放回池水中，她感到渾身忽冷忽熱，不知所以然。

「有關金魚什麼時候睡覺的說法，也是胡扯，」高大的年輕人慢吞吞說道，「不要淨說些有的沒的。妳有沒有可以說說知心話的閨中密友？」

「一大群。」伊娃倔強地說。

「舉個例子？我想我也許會認識一兩個。」

「好吧，有卡倫。」伊娃說，同時試著在記憶中找出一些人名來。

「胡扯。她不是女人，她是一朵雲！而且她的年紀也比妳大上兩倍。」

「我不再喜歡其他的女人。」

「那男人怎麼樣？」

「我討厭男人！」

斯科特醫生吹了聲口哨後，就地躺在池塘邊的草地上，用雙手支撐著頭。「焦躁不安，呃？」他對著星光點點的天空評論道。

「有時候。」

「偶爾妳得管好妳的雙腳，就好像妳會隨時伸出腳踢人？」

「那麼——」

「妳社區裡的兒童，會突然讓妳神經緊張？」

「我並沒有那樣說——」

「夢中的事情使妳感到羞愧?是的，我知道這種情況。」

「我從來沒說過——」

「對著明星畫報發呆——萊斯里·霍華德、克拉克·蓋博（譯註：兩人都是電影〈亂世佳人〉的男主角）？」

「斯科特醫生！」

「並且當然了，」斯科特醫生朝著月亮點點頭，「這些天妳比往常花了更多時間照鏡子。」

伊娃又驚又恐，她開始哭了。「你怎麼會——」但是她隨即咬住了嘴唇，感到羞愧異常，就像被剝光了衣服一樣。她自問，怎麼有人會跟醫生結婚呢？同一個每天帶著聽診器偵伺妳的人生活在一起，那真是可怕的事情，什麼事都無法逃過他的眼睛。然而，他說的句句屬實，正因為如此，才會令人困窘的無地自容，所以伊娃恨他。她從來沒有想過，她會恨一個人恨得如此強烈。讓一個年老的醫生剝奪了妳神聖的秘密，那已經夠令人難受了，何況是一個年輕的……她聽說他的事情是在他剛過了三十歲時。那他對她又哪會存有任何尊敬呢……

「我怎麼會知道？」躺在草地上的斯科特醫生像做夢般發出囈語。她感覺他的眼光正在她裸露的肩膀上逡巡，她覺得肩胛骨隱隱作痛。「原因何在，因為那正是生物學。因為這樣，小嬰兒才會誕生。」

「你——你簡直——令人毛骨悚然！」伊娃叫道。

「妳也不遑多讓。春天——二十歲——她說她討厭男人……噢，我的祖奶奶！」

伊娃偷偷地窺視著水中的自己。有東西正在她的體內醞釀著——就在胸膈膜那兒又熱又砰砰跳動，就像煮沸的開水一樣。

「當然，妳也不曾談過戀愛。」斯科特醫生喃喃自語。

伊娃赤著腳跳了起來。「我要走了！」

「啊，觸動妳敏感的神經了。坐下。」伊娃依言坐下了。那種沸騰的感覺真是奇妙。他知道她的痛苦，也成了最讓她難以忍受的人。然而，那沸騰的區域正在擴大，到達了她的胸口，讓她開始覺得呼吸困難。「那麼，那就是妳所需要的，那就是妳想得到的。斯科特醫生為年輕女子開的處方，愛。祝妳順利。」

「再見。」伊娃說，她幾乎流下淚來。但是，她沒有馬上走開。

「妳麻煩大了，」斯科特醫生說。她知道他正看著她的腦後。「妳被妳的環境壓得透不過氣來。智慧、天才、名望——全都圍繞著妳，壓抑著妳。幫妳自己買套兩千美元的新衣服，然後找個丈夫，妳就不會再感到痛苦了。」

周圍籠罩在令人窒息的沉寂之中。這並不是醫生與患者之間無言相對的那種沉默，而是在日式花園的水邊，一個醫生在難得的月光下，開導年輕女子的一次心理檢查。

更奇特的是，伊娃突然覺得她不再是無助的患者了。彷彿她接收了他的自信心，讓她充滿了力量……這種感覺就像閃電乍現一樣。蟬聲漸漸消失了，世界似乎也轉向了。幾個月來她內心的絕望，已奇蹟般地消逝了，全部溶解在那沸騰的體內之中，而這種沸騰現在仍在她的全身攪動著。

另一個不尋常之處是，年輕醫生現在反而不發一語。她渴望能夠再聽到他的聲音，就在這同時，她猛然覺醒，她知道自己可以讓他再對她開口說話，而且使用一種截然不同的聲調。

伊娃從來沒有經歷過這種危險時刻。但是，她本能地知道時候已到，而且，這種危險會帶給她未曾體驗過的歡愉。

躺在草地上的他呼吸聲是如此清晰可聞，這不像是一個醫生應有的。她暗自感到高興，她的幸福即將獲得解放，她知道這種奇妙的力量，來自一個女人的深刻感受——等到一個恰當的時刻及一個恰當的男人。她從來沒有在任何人身上感受到這種力量。

她伸手握住了他的手。她清楚地知道，儘管他就躺在她身邊，他看著她挺直的背脊，一切都讓他難以捉摸。她知道只要她轉過身去，就會有些甜蜜的事情發生。現在，她要把握機會，有一股不可抗拒的力量一直催促著她要趕快行動。她慢慢地開始動了起來，背部仍然對著他，她將扔掉的長統襪重新穿回去。他沒有移動。然後她套上了鞋子。螢火蟲在他們中間和四周閃爍著，周遭的聲音彷如來自行星般遙遠。只剩池塘邊的呼吸聲了，這種靜寂，這種緊張，這種甜蜜的敵意。

伊娃優雅地站了起來，僅僅在這時，她才轉過身去看他。她要讓他知道她裹在薄紗中的苗條體態是多麼姣好。而現在，她俯視著他，他必須仰視她細長的身材、她的冷漠、歡愉以及她心靈深處的顫動。伊娃感覺自己就像是古代的伏龍女騎士，戰勝了龍的龐大身軀，她極力克制住想一腳踩在他胸膛上，咯咯大笑的衝動。

但是，她也覺得自己的言行似乎是過了頭。她以前從來沒有感受過這種力量及放肆感。

「好吧，你是醫生。」她看著正面的他說道。

他睜大眼睛向上凝視著她，好奇又有點氣憤。他仍默不作聲，她幾乎能夠感覺到他硬梆梆的胳臂，以及她自己微微的顫動。這庭院的氛圍、聲音、生命及黑暗，讓他們陷在清醒的邊緣。她甚至對他的憤怒樂在其中，同時也訝異到他的防禦性……她能夠看到他身體肌肉的收縮，隨時準備從草地上跳起來。

「伊娃！」傳來麥可盧醫生喊叫的聲音。

伊娃感到渾身冰冷。斯科特醫生趕緊爬了起來，開始拂去身上沾到的細草泥沙。

「啊，妳在這裡，」麥可盧醫生吼道，踩得小橋吱吱作響。接著他看到了年輕醫生，突然愣了一下。伊娃抓著手帕，站在他們之間。

寒冷消失了，而沸騰的幸福回來了。伊娃看到兩個男人互相打量，心裡忍不住想笑。麥可盧醫生用他那註冊商標的銳利眼神審視著眼前的年輕人，而年輕人也帶著某種程度的不客氣眼神回敬。

「爸爸，這是理查·巴爾·斯科特醫生。」伊娃神色自若地介紹。

「你好，」麥可盧醫生說。

斯科特醫生以日語含糊地打招呼：「您好，」並將雙手插入口袋內。伊娃知道他是真的生氣了，這使她非常高興。

「久仰大名，」麥可盧醫生咕噥地說。

「我也是，」斯科特醫生皺著眉頭回答。

他們帶著潛在的敵意互相打量著對方，而伊娃卻是興奮到快要暈倒了。

3

如果說卡倫．萊斯的人生在她四十歲時才開始，那麼麥可盧醫生的人生則開始於五十三歲，而伊娃．麥可盧的人生則在二十歲浪漫地展開，其關鍵點就是卡倫．萊斯在五月所辦的那場慶祝酒會。

伊娃似乎在一夕之間長大、成熟，成為一個完整且充滿自信的女人。以前困擾她的那些問題全都不見了，就像凋零的樹葉一樣，隨風飄落得無影無蹤了。

狩獵的樂趣讓她沉迷其中，不可自拔。她全心全意投入到這種古老的遊戲之中，就像她已經狩獵多年似的。在這場遊戲中，女獵人靜靜候著，等著無助的獵物主動上門。現在在紐約執業的醫師中，麥可盧醫生已不再孤單，心神不寧的還有年輕的斯科特醫生，他也日漸憔悴了。

他們終於在六月訂婚。

「還有一件事情，爸爸，」稍後，伊娃對麥可盧醫生說道。這是個悶熱的夜晚，他們人在卡倫的花園裡。「是關於我和理查的事。」

「什麼事？」麥可盧醫生問道。

伊娃低頭看著自己的手。「我不知道我是否應該告訴他，您知道，您和我——」

麥可盧醫生神情嚴肅地看著她，這些天他看起來比平時更疲憊，而且真的老了。接著他說：「伊娃，怎麼啦？」

伊娃苦惱著。「您不是我的親生父親。如果不告訴他，看起來似乎不太好，但是——」

麥可盧醫生靜靜地坐著。卡倫此時在他旁邊，低聲說道：「別傻了，伊娃。這麼做有什麼好處？」不知何故，今晚穿著繡花晚禮服、腦後梳著髮髻的卡倫看起來老多了，她的勸告似乎有理。

「我不知道，卡倫。但是——」

「伊娃，」麥可盧醫生柔聲說道，這種聲調除了這兩位女性之外，沒有人聽過。他拉過她的雙手。「妳知道，親愛的，就算妳是我的親生女兒，我也不能比現在愛妳更多了。」

「噢，爸爸，我不是這個意思——」

「忘了它，」卡倫有點嚴厲地說，「別告訴他，伊娃。」

伊娃無奈嘆氣。這件事發生在她的孩提時代，那時她還年幼無知。數年後，麥可盧醫生明白告訴她收養的事實。從此以後，有種無謂的煩惱就一直困擾著她，至今仍沒有完全消失。

「如果您真的這麼認為，那我就不說。」她含糊說道。對她來說，不坦然以告是個錯誤；但是，當她被要求保持沉默時也樂得接受，因為她害怕橫生枝節後，可能會威脅到她好不容易才找到的幸福，哪怕是微不足道的事情。

麥可盧醫生躺在長椅上，閉上了眼睛。「那樣比較好。」他說。

「你們已經定好結婚日期了嗎？」卡倫看了醫生一眼，很快地問道。

「還沒有，」伊娃回答，努力擺脫陰鬱的情緒。「我猜我一定像個白癡一樣——只會露出牙齒傻笑？——但是，我真心希望我們已經結婚了。我有種奇怪的感覺——彷彿……」

「妳真是個奇怪的孩子，」卡倫小聲說道，「說得好像永遠不會發生似的？」

「沒錯，」伊娃害怕地說，「我——我想我無法承受得了那種情況，畢竟……和迪克結婚，是這個世界上我唯一想做的事情。」

「他人在什麼地方？」麥可盧醫生冷冷問道。

「噢，在某間醫院裡。那兒情況很糟——」

「扁桃腺？」醫生說。

「爸爸！」

「嗯，好啦，寶貝，」他睜開眼睛說道，「不要介意。但是，我認為，妳應該對成為醫生妻子先做點心理準備。我想——」

「我不在乎，」伊娃倔強地說，「我有興趣的是迪克，不是他的工作。當我進入那種環境後，自然就會適應。」

「但願妳真的可以。」麥可盧醫生笑了笑，但是笑意一閃而逝，他又閉上了眼睛。

「有時我會想，」伊娃自顧自地繼續說，「如果我們永遠結不了婚——當然這只是我的想像——那我會嚇壞了。」

「我的天哪，伊娃，」卡倫喊道，「別像個愚蠢的女孩子那樣說話！既然妳那麼希望和他結婚，那就趕快和他結婚好了！」

伊娃低頭不語。然後她說：「對不起，卡倫，就當我亂說。」她站了起來。

「親愛的，坐下來。」麥可盧醫生平靜地說，「卡倫沒有別的意思。」

「對不起。」卡倫低聲說道，「我有——有些神經質，伊娃。」

伊娃坐下來。「我——這是我一廂情願的看法，理查認為我們應當再等一段時間。他是對的！匆忙結婚不見得是好事。再說，一個男人怎麼可能在一個晚上就改變他的整個人生，是不是？」

「是的，」麥可盧醫生說，「妳能這麼快就發現這一點，真是聰明。」

「迪克怎麼想的——我不清楚，他讓我覺得一切都很好。」伊娃幸福地笑了，「我們計畫去巴黎所有有趣的景點看看，還有一般人度蜜月時所有會做的瘋狂舉動，我們也不會放過。」

「妳對自己有把握嗎，伊娃？」卡倫問道，她將頭倚在麥可盧醫生的肩膀上。

伊娃心醉神迷地擺動著身子。「把握？我覺得一切都理所當然。這是最該受到祝福的事！我現在正念著他呢。他是如此高大、強壯、純真……」

卡倫在黑暗中笑了，轉過她小巧的頭部仰望著麥可盧醫生。醫生嘆了一聲，坐了起來，雙手蒙住了臉。卡倫的笑容凝住了，雙眼蒙上了一層陰影。一定有事情困擾著他們，有些別的什麼出現在那張看不出年紀的漂亮臉龐上，這種表情，伊娃以後會經常看到。

「現在，」伊娃精神奕奕地說，「談談你們吧……你們知道嗎，你們兩個人看起來好嚴肅哦。你們還好吧，卡倫？」

「噢，一如往常。但是我認為約翰需要好好休個假。也許妳能夠說服他。」

「您看起來真的累壞了，爸爸。」伊娃責備地說，「為什麼您不乾脆關了您那個地牢，然後去國外度個假呢？雖然我不是醫生，但是一次越洋旅行對您一定會有好處的。」

「我想也是，」醫生突然說道。他站了起來，開始在草地上踱步。

「妳應該和他一道去，卡倫。」伊娃斷然地說。

卡倫微微地笑了笑，搖了搖頭。「安土重遷，我離不開這個地方，親愛的。但是，約翰應該去。」

「您會去嗎？爸爸。」

麥可盧醫生停了下來。「聽著，我的寶貝女兒，妳將會和那個年輕人一起攜手開創幸福的人生，還有不要再擔心我了。妳覺得幸福嗎？」

「是的，」伊娃說。

麥可盧醫生彎身親吻著她，卡倫一旁看著他們，臉上仍舊帶著淡淡的微笑，彷彿這段期間她都在思考著其他的事情。

六月底，麥可盧醫生拗不過那些懇求他休假的人，終於放下了手上的工作，決定遠赴歐洲度假。這陣子，他體重掉了不少，以前合身的西裝可笑地垂掛在他的身上。

「理智些，醫生。」伊娃的未婚夫勸他。「您不能這樣繼續下去了。這種緊張的日子會毀掉您。您知道您不是鐵打的。」

「總有一天我會找出答案的。」麥可盧醫生帶著扭曲的微笑說，「好吧，迪克，你贏了。我休個假就是了。」

只有理查和伊娃去送他，卡倫因為不舒服，所以沒能去送行。不過，麥可盧醫生早在華盛頓廣場的花園裡偷偷地向她道別過了。

「好好照顧伊娃。」船要開時，醫生站在甲板上殷殷囑咐著理查。

「別掛念我們。您好好照顧自己，先生。」

「爸爸！您會吧？」

「當然，當然。」麥可盧醫生不耐煩地說，「老天，妳以為我八十歲了！再見了，伊娃。」

伊娃朝他張開手臂，醫生使盡老猴子般的力道緊緊抱著她。然後他向理查揮了揮手，他們匆忙地下船。

他站在甲板上倚著圍欄繼續向他們揮手，直至船駛進了河道中的航線。伊娃突然有種異樣的感覺。這是他們父女第一次分開這麼遠，而且不知何故，這趟遠行看來意義重大。

在計程車裡，她靠在理查的肩上哭了一會兒。

八月來了又走。伊娃每天都寫信給麥可盧醫生，但卻只零星收到了幾封回信。醫生不是個喜歡寫信的人，信的內容就像他自己一樣——細節精確、冷淡嚴格。發信地點有羅馬、維也納、柏林及巴黎。

「他一個人走訪世界各地的癌症病患，」伊娃忿忿不平地向理查抱怨，「有些人應該陪他一道去！」

「也許這就是他想要的。」斯科特醫生露齒而笑，「無論如何，這都是大轉變。他的身體沒有什麼毛病——我曾經仔細地從頭到尾幫他檢查了一遍。不要操心了。」

這些日子，伊娃也沒有閒著。雖然是悶熱的夏天，她卻過得像春天的女神一樣，不是甜蜜地採買嫁妝，就是和一些朋友喝個午茶，周末還和理查結伴一起前往海濱旅行。對於她能突然且徹底地征服理查，她的女性朋友們仍然有些困惑不解。她偶爾會去看看卡倫，並感到對她有些不好意思。

斯科特醫生臉色陰沉。「這個月的看診者變少了，我想我知道原因出在哪裡。」

「算了，夏天不是都會這樣嗎？」

「是——是，不過——」

可怕的懷疑從伊娃心中一閃而過。「理查．斯科特，不要告訴我這是因為你和我在一起的緣故！」

「坦白說，我正是這樣想。」

「你——你這個男妓！」伊娃吼道，「吸引所有那些——所有那些低級的生物！還有，只因為你和我訂婚，所以她們就不來了。我知道她們——惡婦，她們全部都是！而你和她們一樣壞。我實在感到遺憾，因為——」

她哭了出來。這是他們第一次爭吵，伊娃看得非常嚴重。至於斯科特醫生，他看起來就像剛踩到了爛泥巴。

「親愛的！對不起。我的意思不是——妳知道，我為妳瘋狂！即使妳會讓我一文不值，我仍愛妳如昔。假如這些該死的憂鬱患者不再來，願魔鬼與他們同在。」

「噢，迪克。」她在他的臂彎中哭訴著，「我會為你做牛做馬。我願意為你做任何事情。」

這次爭吵之後，伊娃又快樂得像隻小鳥，因為他吻了她，然後在轉角處的雜貨店買了她最喜愛的巧克力霜淇淋。

九月初，麥可盧醫生從斯德哥爾摩寫信來，說他準備回家了。伊娃帶著這封信，飛進了她未婚夫的辦公室。

「這樣呀，」理查仔細看著信上一絲不苟的筆跡。「他的信就像他的人一樣一板一眼的。」

「你認為這趟旅行真的對他有好處嗎？」伊娃焦急地問，好像斯科特醫生是千里眼一樣。

「肯定有的，親愛的。現在不必擔心。如果他有任何問題，我們會馬上為他安排的。現在他還在海上呢。」

「你想卡倫知道後會怎樣？」伊娃興奮地說。「我猜她應該已經知道了。爸爸肯定會寫信告訴她。」

「我也這樣認為，畢竟她是他未過門的妻子。」

「這提醒了我，理查·斯科特。」伊娃從他的桌子上拔下了一朵花。「我們就來談談未過門的妻子如何？」

「什麼？」他茫然問道。

「噢，迪克，別蠢了！」伊娃臉紅了，「你沒看到，我——」

「噢，」理查說道。

伊娃正視著他。「迪克，我們準備什麼時候結婚？」

「這個，親愛的——」他開始大笑，並伸手拉住她。

「別這樣，迪克。」伊娃平靜地說，「我是認真的。」

他們隔著桌子對看了很長一段時間。然後斯科特醫生嘆了口氣，歪坐在他的旋轉椅中。「好吧。」他煩躁地說，「我認輸了。我想——我也該走到這一步了，同妳一起吃早餐，查看妳的每一個衣櫃，在我所有的地盤內都有妳的存在。」

「迪克！」

「我從沒想到我會對一個女孩子說：『沒有妳我活不下去。』這就是妳想要的，好吧。伊娃，當老約翰一回到家，我們就立刻結婚！」

「噢，迪克，」伊娃低呼，她的喉嚨緊塞，她繞過桌子癱倒在他的膝蓋上，就好像剛打了一場戰一樣……

過了一會兒，伊娃吻了吻理查漂亮的鼻尖，拍了拍他的手，扭動著他的膝蓋。「到此為止！我現在馬上就去華盛頓廣場，告訴卡倫。」

「讓我喘口氣，好嗎？」他吼道，「妳可以改天再去。」

「不。我已經忽略她太久了——」

「妳對我也是。」他一面抱怨，一面按著辦公桌上的按鈕。他的護士進來了。「今天什麼患者都不看了，哈利瑞小姐。」護士出去時，他說：「現在到這裡來。」

「不要！」

「妳希望我像個傻子一樣，在辦公室追著妳到處跑嗎？」

「噢，迪克，親愛的，」伊娃拿出粉撲在鼻子上撲粉。「我必須去看卡倫。」

「妳為什麼對卡倫這麼好？」

「讓我去！我想告訴她，你這個傻瓜。」

「我想我只能小睡片刻了。」他悶悶不樂地說。「算了，我瞭解妳的個性！妳可知道，我一整夜都沒睡，一直握著瑪頓太太的手，讓她相信生小孩就像拔牙一樣輕鬆。」

「啊，你這個可憐的小東西。」伊娃低聲哼唱，再次吻了他。「她非常漂亮，不是嗎？好好睡個覺吧。」

「今晚我能見到妳嗎?畢竟我們應該慶祝慶祝——」

「那好吧。」伊娃說著，轉身走了出去。

當伊娃出現在公園大道時，陽光迎面灑在這位洋溢著幸福的女孩身上。她是如此的快樂，連門房都忍不住對她露齒而笑，計程車司機也趕緊丟掉手中的牙籤，幫她打開車門。

她給了他卡倫的地址後，就閉上了眼睛靠在後座。終於走到了這一步。結婚——就近在眼前了。這可不是一般的婚姻，而是和理查締結連理。到時免不了會蜚短流長，當然了——她可是費盡心思才綁住了他。就讓她們說去，那些嫉妒的人。她充滿喜悅地想到，她們越是嫉妒，她就越感到幸福。當然這種想法是有點可怕，但是，她希望這世界上所有的女人都嫉妒她。她感到襯衫下的胸膛一陣發脹，理查·巴爾·斯科特夫人，聽起來好美。確實好美。

計程車停在卡倫的家門前，伊娃付錢下了車，然後她彎著腰俯視著廣場。四點的陽光將公園照得光輝燦爛，份外美麗，幾何形狀的草坪、噴泉，還有保母推著嬰兒車走來走去。伊娃看著嬰兒車，感到渾身發熱。她最近一直都在想著小嬰兒的事，這已經踰越了禮教的界線了。她想到結婚之後，如果她和理查不能定居在威徹斯特或長島，那麼其他地方都比不上卡倫的房子。她認為這是紐約最好的住家了，裡面有舒適的臥室——窗簾——

她按了門鈴。

麥可盧父女的住家位於東六十號的公寓內，雖然小題大做的伊娃花了不少錢布置，但終究還是間公寓。麥可盧醫生拒絕搬到離癌症基金會稍遠的地方，而伊娃從來不在家，醫生理所當然地就常住在他的實驗室裡，所以這整間房子等同是個無益的浪費。伊娃私心希望卡倫和麥可盧醫生能夠快點結婚，她一想到她結婚後，醫生要在那個可怕的公寓中孤獨生活時，心中就產生了一些罪惡感。也許他們能夠——

一個陌生的女僕開了門。

伊娃嚇了一跳。她穿過前廳，邊走邊問：「萊斯小姐在家嗎？」——一個愚蠢的問題，但妳總是會莫名其妙地這樣問。

「是的，小姐。妳是誰？」這名年輕女僕個性陰沉，而且顯然沒有經過適當的調教。

「伊娃．麥可盧。噢，妳不必招呼我，我不是出版社派來的人。」伊娃接著說，「埃爾西人呢？」

「噢，想必是被解雇了。」女僕用高八度的聲音說道。

「妳是新來的？」

「是呀。」她有一雙空洞、愚蠢的眼睛。「到現在有三個禮拜了。」

「老天！」伊娃吃了一驚，「有那麼久了嗎？萊斯小姐在什麼地方？花園嗎？」

「不是呀。在樓上。」

「那我就直接上樓了。」伊娃輕輕地沿著寬闊的樓梯爬上去，新女僕在背後注視著她。卡倫．萊斯的房子就像西方人的住家設計一樣，樓下和地下室是僕人們的住處。樓上則是東方樣式大行其道：全部臥室都採用和式，塞滿了家具以及華而不實的東西，這些都是卡倫從她父親在東京的房子中帶回來的。真可憐，伊娃一邊想，一邊走了上去。只有極少數的人看過卡倫樓上的臥室，它們就像博物館的標本室那樣奇特，而且可笑。

當她走到樓上走廊轉彎處時，似乎看到了一個身穿和服的人進入卡倫的起居室，於是伊娃匆忙跟上。

沒錯，那是卡倫的老女僕絹惠，伊娃看得非常清楚，矮小的女僕正走過起居室，進入卡倫的臥室內，並且隨手關上了臥室的房門。在絹惠消失在門後之前，伊娃還看到了那年老的婦人手中拿著一張手工製作的日本信紙和信封，精緻的信紙上有淡淡的玫瑰色菊花圖案。

伊娃正要伸手敲卡倫的房門時，發現房門留了一條小縫，絹惠矮小的身軀退到了外邊，手中沒有拿東西，嘴裡正喃喃唸著什麼。

「噢，閉嘴！」伊娃聽到房間裡的卡倫正在鬧脾氣。

「對不起，小姐。」絹惠口齒不清地用日語說道，她關上臥室門，溫順地在門外候著。年老的女僕看到伊娃時，只是睜大著眼睛來表示她的驚訝。「嚕，伊娃，妳好久沒來看小姐了。」

「您好，絹惠，」伊娃招呼她，「是的，我是好久沒來了，真的很抱歉。您還好嗎，卡倫好嗎？」

「我好，」絹惠說道，她仍站在門旁。「小姐不好。」

「卡倫怎麼——」伊娃有點糊塗了。

「妳現在不能進去看小姐，」絹惠用低而有禮的聲音告訴她，「小姐正在構思。她很快就會結束。」

伊娃笑了。「我不會打攪到她的。偉大的小說家！我會等著。」

「我去告訴小姐妳來了。」絹惠轉身要開門。

「不用了。我沒事，真的沒事。我去看看書或做點別的。」

絹惠點點頭，兩隻小手合攏放在袖子裡，吧嗒吧嗒地走開了，然後隨手關上了起居室的門。現在就剩下伊娃自己了，她脫掉帽子及夾克，走到造型古怪的鏡子前整理儀容。她梳弄著頭髮，想著明天是否可以抽出時間去燙個頭髮，她的頭髮確實要好好整理了。然後她打開了手提包，拿出鏡盒。當她打開口紅時，她揣測著麥可盧醫生這趟會不會送給她像蘇西·豪特金斯那樣的口紅，這是豪特金斯先生從巴黎為女兒帶回的小玩意兒。她用纖細的手指在嘴唇上輕拍了三次，然後再細心地塗上口紅。出門時迪克吻她，所以唇上的口紅已經有些糊掉了，離開他的辦公室之前，他也沒能讓她再補補妝。伊娃心想，要記得補支她喜歡的桃紅色口紅。

她信步走到窗前看著下面的花園，傍晚的太陽已經西斜了。

窗戶外加裝了鐵窗。可憐的卡倫！當她買下華盛頓廣場這棟房子時，就把起居室和臥室所有的窗戶用鐵條釘死！這對一個成年女子來說相當荒謬，如果她覺得紐約是個可怕的地方，那麼又為何要離開日本呢？

伊娃在一個奇怪的小睡椅上躺了下來。整個房間是如此祥和，就如她想像中的可愛。小鳥在花園中吱吱唧唧地叫——卡倫的起居室和臥室位於這棟房子的後部，可以俯視整座花園——廣場上孩子們的喊叫聲，顯得非常遙遠……想著理查，他們即將結婚……伊娃希望理查——親愛的迪克——最好現在就躺在她的臂彎中。可憐的迪克！他看起來是那麼不開心——就像一個要不到糖果的孩子……

隔壁臥室靜悄悄的，一點聲音也沒有。伊娃從柚木桌子上挑出一本書，懶懶地開始翻閱了起來。

4

船上精密的計時器指向紐約時間五點三十分時，潘希亞號輪船正在大海中前進。東方地平線那頭已漸漸變暗，麥可盧醫生躺在帆布躺椅上，凝視著船後朦朧不清的地平線，在那裡，水天奇妙地連成一片。

接近晚餐時分，上層開放的甲板上幾乎不見人影。只有一個身材瘦高的年輕人，沿著甲板來回走動。他戴著綠色的亞麻帽子與一副夾鼻眼鏡，不時地停下來用手肘推著欄杆，專心地凝視著平靜的海面。

當他經過麥可盧醫生身旁時，臉色發亮。

「麥可盧醫生！」

醫生在躺椅中轉過頭來，一臉茫然地望著年輕人的臉。

「或許您已經不記得我了。」年輕人說道，「我是昆恩。五月時，曾在華盛頓廣場您未婚妻的花園裡與您有一面之緣。」

「噢，是的。」麥可盧醫生笑了笑說道，「你好嗎？旅途還愉快吧？」

「很好。」

「我卻不好過，自從過了南安普敦後就開始暈船。根本無心欣賞沿途風光。」昆恩先生在帽子下露齒而笑。「您知道，我跟您是同病相憐。我看起來是不是和您一樣糟糕，醫生——」

「真是不好受，」麥可盧醫生滿腹牢騷，「不全是暈船的緣故。我的家人硬把我送到歐洲，說實在的，我不覺得有任何好處。」

昆恩先生嘖嘖出聲，心有同感。「我則是在我父親連拐帶騙的情況下出發。我父親是紐約警察局的昆恩探長。如果我有任何好心情，老早就被這朝西的旅途全給帶走了。」

「啊！我想起來了，你是偵探小說作家。請坐，昆恩先生。我從來沒有拜讀過你的小說——這實在非常糟糕——但是我認識的朋友——」

「說不定曾來信抱怨過，」艾勒里·昆恩嘆了口氣，坐在隔壁的椅子上。

「我的意思是，」麥可盧醫生焦急地解釋，「我不喜歡偵探小說，不是不喜歡你的作品。科學的資訊總是遭歪曲，這不是惡意攻訐，你應該能理解。」

「我也這麼想。」昆恩先生沮喪地說。

醫生外貌的重大改變讓他感到震驚不已，原先寬胖的臉現在變得好憔悴，全身衣服可憐兮兮地鬆垮在他身上。

「先前我沒有留意到你。」醫生說，「之後我就幾乎在這張椅子上生根定居了。」

「我暈船暈得厲害，只能躲在我的客艙中呻吟，用力咀嚼乾澀的雞肉三明治度日。您在國外有一段時間了吧，醫生？」

「兩個月了。到處尋找資金，看看有什麼可以做的。然後就在斯德哥爾摩待了下來，拜訪一些獲獎的人。上回沒能來，這次必須親往道歉，以及其他諸如此類的事情。就拿到的那張支票數目來說，他們處理得還算得體。」

「我曾在報上看過，」艾勒里微笑說，「您把獎金全捐給您的基金會了。」

麥可盧醫生點頭。他們安靜地坐了一會兒，凝視著大海。最後艾勒里開口問道：「萊斯小姐和您同行嗎？」他連問了兩次。

「呃？對不起，我沒聽清楚，」醫生說道，「這個，沒有，卡倫在紐約。」

「我以為來趟海上之旅，對她會有些好處。」艾勒里誠懇地說，「五月見她時，她看起來相當疲憊。」

「她已經累壞了。」醫生說，「就是這樣。」

「連載小說的後遺症，」艾勒里嘆道。「你們搞科學的人，不知道那有多痛苦。《出雲》真是完美得無懈可擊！」

「我不瞭解，」醫生帶著疲倦的微笑小聲說，「我只是個病理學家。」

「她神奇地掌握了東方人的心理狀態，文采更是令人擊節讚嘆！」艾勒里搖了搖頭，「也難怪她會因此形消神摧。」

「她有些貧血。」

「而且壓力也大，呃？毫無疑問。」

「主要是神經緊張，」醫生說。

「那麼她為何沒有和您同行？」

「呃？」麥可盧醫生臉紅了，「呃，對不起。我——」

「我猜，」艾勒里笑著表示，「醫生，您情願獨自一人。」

「不是，不是的，坐下坐下。她是有點疲倦，那全是……沒有什麼秘密。卡倫膽子很小，已經瀕臨該死的恐懼症了，她常會無由來地害怕闖空門之類的事情。」

「我也注意到了她的門窗都上了閂。」艾勒里點點頭，「那樣的荒謬想法是會令人發瘋。我猜那是她在日本長期生活的結果，美國的環境，與她原來的生活基調截然不同。」

「無法適應環境而引發的心理失調。」

「我聽人說，她一步都沒有離開過她的房子，哪怕只是一個晚上——她不是待在屋裡，就是待在花園中。」

「沒錯。」

「這讓我想起了艾蜜莉・狄金生（譯註：Emily Dickinson，1830-86年，美國女詩人，一生與父親過著與世隔絕的生活）。事實上，每個人都不免會想萊斯小姐是不是曾經發生過什麼悲慘的事情。」

麥可盧醫生慎重地轉過臉去，凝視著艾勒里。「你為什麼會這樣說？」他問。

「為什麼——那麼是真有其事了？」

醫生平靜下來，點起了雪茄。「呃，是有一些事情，多年以前。」

「她的家族？」艾勒里猜測，他一向是個打破沙鍋問到底的人。

「她的姐姐，伊絲特。」醫生停了下來，許久才又開口。「我認識她們兩人是在一九一三年，剛好在大戰之前。」

「一定是個悲慘的故事吧？」艾勒里鼓勵他往下說。

醫生冷不防地將雪茄放入嘴裡。「如果你不介意，昆恩先生，我情願不要再提起了。」

「噢，對不起。」過了一會兒，艾勒里說：「醫生，您這次獲頒醫學獎的原因為何？我對醫學一竅不通。」

醫生興致來了。「這證明了我所說的，你們這夥人全都一樣。」

「但原因是什麼？」

「噢，我與某種酶周旋已久，那是與活細胞氧化作用有關——牽涉到呼吸時的發酵過程……這項研究原先是由柏林的瓦爾格教授（譯註：Otto Heitirich Warburg，德國生化學家，因發現呼吸酶的性質與作用於一九三一年獲獎）所主導，我改變了研究方向。」他聳聳肩，「雖然還未有定論，但是目前進展還算令人滿意。」

「與癌症研究有關？我想醫生們都已經同意癌症是由細菌所引起的。」

「老天，不會吧！」麥可盧醫生喊道，從躺椅中坐起。「你在什麼地方，從哪個魔鬼那兒聽到這種說法？細菌！」

艾勒里一時啞口無言。「呃——難道不是嗎？」

「噢，昆恩，聽著，」怒容滿面的醫生說，「我們早在二十年前就推翻了癌症是細菌性疾病的說法，當時我還是懵懂無知的年輕人。現在有很多人都在進行與激素相關的研究。我有預感，我們將會從其中找出答案——」

一名服務員在他面前停了下來。「麥可盧醫生嗎？您有紐約打來的電話，先生。」

麥可盧起身離開躺椅，他的臉色沉重。「對不起，」他低聲道，「可能是我女兒打來的。」

「介不介意我跟您一道走？」艾勒里說，也站了起來。「我必須去見一下事務長。」

他們在古怪的沉默中隨著服務員到了A區休息室，麥可盧醫快步走進電話間。艾勒里坐了下來，等著事務長去安撫一位貴婦人，她正為了某些事情發怒。艾勒里透過玻璃牆注視著醫生，一定有些事困擾著這個大塊頭——他想，麥可盧醫生糟糕的健康狀況絕對不光是「工作過度」而已……

就在這時，他從椅子上彈跳而起，然後靜靜地站著。

電話接通了，麥可盧醫生拿著話筒講話，有事發生了。艾勒里透過玻璃牆，看到這個大塊頭醫生全身僵硬，緊緊抓著電話，他如岩石般的臉孔像是要噴出血來。然後他雙肩下垂，一時間整個人好像垮了下來。

艾勒里的第一個想法是醫生心臟病發作。但是，他旋即明白麥可盧醫生臉上的表情並非出於肉體上的痛苦。他蒼白的雙唇因為打擊太大而扭曲，這通電話一定帶來了極突然、極恐怖的消息。

不久麥可盧醫生出現在電話間的門口，摸索著他的衣領，彷彿呼吸困難一般。

「昆恩，」他用一種全然陌生的聲音說，「昆恩，我們什麼時候抵達？」

「星期三，中午之前。」艾勒里走到他身旁，想使他穩定下來；麥可盧醫生那鐵一般的手臂晃動著。

「老天，」麥可盧醫生用沙啞的聲音說道，「還有一天半。」

「醫生！發生什麼事情？是您女兒——」

麥可盧醫生硬撐著身體走到艾勒里剛才坐過的皮椅子那兒，頹然地坐了下來，凝視著玻璃牆。他的黃色眼球上散佈著一些紅色斑點。艾勒里急忙地向服務員打了個手勢，低聲告訴他拿杯酒來，服務員跑著離開了。此時事務長快步走過休息室，後面跟著那名打扮華麗的婦人。

醫生突然前後左右地晃動起來，面孔因為痛苦而奇怪地扭曲著，那個可怕的消息似乎讓他想都不敢多想，而且無法從他的心中驅離。

「可怕，」他含糊說道，「太可怕了。我想不通，為什麼會發生？」

艾勒里搖晃著他。「看在老天份上，醫生，到底發生了什麼事？有人怎樣了嗎？」

「呃？」血絲斑斑的眼睛往上凝視著，但卻視而不見。

「到底是誰打來的？」

「噢，」麥可盧醫生說，「噢，噢，紐約警局。」

5

四點半時，伊娃從睡椅上坐了起來，伸展雙臂，打了個呵欠。她扔掉那本從桌上精心挑選出來的書，皺了皺鼻子，感覺腦袋鈍鈍的。或許這麼說不公平——她確實不能把書上的句子連貫在一起，她有那麼多的事情要想：婚禮、蜜月、房子、在哪兒生活，還有家具……

如果卡倫不能很快做完她的工作，她想，她會倒下去好好睡上一覺。在六點鐘之前，還有很多時間。到了六點，她要給正在回程途中的麥可盧醫生打通電話，雖然她現在已迫不及待了。她希望卡倫那時會現身，她們再一起打電話到潘希亞號去。或許她應該將結婚的消息保留不說，到了星期三早上潘希亞號抵達時，再給麥可盧醫生一個驚喜？

卡倫臥房中的電話響了。

伊娃頭靠在絲質枕頭上，面帶微笑，沒有留神去聽電話鈴聲，但是電話鈴聲停了又響。真是好笑，伊娃想，眼睛注視著關上的房門。電話就放在卡倫的寫字檯上，就在凸肚窗前面，從窗口可以俯瞰花園，這是卡倫工作的地方。電話鈴聲再次響了起來。

難道卡倫睡著了嗎？但是電話鈴聲這麼刺耳，肯定會吵醒她。還是她人在那間好笑、神秘、老舊、閒人勿進的閣樓裡?……電話鈴聲又響起。

也許卡倫故意不接電話,她的性情原本就古怪——神經繃得緊緊的,動不動就生氣——也許她惱怒電話鈴聲打擾了她,而賭氣不接電話。她有一條鐵的規則,那就是她在房間工作時,不允許任何人以任何理由來打擾。因此這通電話……當電話再次響起時,伊娃正輕鬆地躺在枕頭上。

但是不久之後,她卻很快地坐了起來。一定有什麼地方不對勁!絹惠曾經說過卡倫正在「構思」——她正在寫些什麼?絹惠帶了她的信紙和信封!她不是在寫她的新小說,應該是一封信。但是如果她正在寫信,為什麼不接電話呢?

電話最後一次響起,然後就無聲無息了。

伊娃匆忙離開躺椅,飛快地跑過起居室,她停在臥室門口。卡倫一定發生了什麼事情。她病了——絹惠曾這樣說過——當伊娃上一次來看她時,她看起來情況很糟——也許卡倫已經暈倒了,或者有什麼突發的事情。一定是這樣沒錯!

她硬闖卡倫的臥室,房門被她猛烈撞開後,碰到了牆壁又彈了回來,撞在她身上。伊娃瞪大眼睛,心怦怦直跳,面對未知的情況又擔心又害怕。

起初她以為房間裡沒有人。滑稽、低矮的日式床鋪上沒有人,窗口前的寫字檯也沒有人。事實上,她迎面就看到椅子整整齊齊地推進了寫字檯下面。椅子會擺在寫字檯後方,是為了讓卡倫工作時,能夠讓光線從肩膀上方的三扇窗戶中照射進來。

伊娃走到房間的另一邊，深感不解地環顧四周。所有的東西都在原地——美麗的日本屏風倚牆而立、空空盪盪的大鳥籠放在床邊、卡倫推崇備至的日本大畫家小栗宗丹創作的字畫掛軸以及一些精緻的小擺設——除了卡倫之外的所有東西都在原處。她在哪裡呢？半小時之前，她確確實實還在房裡啊；伊娃好像聽到了她的聲音。除非她是在那間從來沒有人進去過的閣樓中……

然後，伊娃發現了兩隻很小的日式拖鞋，前端朝下地懸垂在寫字檯後面的小平台上，這個小平台就在凸肚窗上。鞋子就套在一雙穿著白色襪子的腳上，然後伊娃又看到了和服的衣角。

伊娃覺得她的心整個緊縮。可憐的卡倫！她快要昏倒了。伊娃繞過桌子。卡倫臉朝下躺在平台上，身體沿著平台伸展，和服蓋住了她小巧的身軀……伊娃想大聲喊叫絹惠。

但是她卻又閉上嘴巴，茫然失神地眨著眼睛，她渾身癱軟，只有眼睛還眨個不停。

平台上有血。

真的是血。伊娃愣愣地盯著那片血跡，震驚得心中一片空白，只能看著那片血跡發呆！殷紅的血！

卡倫扭曲的臉側向著伊娃這一邊，血從雪白的咽喉汩汩流出，將優雅的平台及地板都染紅了。好多血，就像從那道可怖的裂口噴湧而出一樣，像紅色嘴唇一樣的傷口就在卡倫柔軟的咽喉前面……伊娃雙手掩住眼睛，像隻小動物一樣抽泣起來。

當她放下雙手時，麻木的大腦有部分已經開始虛弱地運作。卡倫是如此平靜，那張精疲力竭的臉龐是如此蒼白，眼瞼的紋路就像是大理石雕出的一樣——卡倫死了，卡倫死於脖子上的那道刺傷。卡倫是……這是謀殺。

這個想法在她腦袋中翻轉，就像電話鈴聲一樣一遍又一遍地在她腦中響起。唯一不同的是，電話鈴聲會停止，而這個想法卻停不下來。伊娃的手伸向寫字檯摸索著，她必須抓住什麼東西才行。

她的手觸摸到一件冰冷的物件，她本能地推開它。這是一片長長的金屬，一端尖細，另一端則彎成弓形。伊娃下意識地拿起了這片金屬。這是——這很古怪，她遲鈍地想著——這是半把剪刀。她甚至還能看出刀刃上的那個小洞，就在刀刃與把手之間，用來拴緊螺絲將兩葉刀刃連接在一起，現在螺絲掉落了。這是一把造型奇特的老式剪刀。

伊娃幾乎要脫口驚叫。這個刀刃，鋒利、邪惡的刀尖，這是凶器，是它殺了卡倫！有人用這半把剪刀殺了卡倫，擦拭乾淨後就扔在現場！她的雙手抽搐不止，剪刀從她手中滑落，沿著寫字檯的桌緣，掉落在椅子右邊、已經半滿的小廢紙簍中。伊娃茫然地用裙子裹住了手指，但是那種冰冷、邪惡的感覺仍然揮之不去。

她踉踉蹌蹌地繞過寫字檯，來到卡倫的屍體旁邊。卡倫，卡倫，她瘋狂地想著：這麼古怪、漂亮的人，在多年的自我封閉之後好不容易找到了快樂，而現在卻又可怕地死去。伊娃感到自己越來越虛弱，不得不把手按在平台上來撐住身體。就在這時，她的手指觸摸到了某種東西，溫溫熱熱的，就像果凍。她驚叫連連，但發出的聲音卻微弱地像是耳語，只在這寂靜的房間中低迴。

這是卡倫已經半凝結的血塊，而這血現在沾滿了她的手。

她不顧一切地往後退，心中一半是瘋狂，一半是噁心和恐懼。手帕，她必須要擦乾淨……她在裙子的腰帶裡摸索著，小心地不讓那黏乎乎的紅色東西沾到裙子或腰帶上。她拉出手帕，反覆不停地擦拭，就好像永遠都無法清洗乾淨一樣。她的手帕上沾滿了黏乎乎的紅色污跡，而她的雙眼仍凝視著卡倫已經呈紫藍色的臉孔。

然後她的心停止了跳動。有人在她的身後發出了乾澀的咯咯笑聲。

伊娃感到一陣暈眩，她幾乎要倒了下來。她將背倚靠在寫字檯上，沾滿血污的手帕緊緊貼放在胸口。

一個男人斜靠在房門旁，發出乾澀的低笑聲。但是他的眼裡一點笑意也沒。這是一雙冷酷異常的灰色眼睛，這雙眼睛並沒有看著她的臉，而是看著她的雙手。

接著，這個男人用低沈、緩慢的聲音說道：「原地站好，小美人。」

6

那個人倚著牆壁喘氣，然後躡手躡腳朝她走了過來。他走得如此小心翼翼，讓伊娃有一種歇斯底里的衝動想要大笑，當然她沒能笑出聲音來。她發現這個男人踮著腳尖走路的姿勢很嫻熟，就好像他已經習以為常一樣，這一點更令她震驚。

那個人一直沒有看她的臉，他全部的注意力都冷冷地集中在她的雙手上。沾滿鮮血的手帕，伊娃想起來了，她驚恐地將手帕扔在地板上，開始想挪動身體離開寫字檯。

「我說了要原地站好。」

她一動也不動地停了下來。那男人也止了步，他的眼神閃動，繼續盯著她看；然後他倒退著走到了門口，一面向四周查看，終於他發現了屍體。

「我——她是——」伊娃開口說，她的雙手胡亂地比著手勢。但是，她卻口乾舌燥，一句話也講不出來。

「閉嘴。」

他是個年輕人，有一張陰森森的褐色臉孔，就像秋天枯萎的葉子；而從他嘴裡吐出的話，就像冰水一樣冷，凍結在他幾乎沒有張開的嘴唇上。

「靠著桌子站好。手不要亂動，放在我能看到的地方。」房間開始旋轉。伊娃閉上眼睛，感到頭暈目眩。**手不要亂動……**她的雙腿僵硬，她的腦袋像一台忘了運轉的機器。**手不要亂動……**這是什麼意思。當她再一次凝神看的時候，他就站在她眼前，像鑽石般的灰色雙眼有一絲困惑。現在，他沒有看她的雙手——她的雙手就放在旁邊的桌子上——而是看著她的臉。他專心研究著她的臉，一小部分一小部分地記住——她的眉毛、她的眼睛、她的鼻子、她的嘴、她的下巴——一個接著一個地仔細檢查，就像會計師清點貨品一樣。伊娃竭盡全力想從這種混沌的狀態中恢復意識，但是一點進展都沒有。她想，也許這是場夢，然後希望這真的是一場夢。她幾乎相信這真是夢，於是再次閉上眼睛，任憑夢境發展下去。

當她再次睜開雙眼時，發現他已經不在眼前了。她沒有聽到他走動的聲音，所以這一定是夢沒錯。

她轉頭再看卡倫，發現那個男子就在那裡，在桌子後面，正曲膝跪在地上看著卡倫的屍體。他沒有碰觸卡倫，沒有碰到血跡，幾乎也沒有觸摸他跪著的地板。

伊娃可以清楚看見正專心看著屍體的那張堅毅、年輕的褐色臉孔。她從來沒有見到類似的長相，她知道的所有人——無論是麥可盧醫生，還是理查·斯科特——都不像這張臉。他臉上的皮膚光滑，幾乎沒有毛髮，就像面具一樣。如果這張臉不是那麼堅硬，不是那麼一無表情，伊娃會說這會是一張男孩子的臉。現在這張臉就像是一個在敵人的世界中，為了生存下去，因此而戴上的一具頑固的褐色盾牌。他的肩膀寬闊，褐色的雙手粗大而乾淨。他側著身跪著，伊娃可以透過衣服線條知道他的腹部同樣平坦結實，而理查的腹部——要柔軟一點。理查……噢，理查……他的穿著有點修飾過度，高大的身軀穿著一件深藍色的襯衫和白色的絲質領帶，外罩一件灰色的西裝，戴的帽子又有點隨便——那是一頂白色的來亨草帽，帽沿遮住了一隻灰色的眼睛。

這個男人退到牆邊，開始搜索。房內的每一件物品他都不放過。伊娃想，就像個獵人一樣。他仔細到處查看，卻沒有觸摸任何東西，同時又像在尋找著某樣東西。即使如此，他仍全程監視著伊娃，不論轉身、走動、停止，都帶著微妙的活力，這使她聯想到賽馬。

他到底是誰？伊娃想著。他是誰？這個想法冒出後，讓她充滿了恐懼。他是誰？她確信以前沒有見過他，他不可能是卡倫的朋友，她也沒聽說過有這樣的一個人。他也不像賽馬場常見的賭徒，與時代廣場上那些閒晃的陌生人也全然不同。他是誰？他如何進入這座房子？他之前是否一直待在臥室裡？當她闖進來時，伊娃確信房內除了卡倫之外，空無一人。那麼他的目的是什麼？他來幹什麼？他是個——歹徒？

伊娃倒抽了一口氣，當她想移動時，他卻已經站在她眼前了。他抓住了她的雙手，並用單手抓緊，以便空下一隻手來傷害她。他用另一手緊握住她的下巴，左右搖晃她的頭，她的牙齒嘎吱作響，雙眼淚水盈盈。

「快說，寶貝。」他說話就像機槍掃射似的，「妳叫什麼名字？」

她發現自己竟然以迷人的聲調回答時大吃一驚：「伊娃。伊娃．麥可盧。」她就像個乖順的孩子。

他緊緊握了一下她的雙手，她知道他已經記下了這個名字；但是，從他的眼睛看不出一丁點跡象。

「妳幾點出現在這兒？」

「四點。大約下午四點鐘。」

「誰能證明？」

「女傭人。」

她為什麼會如實回答這個陌生人的問題，連她自己都想不通，這時的她已無法思考，只能機械性地有問必答了。

「日本人？」

「絹惠曾給卡倫送來了一些信紙。我當時還聽到起居室裡有卡倫的聲音，但是沒有看見她。她不知道我人在這裡。絹惠出來後，告訴我卡倫正在臥房內寫稿子。我讓她走了，自己在這兒等著。」

「為了什麼事情？」

「我想大談特談的——一些事情——與卡倫有關的事情——」

「妳等了多久？」

「我等到四點三十分，當時這兒的電話響個不停，」伊娃一板一眼地回答，「最後終於停下來了。」不知何故，她確信他知道電話鈴聲響了多次，至於他是如何知道的或她是如何得知的，她說不出一個所以然來。「我感到害怕，於是就到這兒來了，還發現了——她。」

她的聲音嘎然而止。那個男人再一次端詳著她，臉上出現困惑不解的神色。那雙灰色的眼睛，為何能操縱著妳……

「這條手帕為何會沾滿血跡？」手帕在他們的腳邊，他踢了它一下。

「我——我走過去看卡倫，我的手上因此沾了一些血，所以我拿手帕擦乾淨。」

他慢慢放開了她的雙手和下巴，她可以感受得到血液從他手指造成的凹痕流了回來。

「好了，寶貝，」他慢慢地說道，「我想妳太笨了，所以不會說謊。」

伊娃膝蓋一軟，癱倒在地板上，她斜倚著桌子，像個傻瓜一樣地哭個不停。那年輕人岔開雙腿站著，向下俯視著她，仍是一臉困惑不解。然後他走開了，雖然她沒有聽到他的聲音，但是她知道他只是悄無聲息地在房內進行搜索。

理查……如果換成理查在這裡。在他的臂彎中，她會是安全的——從這個長著一雙可怕眼睛的人那裡再度找回安全感。噢，如果她只是他一個人的，只要結了婚，那就安全了，永遠的安全了。她的希望是那麼強烈，使她無法停止哭泣，她試了，但她做不到。理查……還有她的父親。她一想到麥可盧醫生，馬上鎖緊了心扉，關上了她的思維。她拒絕去想那位高大、疲儂、正在公海上的那個人。

窗戶上的玻璃在她身後爆裂了，有什麼東西從她的頭部飛掠而過，砰的一聲，掉落在她面前的地板上。

在她身後的那個陌生人，此時正要踏上小平台，險些被打中臉部。他舉起手臂護住眼睛，躲開飛濺而來的碎玻璃，他和伊娃同時都望向花園。至於她是何時從地板上起來的，伊娃一點印象也沒有。她所記得的只是玻璃碎片，接下來她就跟這個男人一起站在窗前了。滿地的血、一動也不動的嬌小身軀……她發現自己靠在那個男人結實的身上。

花園裡空無一人，那個砸破窗戶的人已經逃得無影無蹤了。

伊娃開始大笑，她笑得如此厲害，讓她覺得可能永遠都停不下來。她靠在年輕人的身上，搖晃著身子大笑，已經忘了他的存在。然後她走下平台，身體斜倚著桌子，仍然笑個不停，笑到眼淚直流。

「扔石頭，」她喘著氣說，「扔石頭——對著卡倫——對著卡倫……」

他啪地打了她一個耳光，讓她痛得長聲尖叫，縮成一團。

「我告訴過妳閉嘴，」他皺著眉頭說，但是聲調聽來卻非常奇怪，竟然充滿歉意。

他立即轉身走開，似乎覺得不好意思。不，伊娃胡思亂想，不是為了他打了她一巴掌，而是剛才那句充滿歉意的話。她注視著他，覺得自己好愚蠢又好空虛，如果能夠不省人事，對她將是一種解脫。

那男人簡單地查看了一下被砸爛的窗戶。碎裂的部位是正中心的窗戶，因為窗戶由底部往上架開，所以碎裂了兩塊玻璃。他若有所思地看著垂直架設的粗鐵條，這扇鐵窗的每根鐵條之間都間隔六英吋的距離。由於外面多了這扇鐵窗，所以其他的三扇窗戶才會安全無恙。然後他走過來看那塊石頭，同時低頭看著手上的錶。

那塊石頭橫躺在臥室的中間，很普通的一塊石頭。石頭下部主要為黑色，沾著些潮濕的泥土，有些泥土已散落在地板上，看起來好像是剛剛才從花園裡撿來的。這塊橢圓形的石頭，直徑約為五吋。他伸出腳將石頭翻面，另一面相當乾淨……。

「亂攪和，」過了一會兒他說，伊娃知道他有了結論。「是小孩惡作劇。」他聳了聳肩，決定不再理會這件事。「麥可盧小姐。」

「什麼事？」伊娃說。

他兩腿岔開坐在石頭旁邊望著她。「妳能肯定，當那個日本女僕給卡倫·萊斯送來信紙時，妳確實聽到了她的聲音？」

「是的。」

「那信紙——就是書桌上的那一團紙？」

伊娃瞧著。那是純手工製作、上面有淡淡的玫瑰色菊花圖案的紙張。但是，現在已皺成一團。一張空白的信封就放在附近。

「看起來應該沒錯。」伊娃了無生氣地回答。

接著，他向她移近一些，掏出了一條手帕，用手帕拿起那張揉皺的信紙，然後將它攤平。紙上寫了些字——伊娃不自覺地唸著，但是她的頭腦仍然無法正常運作，沒能馬上理解信上寫些什麼。「莫瑞爾」，她終於記起了——那是卡倫的律師。顯然這是寫給莫瑞爾的信——永遠無法寫完的一封信，信寫到一半就停筆了。

「那是她的筆跡？」

「是的。」

他把紙慎重地重新弄皺，然後仍放回桌上，就放在它原來的位置上。接下來他繞著書桌走了一圈，翻看了每一個抽屜。

「沒有別的信紙，」他喃喃自語，若有所思地站了一會兒，然後忽然開口說話。「聽著，女孩。當那日本女僕帶來信紙時，妳確定信紙是空白的？」

「是的。」

「她沒能把它寫完。在日本女僕離開之後，萊斯小姐確實寫了信，這證明在日本女僕離開之後，卡倫還是活得好好的。」他又看了一眼手錶。

「絹惠，」伊娃說，「絹惠不會做這種事情。」

「我沒說她有做，我說了嗎？」他生氣了。「妳一直在那間起居室裡，沒有離開過？」

「沒有。」

「當妳在裡面等待的時候，有沒有人進出？」

「沒有。」

「一個人都沒有？」他似乎嚇了一跳。當他端詳著她的臉時，剛才那個困惑的神色又回到了他的眼裡。她暗自猜想到底是為什麼。噢，不，她沒做。沒什麼好擔心的，真的，與卡倫──與卡倫的死。她想的都是迪克……

那男人跑到門口，側耳傾聽，然後無聲無息地用力拉開房門，他站在門檻上觀察著起居室。起居室一共有兩道門，一道通向走廊，一道就是他現在站著的地方。他沒有轉身，啞著聲音問：「現在告訴我，妳確定妳當時沒有睡著？」

「沒有，也沒有任何人進來或出去。」

他轉過身來，捏著自己的手。「那個日本女僕在這臥室裡待了多久？」

「不超過十秒鐘。」

「胡說！」他的臉因生氣而漲得通紅。「當妳坐在那個房間時，卡倫遭人刺死了。妳說，沒有任何人經過起居室。那麼告訴我，兇手到底是怎樣進來的？更何況，即使兇手是在日本女僕拿紙進來之前就躲在這裡，那麼，他又是如何逃跑的？告訴我，妳告訴我呀！」

「我不知道。」伊娃說。她頭疼欲裂，根本無法思考。再說，這些似乎並不重要。看得出來他越來越生氣。有什麼好生氣的？她不懂。「好吧。兇手沒有經由起居室逃出去。」他好像是在跟誰爭辯似的，「但是，他一定是逃出去了──因為他現在不在這裡。如何出去？經由這些窗戶？它們全部都安上鐵窗了。乾脆我們一起瘋吧。就說兇手壓根沒進來過，他一直在外面，從屋頂垂下一條繩子，或者直接從樓下朝窗戶丟了一把刀過來，刀子通過鐵窗刺在她身上，那麼刀子不是應該還黏在她的脖子上?沒有用……況且，這房間只有一道通向起居室的門。該死!」

「不是這樣。」伊娃遲鈍地說，「還有另外一道門。」

「在哪裡?」他急速地看了一遍房間。

「不要去碰它，不要，千萬不要。」

「門在什麼地方?」

「卡倫——卡倫從不許任何人碰它。沒有人——從來沒有人曾經走近它。無論是僕人或者其他什麼人。」

現在他就站在她旁邊俯視著她，他是如此氣極敗壞，她的額頭都能感覺得到他呼出的熱氣。「在什麼地方?」他吼了起來。

伊娃低聲啜泣著說：「就藏在日本屏風後面。」

他三步併作兩步地來到了屏風前面，輕輕將屏風移到旁邊。「這道門通向哪裡?快說!」

「屋頂閣樓。卡倫習慣在那裡寫作。從來沒有任何人上去過——連我父親也沒有。噢，請你不要……」

那是道與房間成直角、樣子普通的門。他的氣漸漸消了，這讓他更冷靜。他沒有碰那道門，只是看著。然後他轉過身來。「這門上有個門閂，現在門是閂上的，而且是從這一側鎖上的。」現在他氣全消了，只剩下謹慎與防備——就像他剛到這房間時一樣。他的雙肩聳起。「妳碰過這道門閂嗎？」

「我沒有走近它。幹嘛——為什麼——？」

他再次輕聲笑著，又是那種乾巴巴、毫無幽默感的笑聲。

「我——我不明白，」伊娃低聲說道。

「看起來情形對妳很不利，小美人。」他說。「妳看起來確實是不懂。」

突然從平台那裡傳來了若隱若現、如鬼魅一般的聲音。他們兩人都愣住了。伊娃的頭髮——她能感到每根頭髮都豎起來了——她的頭皮發麻。那是像水汩汩流動的聲音，微弱而渾濁，一種恐怖的聲音，那是人……還是活的。

「啊，我的天啊，」伊娃低聲呻吟，「她——她——」

他趕在她前面，走到了卡倫面前。當伊娃發現她能移動雙腿時，他已經跪在卡倫身邊了。卡倫的雙眼睜開，並且瞪視著伊娃，伊娃害怕地閉上了雙眼，躲開那急射而來的目光。但是，她隨即又睜開了眼睛，因為她仍然可以聽到汩汩聲，那個聲音來自咽喉處的裂口，而不是沒有血色的雙唇。

那男人焦急地問道：「萊斯小姐，是誰——」他沒能說完。閃動的眼神消失了，她再也動不了了，某種紅色的液體從卡倫扭曲的嘴裡流了出來——伊娃轉頭時，剛好看到了這個畫面，嚇得她差點喘不過氣來。

那個人站了起來。「她死透了。該死！她注意聽我們說話，彷彿……」然後他掏出了香菸，慢慢點燃，燒過的火柴則放入口袋中，沒有再看卡倫一眼。

當他開口說話時，煙從他堅毅的嘴巴流洩了出來。「妳還有什麼要為妳自己辯解的嗎？」

伊娃只能驚訝地看著他，她幾乎無法相信她所聽到的。

「不再為妳的不在場證據絞盡腦汁了，」他苦澀地說，「我今天到底著了什麼魔了？變得如此菩薩心腸了。」

「你是說——」伊娃嘶啞著聲音說，「你是說我——」

「美麗的小姐，妳身陷困境了。如果妳不是我見過最傻的人，那麼就是最聰明的。」他冷著雙眼瞅著她，仍然顯得困惑。

「你這是什麼意思？」她支支吾吾，「我沒有——」

「當妳到達這裡的時候，她還活著。在日本女僕離開和電話鈴響這段時間內，沒有任何人可以經過起居室進入或者離開臥室，就像妳自己所說的那樣。同樣的，也沒有任何人可以經由這些安裝鐵窗的窗戶逃出去，也沒有人可以打開另一道門跑到屋頂閣樓……因為它的門閂是從這裡面鎖上的。所以，完全沒有別的方法能夠進出這裡。這樣妳懂了嗎？」

她揉著眼睛，忍不住發抖。「我非常抱歉，」她用平靜的聲調說，「我猜我是有點——有點被卡倫的死嚇到……你不能認為——」

他將她拉了過來，迫使她正視著他那雙不安的灰色眼睛。「我的意思是，」他殘忍地說道，「根本沒有人逃出去，因為沒有任何人能夠逃出去。我想說的是：在這該死的整個世界中，只有妳才是唯一一個有可能殺死她的人。」

他的臉在她面前扭曲變形，褐色的橢圓形臉孔漸去漸遠，只剩理查了。理查求求你，求你快來，迪克，迪克……

「不但如此，」她聽到他的聲音繼續著，以同樣野蠻的方式，「不需要多久，紐約警局將會和妳牽扯不清。真是不巧，就在今天下午五點，就在這個房間，卡倫·萊斯和總局的探員約好了碰面，現在只差兩分就五點了。」

然後她聽到了自己的聲音，那聲音尖細、陌生而遙遠：「不！我沒有！噢，求求你，你必須相信我！我沒做！我真的沒做！」

然而，同時有另一個聲音一直縈繞在她的腦中，她的世界崩潰了，一無所有了——沒有迪克，沒有結婚，沒有幸福……連生命也沒有了。

7

伊娃的臉頰開始感到刺痛，彷彿挨了遙遠的一擊。同時，她也聽到那個男人遙遠的微弱聲音：「振作起來。看在老天的份上，別暈過去！振作起來。」

他的聲音變得更急更低沈，她睜開眼睛，發現她倒在地板上，那男人跪在她旁邊，粗魯急躁地拍打著她。

「不要打我，」伊娃虛弱地說，推開他的手，然後坐了起來，「我不是個孩子。」

他拖著她的腳，將她拉近自己的胸膛，緊抓住她的手肘，然後用力搖晃著她。「是不是妳殺了卡倫·萊斯？說，快說！……」又暈過去了！」

他恨恨地對她怒目而視。卡倫的臥室再次陷入一片黑暗。這種事以前也曾經發生過，很久以前。那時在南塔斯凱特，有一個男孩也像他一樣長著張聰慧的褐色臉孔，同樣有雙堅毅的灰色眼睛。有一次她從樹上摔落了下來，當場昏厥不醒，那男孩也用力拍打著她，直到她被痛醒。她尖叫著喊著他的名字，滿臉通紅，因為她知道她暈過去時，他是如何緊張地看護著她。

黑暗中，她的雙手發癢，她必須克制住去拍打那男人的背部。

「沒有，」伊娃從黑暗中甦醒，「我沒有做。」

他的眼神顯得狐疑不定，而且更加困惑，他是如此像那個懵懂的小男孩，伊娃沒來由地覺得對不起他。

「如果是妳做的，就老實告訴我。如果有需要我會守口如瓶，不會告訴任何人。快說！」

伊娃．麥可盧，她想——一個正忙著準備結婚的女孩子，她的朋友們嫉妒她，她卻陷在一個封閉的小世界……掉進了陷阱——一個巨大的陷阱。她無力掙脫。卡倫——卡倫已成了一具冷冰冰的屍體；麥可盧醫生在遙不可及的地方；迪克．斯科特是煮熟的鴨子飛了。只有她還逗留在這個封閉、骯髒的世界——一間有死屍、血污、陌生男子的可怕房間——這是真真實實的世界……只有她還在這裡逗留，而這個可恨的男人卻緊抓著她的手肘不放。不，或者是——她緊緊地抓著他不放。纏住他是好的，他那雙緊握著的手強壯而溫暖，她真的感受到了。

「我沒有殺卡倫，我告訴你。」她的態度軟化了。

「妳是唯一的可能。不要企圖愚弄我——我已經訓練有素了。沒有其他人可以做這件事。」

「假如你都如此確信了，幹嘛還要問我？」

他再次搖晃她，看著她的眼睛。

伊娃閉上了雙眼，但馬上又睜開。「你必須相信我。」她嘆了一口氣，「我跟你說的都是實話，你必須相信我。」

他緊皺著眉頭將她推開，她跌落在寫字檯邊。他的嘴唇緊閉成一條線。

「該死的傻瓜。」他喃喃自語。她知道他說的是自己。

他開始像動物一樣敏捷地行動著，在房間內四處搜索。她一旁看著，有些意亂神迷。

「你打算怎麼做？」伊娃輕聲問道。

他一面取出手帕，一面快步走向通往閣樓的那道暗門。他把亞麻布手帕纏在右手上，就像野獸衝向獵物一樣，準備好好對付門上的門閂。他用手帕包住手指，然後拉住門閂上的橫桿，用力往前推開。但是門卻一動也不動。他改變位置再拉，仍舊徒勞無功。

「卡住了。」他仍不放手。「撿起那塊染著血跡的手帕。」

「什麼？」伊娃茫然地問。

「地板上的手帕！燒掉它，趕快。」

「燒掉，」伊娃重複道，「為什麼？在哪裡燒？」

「起居室有壁爐。記得先關好門。快點！妳聽見了嗎！」

「但我沒有——」

「火柴在我的外套口袋裡。該死，快走！」

伊娃一躍而起。事情的發展已經徹底超出她所能理解的範圍。她的腦袋一片空白，但是她由衷地感激。

如同他與頑固的門閂搏鬥一樣，她也在他的外套口袋中努力地摸索著。當他用盡全身力氣拉動門閂時，她看到了他的雙唇因用力而緊閉著，脖子上的筋肉凸出且堅硬。然後她冰冷的指尖終於找到了火柴。

她往回走，彎腰揀起那條沾滿血污的手帕，她拎著手帕上繡著縮寫字母的一角，慢慢走進起居室。當她關上起居室通向大廳的房門時，還能聽到臥室中的那男人因為用力拉動門閂而傳來的喘氣聲。

她曲膝跪在壁爐前面。

爐火才剛滅不久，還有一些餘火未熄的灰燼。伊娃不由自主地想起從前那個冷涼的黃昏，當時卡倫一直喊冷。卡倫，還有她那稀薄的血。現在，她手上拿的是沾著卡倫鮮血的手帕。卡倫的鮮血。

有一小塊的細紗布掉到爐架內，伊娃的手指顫抖得好厲害，連擦了三根火柴才點著了火。手帕下方已經燒剩一半的舊紙先燒了起來，上升的火焰點燃了那塊手帕的邊緣。

這是卡倫的血，伊娃想。她正在為卡倫的血加熱……手帕嘶嘶地燃燒了起來。

伊娃跌跌撞撞地回到了臥室。她不想看那條帶血的手帕燒完，她真的不想。她需要忘掉那條手帕，那已經不再是掉落在卡倫房內的東西，而是纏繞在她脖子上，讓她感到窒息。

「我不要再待在這裡！」她衝進去尖聲叫著，對著他發作。「我要跑得遠遠的——躲起來！帶我走——去迪克那兒或回家，或者去任何地方！」

「不許叫。」他連頭都沒回，淺色的西裝外套交叉披在他的肩膀上。

「我從這裡溜走——」

「那妳就完了。」

「警察——」

「他們已經遲到了，正好給了我們時間。妳燒掉它了嗎？」褐色的臉孔因為流汗而發亮。

「但是如果他們沒有發現我在這裡？」

「那個日本女僕不是見到妳了嗎？該死——這——門閂——」他用包著手帕的手掌猛力擊打門閂的邊緣。

「噢，老天。」伊娃低聲呻吟，「我不知道我該做什麼。我又沒有——」

「如果妳再不安靜下來——看我會不會揍妳……啊！」

隨著他的叫聲，門閂突然應聲打開了。他用包著手帕的手用力推開了門，然後消失在幽暗的遠處。

伊娃拖著身體蹣跚地走向打開的門，斜倚著門框。裡面的空間非常狹窄，有一道往上的木造樓梯……通往閣樓的房間。那房間，房間裡到底有什麼？

她公寓的房間，床上鋪著可愛的燈芯蕊床單，黃色的小圓點襯著白色的綢綢；大書桌往上數的第三個抽屜，放著被她捲成了球形的長統襪，壁櫥裡放著她夏天的帽子。那只標籤已破損的老舊手提箱；她新買的黑色內衣，蘇西·豪特金斯曾經說過，那只有身材好的女人和女演員才能穿；當時她是多麼的生氣！她的床頭掛著一幅法國畫家布格羅（譯註：William bouguereau，十九世紀新古典主義的代表畫家）的庸俗作品——那讓她討厭透了，維妮塔也覺得反感，但是麥可盧醫生卻喜歡……

她聽到那個男人在她頭上撲倒的聲音，也聽到撥弄窗戶彈簧鎖的卡噠聲，還聽到拉開窗戶時那種尖細刺耳的聲音……她忘記把指甲油放好了，維妮塔這下又要用她那優秀的黑色靈魂來訓斥她。她曾經不小心把東西濺灑在編織地毯上，結果……

他從那狹窄的樓梯一躍而下，猛然將她推離那道開啟的門。他再一次查看臥室，胸膛輕輕起伏著。

「我不清楚，」伊娃說，「你在做什麼？」

「給妳找出一條生路。」他沒有看她，「告訴我該怎麼做——咳，小美人？」

她背靠著門框，忍不住發抖。事情為什麼會這樣——

「我告訴妳，」他殘酷地說，「我這是自找死路，也許我應該時時提醒自己管好自己的事。」他屏住氣小心地把那扇日本屏風靠牆放好，露出了那道暗門。「你在做什麼？」伊娃再一次問道。

「留給警察一些線索思考。門從這裡閂住了，所以我打開了它。他們會假設凶手是經由這道門進出，從花園爬到屋頂，再上到閣樓。」他輕聲笑著。「那上面有兩扇窗戶，都鎖上了——當然了，從裡面鎖上的。任何人都無法進去。但是我打開了其中一扇窗戶。」

「我還是不能理解，」伊娃低聲說道，「那不可能。我們騙不了人的。」

「他們會假設凶手從閣樓的窗戶爬進來，再往下走到這間臥室，行凶後再循著同一條路線逃走了。妳得重新撲點粉。」

「但是——」

「重新撲點粉！是不是要我幫妳，嗯？」

伊娃回到起居室拿她的手提包，它就放在那張可笑的長沙發上，她曾在這兒看書……這是多久以前的事？這裡還有淡淡的爐火氣味，爐火以及——

他再次環視臥室，他得確定一切無誤，他必須確定。

樓下——他們兩人都聽到了——門鈴響了。

伊娃不自覺地打開了手提包。但是，當手提包打開後，有人卻一把搶過手提包啪地闔上，扔在長沙發上。她發現自己從地板上被拉起來。

「沒有時間了。」那褐色臉孔的男人低聲說道，「這樣更好——妳看起來像是剛哭過。妳手上是什麼？」

「什麼？」

「妳摸過哪裡？怎麼搞的！」

「桌子。」伊娃低聲說，「窗戶下面的地板。啊！」

「老天在上！」

「我忘了！還有別的事。那隻鳥還有那些發光的石頭！」

她以為他會再次打她耳光，他的眼睛熾熱而狂怒。「鳥，石頭，下地獄去吧！拜託妳，閉上妳的嘴巴。學學我的樣子。如果妳覺得想哭，那就哭出來，或者乾脆暈死過去，隨妳高興，但就是不要多說話。」

他不明白。那隻鳥，那半把……「但是——」

「當妳不說不行的時候，就告訴他們妳最初對我說的那些。」他再次跑回臥室。「只是千萬不能提起任何有關那道暗門被閂上的事情，懂不懂？只有這個方法，妳才能擺脫嫌疑。」

他走開了。

他走開了，伊娃只意識到一件事，那就是她自己的心跳聲。警察！她能聽到聲音——新女傭的聲音、絹惠的聲音、男人低沉而洪亮的聲音……就在門廳盡頭的樓梯。那兩個女傭人似乎一路抗議反對，而那個男人則是不住地反唇嘲弄她們。

他不明白，伊娃想。她陷坐在長沙發上，張開雙手緊緊抓住椅子的邊緣。她在桌上發現的那半把剪刀，鑲有璨亮人工寶石的那把剪刀，形狀就像鳥，刀刃是鳥喙，中間連結處像鳥身，彎彎的把手像鳥腿……他一定以為她瘋了。但是，她曾經拿過那半把剪刀！

她從長沙發上跳起來，張嘴呼叫他。

起居室通向大廳的門那兒，突然傳來敲門聲。

伊娃跌坐到沙發上。她想要開口說：「進來。」但是她卻驚訝地發現，除了喘息聲之外，她發不出任何聲音。

臥室那兒傳來那男人急切的聲音：「快點，快點，請幫我接警察總局。你在什麼地方？」

他一直大聲重複說著「警察總局」。敲門的聲音停下來了，接著傳來轉動門把的聲音，房門嘩啦一聲打開了。

伊娃看到一個矮瘦的男人，頭上戴著一頂嶄新的毛料帽子，身上穿著一套老舊的藍色嗶嘰西裝，他機警地站在門口，右手插在褲子的後口袋中。

「誰找警察總局的人？」那人問道，眼睛環視著四周。新女傭和絹惠害怕地從他的肩膀往前窺視。

「我想——」伊娃開口，然後她記起剛才那年輕人告誡她的話，馬上又閉上了嘴巴。站在門口的那個人顯然一頭霧水。「妳就是萊斯小姐？」他禮貌地問道，仍然沒有移動身子，只是靜靜地觀察著周圍的情況。

「警察總局！」那男人在臥室裡大喊，「這線路怎麼搞的？喂！接線生！」他們都聽到了搖晃電話機的聲音。

矮個子的灰髮男人行動敏捷地走向臥室，但是那年輕人速度更快，他們兩人在臥室外面碰了頭，年輕人剛好走到房門口。

坐在沙發上的伊娃就像個旁觀者，只能一旁觀看緊張刺激的情節如何發展。她只能坐著，只能看著，渾身只感到心怦怦地在體內敲打著。只有這是真實的。這是個鬧劇……如假包換的鬧劇。

「行動真快，」那年輕人故意拖長語調說，「我還沒說出犯罪現場，你們就派出一列飛行中隊出來了。你好，格維弗伊。你太太好嗎？」

那個灰髮男子皺著眉。「這次又是你，唉？他媽的，難道這是旋轉木馬？」他轉身向著伊娃。「我說妳萊斯小姐——卡倫·萊斯？我奉命到這裡——」

站在門口的絹惠突然蹦出了一連串日語。那年輕人看了她一眼，她馬上停了下來。伊娃突然想到，這兩個女傭人似乎認識他。然後他抓住了格維弗伊的手臂，拉著他轉了過去。

「她不是卡倫·萊斯，你這個笨蛋。那是伊娃·麥可盧小姐。摘下你的帽子致敬吧。」

「聽著，特里，」格維弗伊哀求，「別鬧。究竟有什麼事？我奉命——」

「我說了拿掉你的帽子，」那年輕人邊笑邊說，伸手摘下格維弗伊頭上的新帽子，同時用指尖在他的肩膀上點了點。「你會在那兒找到萊斯小姐。」

格維弗伊氣沖沖地搶過帽子。「拿開你的手。到底有什麼事？我奉命來這裡，但卻突然出現個程咬金，就是你，特里·林格。」他那蒼白的面孔因懷疑而變得尖刻。「說！你剛剛說犯罪現場？」

那麼這就是他的名字了，伊娃心想——特里·林格。也許是特里斯。他看起來確實像個愛爾蘭人。他和這個人——格維弗伊刑警——一起時真的是很不一樣。幽默，是的，很有幽默感，他笑得皺起的灰色眼睛就像絲綢般閃閃發亮，他堅毅的嘴角往上彎起。只是他的眼神沒變，仍然戒慎恐懼。他看了她一眼，現在則注視著格維弗伊。

特里·林格故意做作地彎身行禮讓到一旁，領著那個探員一起進了臥室。

「我沒告訴你摘掉你的帽子嗎？」特里·林格說，「現在你總該摘掉了吧？」

他看著格維弗伊，依然面帶微笑，而他的左手卻向伊娃悄悄地比了個撫慰的手勢，看起來是那麼親切，使得坐在沙發上的伊娃感動地彎著身子，一時控制不住情緒哭了起來，還放縱地用雙手捧著臉。

特里·林格沒有回頭再看，他直接走進臥室，並關上了房門。啜泣的伊娃聽到裡面傳來格維弗伊的驚叫聲，以及卡倫桌上的電話被慌忙拿起的撞擊聲。

8

事情接踵而至。伊娃沒能真正看到他們或聽到他們的聲音，但她卻隔著房門注意著事態的發展。時間一分一秒過去，但伊娃卻毫無感覺地一直坐在沙發上，就像是懸浮在霧氣中一樣，一直無法靜下心來。

起居室突然湧進了很多人，就好像頓時之間變成毛毛蟲的巢穴一樣，在柔滑、白色、靜止的片刻，突然蹦出了許多蠕動著的幼蟲。

起居室有很多的男人，而且只有男人。首先是兩個穿著制服的員警，從裝有無線電的車子裡走下來，伊娃看到了他們的徽章。接著是兩個來自某轄區的便衣警探；然後是一個大塊頭的男人，體格比特里·林格更龐大，伊娃從來沒有見過有人的肩膀這麼壯碩。那個人是巡佐維利，他好像認識特里·林格，儘管他們尚未談過話。此外，還有一個矮個子、灰白頭髮的男人，他比探員格維弗伊更矮小，年紀也更大。他有一種自然的威嚴、聲音溫和，但卻有一雙銳利的眼睛，每個人都對他畢恭畢敬，他們似乎稱他為雷恩探長或昆恩探長——伊娃沒有聽得很清楚。起居室內還有一些帶著照相機的人，以及一些帶著小刷子和瓶子的男人。兩個房間都煙霧瀰漫，與周末夜晚的男人俱樂部無異。

最後進門的是一個名叫山繆·鮑迪的人，他嘴裡含著黑色的雪茄，手上提著一個醫生專用的黑色手提包，他進入臥室之後，就隨手關上了門。當他再次走出房門後，有兩個身穿制服的人帶著籃筐進入了臥室，也關上了門。然後那兩個人抬著籃筐出來了，籃筐顯然比先前重上許多，伊娃看到他們一副吃力的樣子。

伊娃納悶著那裡面裝些什麼東西，這種方式好像是市場運送牛肉一般。

當特里·林格嘲弄著周圍那些忙碌的人時，總會想辦法接近伊娃，用一句話、一個眼神或一個手勢來安撫她。

昆恩探長親自問了一些問題，他和顏悅色地與絹惠及那個新來的女僕說話。伊娃現在知道她的全名是吉妮佛·歐馬拉；探長也用慈愛且深富同情心的語調問了伊娃一些小問題。他面帶笑容，壓低聲音向那些名叫福林特、皮格、海斯壯、瑞特的手下交辦一些事情。

在此段期間，現場的男人有些像無頭蒼蠅一樣到處亂鑽，有些則在通往閣樓的樓梯上上下下，大聲喊叫著要求幫忙，還互相說笑話加油打氣。凡此種種，都讓伊娃觀感不佳。

有人將手搭放在伊娃肩上，她轉過頭，看到矮小的絹惠就站在長沙發旁邊，滿佈皺紋的老臉因為痛苦而扭曲著，歪斜的雙眼通紅，淚水汪汪，泣不成聲。她安撫地摸了摸絹惠的頭部，然後緊緊抱住她，此時此刻她感受到了絹惠像母親一樣的疼惜之情。

她讓絹惠坐在她旁邊，年老女僕因為太過悲痛，身體不住搖晃，她將臉埋在和服的袖子中。伊娃對絹惠的激動有點驚訝，她一向認為日本人性格內斂，不容易表露感情。這對她是個意外的衝擊。這個發現讓伊娃的心變暖了，她側過身擁抱著那年老的、脆弱的肩膀。

伊娃也留心傾聽有關那個男人的一些資料，東拼西湊地大略知道了他的過去、現在和可能的將來，她還聽到了他們對他家族父執輩的一些刻薄批評。伊娃忘了自己的痛苦與恐懼，津津有味地傾聽著這一切；這個世界沒有什麼事不可能發生，所有這一切都是注定好的，躲也躲不開，避也避不了。

看起來，特里．林格就是那些以「私家偵探」之名謀生的著名人物之一。他知道警察的所有規則，而那些警察也全都認識他；但是，他們之間互有敵意。嘲弄就像利劍，雖然已收劍入鞘，卻仍鋒利傷人。

他可以說是個「自力更生」的人，在烏煙瘴氣的紐約東區求生存，今年剛滿二十八歲，是個「真正的男子漢」。他為馬戲團招攬過觀眾，也當過隧道工人、賽馬賭徒、肉品店的檢驗員、流動勞工、職業棒球選手及救生員，還曾在好萊塢當過一陣子的特技演員。伊娃感到好奇怪，年紀輕輕的一個人，怎麼會做過那麼多事情。她想，他肯定很早就出來工作了，她無來由地同情起他來了。奇怪的是，她憑直覺就知道他是個孤兒，一條被棄置在馬路邊的生命，就像她社區中那些每日為三餐奮鬥的孩子們。對於他如何進入私家偵探這行的原因，她還不清楚。剛剛有人說這是「因緣際會」，其中似乎牽涉到一宗好萊塢的寶石搶案。一個感激的電影明星，說特里．林格不費吹灰之力就處理好了這件事情。至於現在的特里．林格，則不時將目光逗留在伊娃的身上，片刻都不敢放鬆。

為什麼昆恩探長要反複詢問她一些小細節——特里．林格何時進了臥室——為什麼絹惠或吉妮佛．歐馬拉都沒有聽到他進入房子——為什麼L型屋頂下方的鬆軟泥地找不到腳印，「凶手」勢必會在那裡留下逃逸的痕跡——還有特里曾在臥房內做過什麼事情。

「好了，特里，合作一點。」昆恩探長溫和地說，「我們關係一直不錯，說說你今天到這裡做什麼？」

「卡倫約了我碰面。」

「女僕吉妮佛．歐馬拉說你上星期也在這裡。」

「當時也是和她有約。」特里朝著探長眨了眨眼睛，兩人都笑了笑，探長還高興地點頭，好像這是福音真理似的。但是他那銳利的眼光，卻不時在伊娃、特里、絹惠的身上逡巡著。

「至於妳，麥可盧小姐——在妳坐在起居室整整二十分鐘裡，可曾聽到什麼聲音？比如說，喘息聲、哭叫聲、喊叫聲之類的？」

伊娃搖了搖頭。高大的特里．林格，就像棵大樹一樣站在探長後面，正在注視著她。「我在看書，也在——想事情。」

「妳是說，當時妳沒有很專心看書，呃？」老人眼中閃動著光芒。

「我……我正忙著準備結婚，」伊娃嘆了一口氣，「所以——」

「噢，我明白。自然，自然，我敢打賭，妳一定是想得太入神了，才會充耳不聞。那就太糟糕了，一定會有一些聲響的。」

探長走開了，特里·林格和他一道走，突然間他腳跟一轉，拐進了臥室……那間臥室。恐懼襲捲而來。那個廢紙簍……那半把剪刀就掉在那裡。簍子中應該有不少廢紙吧？好像——是的。所以也許他們不會發現……但是他們終究會找到。伊娃知道他們一定會。沒有什麼事可以瞞過警察。他們很快就會知道那就是凶器。他們已經搜了好一會兒，當然，卡倫是被刺死的，而凶器就留在現場。他們會一直找，直到發現它為止。假如她壯著膽子，趁著他們……

特里·林格已經走進臥室，而且沒有任何人攔阻他。他們允許他自由進出，就是這樣沒錯。他確實是個人物。所有的採訪記者都被堵在門外——他們憤怒的抗議聲整棟房子都能聽見。但是，特里·林格卻能光明正大地進出命案現場——那種情形就像從警察機關那裡取得了豁免權一樣。他們對他一定知之甚深，才會如此信任他。然而，如果他們不相信他呢？會是這樣嗎？沒錯，他們對他可能已經起了懷疑！也許他們正在監視著他，讓他跳入圈套……伊娃渾身發抖。

他告訴他們說，他和卡倫五天前就約好了碰面——那個小個子探長對這點似乎很在意——所以他今天就是來赴約的，他發現樓下的大門開著（吉妮佛·歐馬拉證實了這一點），他只比探員格維弗伊早到沒多久。格維弗伊現在就站在那兒，帶著苦惱的表情看著對手的行動。他發現了屍體，也發現麥可盧小姐正瀕臨崩潰邊緣。他試著打電話通知總局。而這就是全部……伊娃的說法則完全照著特里·林格的吩咐。她來探望卡倫，絹惠告訴她卡倫正在臥房內寫作，不希望有人打擾，所以她只好在起居室等著。當時電話鈴聲響了幾次，因為無人接聽，心想會不會卡倫發生了什麼事，所以她才會闖進臥室。當特里·林格進來發現她時，她才進去沒多久。

他們也問絹惠同樣的問題，這個老婦人用她那口結結巴巴的英語回答，說伊娃到時，她正拿著信紙要給卡倫，這是伊娃來之前不久卡倫叫她去拿的。他們為了確認那封皺巴巴的信上是否真是卡倫的筆跡，再次來找伊娃。顯然地，他們沒有在臥室裡找到其他的紙張。然後他們帶著絹惠離開，以便私下詢問她一些問題。

小個子探長似乎被一通奇怪的電話所困擾。特里·林格就站在他附近，臉上帶著微笑。他現在隨時隨地都是面帶笑容。

但是，問題在那半把剪刀，伊娃心想。他們會不會已經發現了？她小心地偷偷窺視著那些刑警的臉，避免讓人看出她心中的焦慮。如果他們發現了剪刀，特里·林格會說些什麼？他也許會——伊娃的臉頰感到一陣刺痛。她不能再胡思亂想，她必須細心觀察。但是如果……他會怪她沒有告訴他剪刀的事。真是一團亂。她覺得好虛弱，往後仰靠在沙發上，決心不再亂想。

昆恩探長叫她：「麥可盧小姐。」

他就站在她前面微笑著，旁邊還有一個人拿著墨水盒和一些畫有小表格的文件。

終於事到臨頭了！無可避免了！他說些什麼？她費力地傾聽。

「不要怕，麥可盧小姐。這會對我們大有幫助。」她瞥見特里·林格步出臥室，迅速地看了他一眼就移開了目光。他知道了；探長也知道了。不，探長不可能知道，他還沒有她的指紋。不過特里．林格會記得她提過鳥和石頭的事。所以他一定知道了。

「在當時的混亂狀態中，」探長輕輕拍了拍她的肩膀說，「妳一定摸過臥室裡的某些東西，還有妳以前一定也用過這間房間的一些物品。還有，因為妳說過，當妳人在起居室時，這裡沒有人進出，因此我們要仔細清點這個房間。當然，臥室更是重要。」

「是的，」伊娃僵硬地說。

「現在，我們已經在臥室裡採得了多枚指紋，所以我們必須釐清這些指紋是誰留下的，排除萊斯小姐的、那個日本老僕人以及妳的指紋之後，那麼，剩下的也許是……妳明白了嗎？」

「那我的指紋呢？」特里．林格眨著眼睛問。

「啊，我們等一下也需要你的指紋，」探長咯咯笑道，「雖然我知道你會盡量避免留下任何指紋，不過我認為你不像個殺人凶手。」他們一起發自內心地相視而笑。

她努力控制著雙手不要發抖，幸好取指紋的那個人動作很快。伊娃在那兩份表格中看到了十個不一樣的墨水印。

「所以這些就是我的指紋了。」她想，都結束了，一切都結束了。她已經筋疲力盡，欲哭無淚。她唯一能做的，就是坐在那裡，看著那個小個子探長同他的手下喋喋不休地討論著事情，還有特里．林格那令人心驚膽顫的笑容。

伊娃做出了決定，關於她拿過那把剪刀的事，她絕對不透露給任何人知道——迪克不說，麥可盧醫生不說，甚至也不會對特里．林格說。也許她記錯了，她並沒有在那半把剪刀上留下指紋，也可能永遠都不會有人發現。

然後她聽到一個熟悉的、渴望已久的聲音，這聲音如此溫暖，就像止痛劑一樣讓她煩惱盡消，她的腿因為激動而顫抖不已。

一切都會沒問題了，迪克終於來了。她沒有必要再為特里·林格，為昆恩探長或其他人憂心煩惱了。

她張開雙臂抱緊了他，他順勢坐在她旁邊的沙發上，英俊的臉孔因為擔心而皺緊了眉頭。她知道每個人都在看，包括特里·林格，她看見他了——但是，她不在乎。她鑽進斯科特醫生的臂彎中，像個孩子那樣在他的胸膛上磨蹭。

「沒事了，親愛的。」他說了一遍又一遍。「放寬心，都沒事了。」

「噢，迪克，」她嘆氣，把頭埋得更深了。她好高興，打從心裡感到高興，特里·林格理應看得出來。這是她的男人，而且現在正照顧著她。他不需要自以為無所不能。瞧瞧，這是她的家庭，完全是她專有的。他只是個局外人而已。她抬起了她的臉，親吻著斯科特醫生。特里·林格仍一貫地笑著。

醫生摟著她，對她低聲哼唱，伊娃覺得好平靜。現在一切都正常了。

「老天，伊娃，怎麼回事?」斯科特醫生低聲問道。「我不相信，這不是真的。」

不會沒事的，不可能沒事的。她是個傻瓜，沒有認真去想，事情不會就在這一瞬間圓滿落幕。怎麼回事?事情為什麼會這樣，她永遠失去迪克了。

伊娃慢慢坐起身來。「沒事，迪克。只是有人殺了卡倫。事情就是這樣！」

「妳這可憐的小東西。」醫生的眼睛注視著她。「妳可以大聲哭出來，沒關係。」他似乎覺得她的平靜很反常。如果他能知道得多一點！

「我剛剛已經哭過了。別擔心我，迪克。我不想讓自己像個傻瓜，當眾出醜。」

「我倒希望妳像個傻瓜，那會好受些。親愛的，不要忘記——妳還有個愛妳的父親。」

是的，伊娃想，那是麥可盧醫生。那是麥可盧醫生。

「妳必須堅強點。這對他是一個可怕的打擊。等他回來時，妳還要好好安慰他。」

「我知道，迪克。我會沒事的。」

「他們已經通知他了。我剛剛和那個探長談過，他說他們已經打電話到潘希亞號告訴他了。不過，他要到星期三早上……伊娃。」

「什麼事，迪克？」

「妳沒在聽。」

「噢，我有，迪克，我有！」

「妳離開後，我一直心神不寧，根本無法入睡。所以我就想我乾脆來這兒看看，看看妳……伊娃。」

「是的，迪克。」

他的雙臂緊緊抱著她。「我希望妳能為我做點事，也為妳自己。」

她推開他一點，抬頭凝視著他的眼睛。

「我希望妳能馬上和我結婚，就在今晚。」

結婚！天知道，今天下午她是多麼地渴望趕快結婚——甚至就連現在，她都希望最好當場就結婚！

「別傻了，我們又沒有結婚證書。」她怎麼能夠如此平靜講出這些話？「那就明天，明天我們去市政廳。」

「但是——」

「妳可以獨自處理這件事，不用等妳父親回來了。別說了……親愛的。」

伊娃絕望地想著，要怎樣告訴他從下午之後，事情已經不一樣了？他肯定想知道原因。而她永遠都不會想告訴他。現在她的脖子上綁著條絞繩，拉著絞繩的這些人——昆恩探長、那個龐大嚇人的維利巡佐——正一步步逼近，而且一點一點地收緊繩套。如果現在她和迪克結婚，那麼這條絞繩也會綳緊在他可愛的脖子上。她不能把他拖入她自己的麻煩中來。醜聞、報紙，這些都像是吸血的水蛭……

她的心中有一個聲音：「告訴他。一切都告訴他。他會瞭解的，他會相信妳也會支持妳。」

但是他會嗎？畢竟——如果知道那些事實，看起來確實對她不利。但是特里·林格知道那些事，而他……但是，她卻落入他手中了，就是這樣。也許他別有企圖，她成了他的人質——他不是真的相信她是無辜的。怎樣才能讓每個人都相信？如果迪克知道了，他會怎麼想？除了她，沒有人能夠殺害卡倫。特里·林格就曾經這樣說過了。這該死的事實擺在眼前，卻期望獲得別人完全的信任——即使是熱戀中的情侶，也不見得能做到。況且，如果迪克真的以為她是殺人凶手，她也不可能接受他的保護。

一切都在與她作對。她記得她曾經和卡倫有過爭執……是關於什麼事呢？她記不得了。但那次真的吵得不可開交，還讓埃爾西（卡倫以前的女僕）無意中聽到了。毫無疑問地，警察將會找到埃爾西，以及任何和卡倫有關的人……那件事發生至今不過幾個月。還有當麥可盧醫生宣布他要與卡倫訂婚時，伊娃也曾經反對過。伊娃總認為卡倫古怪，她從來沒有真心喜歡過卡倫，每個人都知道這一點。當你深入分析後，你會知道她有多孤僻，而且也藏著太多秘密。這些刻意隱瞞的事情，通常都是見不得人的。卡倫一向知道她不喜歡她。在萊斯——麥可盧的訂婚儀式之後，她們總是刻意維持表面上的和諧，一種相敬如賓的禮儀，但是私底下的批評卻盡是尖酸刻薄。如果他們發現——

「不行，迪克！」伊娃大叫，「不行！」

他對她的激烈反應吃了一驚。「但是，伊娃，我想——」

「現在不同了，迪克。卡倫一死，所有這些可恨的秘密，爸爸……我現在不能這樣做。不過這只是暫時的，請你了解，親愛的。求你了。」

「我當然了解。」他輕輕拍了拍她的手，但她知道他其實不懂，他眼中深處有某種奇怪的神色。「對不起。妳就不要再胡思亂想了。只有這樣才有幫助——」

「我知道，迪克，你是我最寶貴的愛。噢，迪克！」

她靠在他身上哭了起來，她的淚水讓他稍微感到安心一些。他們就這樣彼此依偎地坐在嘈雜的房間中間，對周圍的一切毫不在意。

這時特里·林格開口了：「喂，幹嘛又哭了？」

伊娃像箭一樣快速起身坐好。他正俯看著他們微笑，他是如此冷靜、穩定，就好像謀殺、哭泣的女人以及危險的秘密都是他每天司空見慣的事情一樣。

斯科特醫生站了起來，這兩個高大的男人互視著。「你是誰？」他突然問道，「你們為什麼不讓她靜一靜？你們難道沒看到她深受打擊嗎？」

「迪克，」伊娃說，她的手搭在他的手臂上。「你不了解，他是個好人，他——當我發現屍體……這是林格先生。」

「啊，對不起。」斯科特醫生的臉色陰晴不定。「真是糟糕透了。」

「嗯，」林格先生表示贊同，然後他看了看伊娃，灰色的眼裡帶著質問和警告。伊娃幾乎喘不過氣來！他想警告她不要向自己的未婚夫說出任何事情。

伊娃回想，她壓根沒有對她的未婚夫透露任何事情，還有為什麼她沒說？同時她也感到自己好孤獨，使她幾乎要掉下淚來，她已經哭乾雙眼了。她唯一能做的就是默默地坐著，而在此後的幾個月內，她不只一次想到，希望自己能安安靜靜地死去。

9

星期二就這樣渾渾噩噩過去了。伊娃必須到警察總局走一趟。特里·林格也在，但沒有跟她說話。斯科特醫生置身在這嚴肅的環境中有些不自在，他全程陪著她，守護著她。有幾份文件需要她簽名，同時還有更多的問題需要她回答。伊娃一整天都沒吃東西。傍晚時，斯科特醫生送她回到東六十區麥可盧的公寓。屋內擺著一封麥可盧醫生打來的電報。

電報內容相當簡單：「別擔心。船星期三上午會到。振作起來。愛妳的爸爸。」

伊娃為此而慟哭失聲，完全忽略了擺在門廳桌子上的那堆電話留言——今天一整天慰問的電話不斷，可憐的黑人女僕維妮塔接電話接到手軟，簡直快發瘋。伊娃癱倒在楓木床上，斯科特醫生在她的額頭上放了塊冷毛巾。電話鈴響了，維妮塔進來說有個自稱是特里·林格的先生找她。斯科特醫生怒吼著，要她告訴他麥可盧小姐不在家，此時的伊娃已沒有力量與他多作爭辯了。

他給伊娃喝了些東西，然後她倒頭就睡著了。當她在十點鐘醒過來時，發現他仍然坐在她身旁，正對著窗戶皺眉頭。他走進廚房又出來，沒多久，維妮塔就端來了一碗熱湯。伊娃全身乏力，還沒喝完湯又睡著了。直到第二天早上，她才知道斯科特醫生和衣躺在起居室的長椅上睡了一夜。這讓有著施洗者靈魂的維妮塔抱怨連連，對於現代年輕人的鬆散她一向不以為然。

星期三一早，他們驅車前往碼頭的途中，不得不像逃犯般地躲著記者。但是，最後當他們到達碼頭時，卻發現特里·林格已經在那兒了。他穿著黃褐色的斜紋西裝、褐色的襯衫，還繫著條黃色的領帶，正在海關辦公桌附近閒晃，樣子看來十分討厭。他甚至沒有看他們一眼。斯科特醫生眉頭深鎖地看著那高大的黃褐色人影。

醫生留下伊娃一人在等候室，匆匆忙忙地趕往服務處詢問。他前腳一走，伊娃就發現特里·林格就站在她面前。

「嗨，小美人。」特里·林格說，「看起來妳今天好多了。妳那頂帽子哪兒買的？看起來真漂亮。」

「林格先生，」伊娃說得又急又快，緊張地四處張望。

「叫我特里。」

「特里，我沒機會感謝你所做的一切——」

「省省吧，就當我是個傻瓜！聽著，伊娃，」他說，「妳把實情告訴妳男朋友了嗎？」

伊娃低頭看著她的皮手套說：「沒有。」

「這樣才聰明，」她為自己不敢正眼看他而生著悶氣。「要一直像這樣閉上嘴巴，懂嗎？」

「不，」伊娃說。

「我說了算！」

「不，求求你。我不能不讓我父親知道，那是不對的，林格先生。」

「特里！」光聽他的聲音，她就知道他生氣了。「難道妳不明白妳處境有多麼危險嗎？首先妳要夠聰明，然後妳要裝聾作啞！」

「特里！」伊娃覺得她不能不說，「你究竟為了什麼要幫我？」

他沒回答。然後她抬頭看他，他的眼神狂怒且侷促不安。

「如果是為了錢，」伊娃說得很快，「我——」

她以為他會當眾出手打她，就當著等候室中這麼多人的面前。「給我聽好，聽好。」他彎下身來，原本褐色的臉孔因為激動而漲得通紅，然後又突然地變成了淡紫色。他靜靜說道：「妳能給多少？」

「噢」，伊娃說，「我非常抱歉。」

「害怕我會趁機勒索，呃？妳最好別再讓我聽到第二次。」

伊娃羞愧的無地自容，她把戴著手套的手搭在他的手臂上，卻被他猛然甩開。他直挺挺地站著，她看見他的拳頭放鬆又握緊。

「我真心道歉，特里。但我又能怎麼想？」

「就因為我是個沒教養的人，呃！」

「我不明白你為我這樣做的理由——」

「我是個鐵甲武士，到處營救身陷險境的少女。」

「但是，既然我都能信任一個陌生人了，那麼我更可以信任我自己的父親吧？」

「妳自己看著辦吧。」

「況且，我不能讓你為了我再陷入更危險的——」

「呀哈，」他冷笑，「那麼是有人要幫妳了？」

她激動了起來。「就是迪克！你是最——」

「那麼，妳為什麼不告訴他真相？」

伊娃垂下眼睛。「有一個——原因。」

「擔心他會被妳嚇跑？」

「不是！」

「只有痞子才會那樣做。妳害怕妳那英俊的男人其實是個小人。別說妳沒有。」

「你真是個討厭——」

「妳也知道妳的處境。那個老鯊魚昆恩探長，不會漏了任何蛛絲馬跡。我曾親眼看過他辦案。他是有所懷疑，這妳也知道。」

「我好害怕。」伊娃低語。

「這很正常。」他大闊步地走開了。他大搖大擺的樣子表現出男孩子一貫不在乎的態度；他把頭上那頂黃褐色的軟呢淺帽推離了額頭，看得出來他心裡不好受。

伊娃淚眼矇朧地看著他。他沒有離開碼頭，而是走回到被一大群記者包圍著的海關辦公室附近。

「潘希亞號正在接受隔離檢疫。」斯科特醫生落坐在長椅上，繼續說：「警察會派船去接他們下船——這是港口當局所做的特殊安排。他們現在應該快靠岸了。」

「他們？」伊娃重複說著。

「妳父親和一個名叫昆恩的人。他們好像是在船上遇見的。」

「昆恩！」

斯科特醫生點了點頭。「就是那個探長的兒子，不是警察，好像是個偵探小說作家。他不是曾參加過卡倫的慶祝酒會？」

「昆恩。」伊娃壓低聲音再次說道。

「我不認為他對這件事能有什麼幫助。」斯科特醫生喃喃說道。

「昆恩，」伊娃無力地說了第三遍，她一點也不喜歡這個名字，但卻揮之不去。她依稀記得，在卡倫的酒會上，有個身材瘦高、戴著副夾鼻眼鏡的年輕人——他看起來還蠻親切和善的，她當時還為了不給他好臉色看而暗自高興。但這都是過去的事了，而現在……

她斜倚著斯科特醫生的肩膀，害怕再去想。他帶著好玩的神色一再地俯看著她——就像特里·林格曾經做過的一樣——當然他溫柔多了，而她對他的體貼也心存感激。然而，有些以往未有的事情卻橫梗在他們之間了。

那種像巧克力餅乾一樣美妙的日子，看起來已漸行漸遠了。

接著斯科特醫生看見了向他們飛奔而來的記者，於是趕緊拉著她的手逃走了。關於她和麥可盧醫生的重聚，伊娃不願意再想起，也許是因為她心中懷有罪惡感，所以她寧可選擇忘記，能忘記多少就忘掉多少。在那兩夜一天的等待時間裡，她為自己打氣，並下定了決心，是她破壞了這一切。她靠在他的胸膛上哭泣，就像小時候她打破洋娃娃時一樣，南塔斯凱特的一切彷彿又回到了眼前。她為了他的堅強而哭泣。

他是如此削瘦，面如灰土，而且如此蒼老，讓這一切看來更悲慘。他的雙眼泛紅，好像曾躲在甲板上偷偷哭著，又好像他得知噩耗後就一直沒有闔過眼。

那個戴著夾鼻眼鏡的瘦高年輕人，語帶同情地低聲安慰著，然後就從碼頭消失了。不過一會兒就從電話亭的方向走回來，一臉嚴肅。也許他剛剛打了電話給他的父親！伊娃害怕地想著。然後他邁開大步，態度輕鬆地跟旁邊一群閒晃的人說話，接下來所有的事情都加速進行著——海關、例行手續等等。那群他們躲也躲不掉的媒體記者也停止了干擾。當醫生的行李在運往麥可盧公寓的路上時，年輕的昆恩先生幫他們張羅著計程車，完全就像他自己所說的那樣，現在他是他們的男保母。

伊娃故意在後面逗留，趁機對她的未婚夫說：「迪克，我想和爸爸單獨談談，你不介意吧？」

「介意？當然不會。」斯科特醫生親吻著她。「我會找個藉口，我明白，親愛的。」

噢，迪克，伊娃想，你一點也不明白！但是，她銜著他哀傷地笑了笑，並隨著他來到麥可盧醫生和艾勒里．昆恩等著的地方。

「對不起，先生，」迪克向醫生說，「我不得不回醫院去。而現在你們在這裡——」麥可盧醫生摸了摸他的額頭，顯得很疲倦。「去吧，迪克。我會照顧伊娃的。」

「那麼今晚見，親愛的？」斯科特再次親吻她，並有點挑釁地看了一眼艾勒里，就上計程車走了。

「都上車。」艾勒里叫道，「快進去，麥可盧小姐。」

伊娃沒有動。她把真皮手提包壓在胸口，顯得很害怕。「我們要去哪裡？」

「跟著昆恩先生。」麥可盧醫生說，「別擔心，寶貝。」

「但是，爸爸！我想和您談談。」

「我們可以和昆恩先生一塊兒談，伊娃。」醫生神色古怪地說，「我已經跟他約好了。」

「不要想得那麼嚴重，麥可盧小姐。」艾勒里笑著說，「只是像朋友一樣隨便談談。妳會參加嗎？」

「噢，」伊娃快喘不過氣了，然後她進了車。

車子沿著住宅區走。一路上昆恩先生喋喋不休地談論著歐洲人的政治以及布列塔尼人的離奇風俗，伊娃的心一直往下沉，她想知道當昆恩先生知道真相後，他會有什麼反應。

朱南——昆恩家無所不能的小男僕——睜大他的黑色眼睛，對他的偶像遠從國外歸來十分興奮。艾勒里好不容易讓他平靜了下來，讓他進廚房準備咖啡。而這段時間內，艾勒里自己則忙著張羅香菸、坐墊。朱南送上了咖啡，他們開始有一句沒一句的聊著。

然後門鈴響了，朱南出去應門。一個雙手插在口袋的高個子年輕人，旁若無人地走過門廳。伊娃倒抽了一口氣。

「嗨，昆恩。」特里．林格打聲招呼後，摘下帽子放在壁爐架上。「還記得林格夫人那個乳臭未乾的特倫斯嗎？」

甚至追到這兒！

即使艾勒里對這位不速之客感到不快，他也沒有顯露出來。他真誠地握著他的手，並介紹給麥可盧醫生認識。

「你在這件案子上所扮演的角色，我爸爸全都告訴我了，特里。」艾勒里說，「那是——他所知道的全部，看起來似乎不多。」

特里微笑著，他看著麥可盧醫生，麥可盧醫生同樣也注視著他。然後他坐了下來。

伊娃低頭喝著咖啡，小聲問道：「所以你也認識林格先生？」

「怎麼可能不認識？特里和我是情同兄弟的好朋友。我們兩人都是不受警局歡迎的問題人物，他們看到我們兩人就頭痛。」

「只有一點不同，」特里態度親切，「我是因為工作，但你不是。就像我常說的，」他看著伊娃的頭部上方，繼續說道，「你可以信賴一個為了生活而工作的人，但是你不能盲目信賴一個——你叫它什麼來著——半吊子。」

這意謂著他不希望伊娃告訴艾勒里·昆恩那些事。就好像他認為她會這樣做似的！她不能發抖，千萬不能。

於是，她直挺挺地坐著。艾勒里·昆恩盯著她猛看。他轉過頭去，也用相同的方式看著特里·林格。然後他坐下來吸了一口香菸，輪流注視著兩人。

「說吧，特里，」最後他終於說道，「你不請自來，目的何在？」

「友誼，純粹拜訪。」特里露齒笑著。

「我猜你已經知道你正被監視著。」

「呃？噢，確實。」特里說著，揮了揮他的手。

「有人告訴我，自從萊斯小姐死的那個下午之後，你就像個愛慕者一樣，對麥可盧小姐窮追不捨。」

特里·林格的眼睛收縮。「那是我的事。」

「也是我的。」麥可盧醫生靜靜說道。

「或許，」艾勒里說，「你害怕麥可盧小姐可能會向某些人說出某些事情，而這可能會害到——就讓我們開門見山地說——害到你？」

特里拆開了一包新香菸。艾勒里站起來，禮貌地為他點菸。「你為什麼會有這個想法？」

「麥可盧醫生和我已經確定，你知道的一定比你告訴我父親的要多得多。」

「你們這兩個自以為是的傢伙。所以醫生才會不惜花費地打了那麼多通越洋電話？」

艾勒里噴出了一口煙。「我認為我們最好重新開始了。好嗎，醫生？」

伊娃急忙插嘴：「爸爸，我們能不能——我想說的是，我們另外再找時間和昆恩先生談吧。我們先回家。我想，昆恩先生和特里·林格先生會諒解的。」

「伊娃，」麥可盧醫生嚴肅地說。他把毛茸茸的大手搭在她肩上。「我希望妳能老實告訴我一些事情。」

伊娃怕極了，她不由自主地咬著手套。她不曾見過麥可盧醫生的臉色如此蒼白，如此不苟言笑。三個人都看著她，她覺得她一步步走入圈套了。

「伊娃，」醫生捧起了她的臉，「妳殺了卡倫嗎？」

這問題來勢洶洶，她一時不知如何回答，只能瞪視著麥可盧醫生茫然不安的藍色眼睛。

「妳必須回答我，寶貝，我一定要知道。」

「還有我，」艾勒里說，「我也非知道不可。事實上，麥可盧小姐，妳用這樣恐怖的眼光看著他，對妳父親來說是非常不公平的。這問題其實是我提出的。」

她嚇得動彈不得，不敢看特里·林格一眼。

「我想先說清楚一件事，」艾勒里以輕快的語氣說，麥可盧醫生則頹然地往後靠在沙發上。「現在只有我們四人在這個房間內，沒人會偷聽我們談話，還有我父親也不在。」

「你父親，」伊娃說不出話來。

「妳必須明白，麥可盧小姐，如果是與公事有關，我們是不會感情用事的。我父親有他的生活，而我有我自己的。我們辦案的方法、技巧全然不同。我父親尋找的是證據，而我要挖掘真相，而這二者有時會相悖而行。」

「你知道了什麼？」特里．林格突然問道，「你就直截了當地說。」

「好吧，特里，我們就打開天窗說亮話。我會告訴你我所知道的。」艾勒里撕碎他的香菸。「我在潘希亞號船上，一直與我父親保持聯絡。他雖然沒有明言，但是我認為，他對你們兩人都抱持著懷疑。」伊娃垂下眼瞼。「我父親辦案一向很謹慎。我會說，你們兩個都沒能洗脫嫌疑。」

「伊娃，寶貝，」麥可盧醫生嘆道，「為什麼妳不——」

「等一下，醫生。現在我想說明我自己的立場。我認識麥可盧醫生，而且也非常喜歡他。我也見過萊斯小姐和妳，麥可盧小姐。妳父親坦率地告訴過我你們之間複雜的關係背景，這引起了我的興趣，因此我答應幫忙。我父親該知道的，我都已經告訴了他。但從現在起，他採用他的方式辦案，而我用我自己的。我所獲得的資料我會保密，而他所查到的則歸他所有。」

「別來這一套，」特里．林格拖長語調說，「你在浪費時間。」

「這不重要嗎？現在我把已經知道的情況彙整一下：一個不詳的攻擊者，經由閣樓窗戶進入，爬下樓梯進入萊斯小姐的臥房，刺死萊斯小姐後再循著相同的路線逃逸。這只是一種假設。但是明顯的，找不到任何線索或證據可以證明。警方在L型屋頂下方的花園泥地上找不到腳印，目前也沒有發現其他指紋，除了假設的入口和出口外，沒有任何證據可以支持這種推論。此外，這是唯一可以說明萊斯小姐是在近距離的情況下被殺害的一種推測。」他聳了聳肩。「除非是妳自己殺了她。」

「噢，」伊娃氣若游絲，特里卻呆住了。

「原諒我說得這麼直接，麥可盧小姐。但是，就如同我跟妳父親解釋的，我必須將這些事情看成是代數問題來處理。沒有證據可以支持真的有人從外面爬進那扇打開的窗戶和暗門，而且，妳也坦承妳人就在隔壁的房間裡。」

「伊娃——」麥可盧醫生的聲音充滿痛苦。

「如果妳不能讓我相信妳真的清白無辜，」艾勒里柔聲說道，「我將會撒手不管。妳是否有罪，原本就不關我的事——現在我會這麼不厭其詳地解釋，都是因為麥可盧醫生的緣故。」

「讓你相信，」伊娃跳起來哭喊著，「我怎麼能？」

「妳？」醫生喃喃自語，「真的是妳，寶貝？」

伊娃將帽子往後推，雙手按著太陽穴。「我想我將會……沒有人會相信我。我沒有什麼話好說。我——我只是身不由己！」

「不要說了。」特里沉聲說道。

「我沒有！我沒有殺害卡倫！我有什麼理由去殺她？我是那麼幸福——迪克剛答應跟我結婚——我趕著去告訴卡倫。即使我有殺害卡倫的理由，我會在星期一下午那種情況下做嗎？謀殺！」她顫抖著，跌坐到椅子上。「我連隻蟲子都不會……」

醫生凝視著她，眼神瞬間變了。

「如果我告訴你實情，」伊娃絕望地繼續說，「我——」

「別傻了。」特里怒吼，「記住我說過什麼！」

「繼續，」艾勒里催促著。

「你一定會說是我做的。任何人都會，任何人，任何一個人！」她趴在椅子的扶手上大哭出聲。

「也許這就是理由，」艾勒里低聲說，「我不會。」

特里·林格看著她，然後聳了聳肩膀，走到窗口猛烈地抽著菸。麥可盧醫生傾身過來摘下她的帽子，撫摸著她的頭髮。

艾勒里走到椅子邊，抬起了伊娃的臉。

伊娃抽泣地說：「我會告訴你一切。」

特里咒罵著，將菸蒂用力扔向窗外。

伊娃說完之後，她靠回椅背上，閉上了雙眼，全身像虛脫般筋疲力竭。麥可盧醫生瞪視著他的鞋子，用力地敲擊著指節。

站在窗前的特里說：「好了，大偵探。結論是什麼？」

艾勒里走進他的臥室，關上了房門。他們聽到撥打電話的聲音。然後他出來了，並且說道：「在我仔細看過那間房子之前，我不能做任何事情。我已經通知莫瑞爾——萊斯小姐的律師，他會在那裡與我們會合。有些問題我想問問他。麥可盧小姐。」

「什麼事？」伊娃回答，但沒有睜開眼睛。

「我要妳振作起來。如果妳能記起什麼，對這個案件會有莫大的幫助。」

「我沒問題。」

「她沒問題。」特里說。

「至於你，特里，你真是個專家。顯而易見地，你當時馬上就瞭解了麥可盧小姐的困境。你是怎麼想的？」

「關鍵就在那道門閂，如果你能閉緊嘴巴，那麼她就會沒事。」

「你就是不相信我對不對，」艾勒里喃喃說道。他繞著房間走了一圈。「我承認這是個難題。倘若我們假設麥可盧小姐是無辜的，這個案子似乎又不可能會發生。凶手怎麼做到的？但是，事實是……特里，你星期一為什麼會出現在卡倫．萊斯家裡？」

「不關你的事。」

「你太不合作了。還有，你又如何得知，警察總局會在星期一下午五點鐘派人過去？她自己在電話中要求的是在星期天早上。」

「有隻小鳥告訴我的。」

「最重要的是，你為什麼會讓自己成為一個看起來是女凶手的共犯？」

「這點我可以告訴你，」特里轉過身來，急促地說道：「因為該死的，事情就正好讓我碰到了；因為她只有一個人；因為事情看起來不對勁；因為我認為她被坑了！」

「赫！陷害，是吧？」

「陷害？」麥可盧醫生疲憊地搖了搖頭，「那不可能，林格。沒有人會——」

「但是有可能，」特里走向伊娃，並對著她微笑，「因為我認為她說的是實話。也許我是個容易受騙上當的傻瓜，我不知道。但是堅守妳的立場，小女孩。我會和妳併肩作戰到最後。」

伊娃的臉紅了，她的下嘴唇顫動著。特里皺著眉頭走過她的身邊。

「我還沒告訴你，林格，」醫生彆扭地說，「我有多麼感激——」

「你要感謝的人是他，」特里一邊說，一邊走進門廳。「他將會大展身手。」而後，他們聽到前門砰地一聲關上。

「我認為，」艾勒里對著伊娃說，「妳已經擄獲了戰利品。就我所知，這是唯一的一次，而且也需要了不起的勇氣。」

10

在計程車駛向鬧區途中，艾勒里問道：「妳星期一下午要去卡倫·萊斯的寓所，有什麼人知道嗎？」

「只有迪克。」伊娃靠在她父親的肩膀上，他們二人似乎都從中獲得慰藉。「迪克是在四點前幾分鐘才知道的。」

「妳完全是臨時起意？」

「沒錯。」

「那麼特里·林格是錯的。妳不可能受人陷害。」

當他們發現那個到處遊盪的林格先生也在華盛頓廣場的那間房子時都大吃一驚。他正在屋內逗著昆恩探長哈哈大笑，似乎除了開玩笑取樂之外，什麼事情都沒做。昆恩父子彼此以眼神對視問候，然後艾勒里向他介紹了一臉病容且疲憊的麥可盧醫生。

「為什麼您不回家休息，醫生？」探長說，「您鐵定很不好受。我們會另外找個時間再跟您好好談談。」

麥可盧醫生搖了搖頭，伊娃放開了他的手臂。

探長無奈地聳了聳肩膀。「好吧，兒子，這兒還是保持著原狀，除了屍體已經運走之外。」

艾勒里鼻孔歙動。他僅僅看了起居室一眼，然後就直接走進臥室。一行人沉默地跟在他的身後。

艾勒里站在門口，往內觀察著。他一動也不動地看了又看。「找到凶器了嗎？」

「這個嘛——是的，」探長說，「我想我們應該是找到了。」

艾勒里聽到他欲言又止的聲調，轉頭看了他一眼，然後開始四處小心地走動。「還有，」他一邊查看寫字檯，一邊說，「為什麼萊斯小姐要找警察來？」

「她是在星期日上午九點左右，打電話到總局，要求我們派個人在星期一下午五點來這裡。格維弗伊到時就發現她已經死了，當時麥可盧小姐和特里都在這兒。當時她沒說原因，所以很可能永遠都不得而知了。」

伊娃別過臉去。老探長所說的每一個字都像刀子一樣刺透了她。

「您能確定，」艾勒里問，「電話真的是卡倫·萊斯本人打的？」

「當她打那通電話時，那日本女僕——絹惠——就和她一起在房間內。聽著，特里，」老探長笑嘻嘻地說，「你為什麼不全盤托出？給我們一個機會。」

「我正聽著呢，探長。」特里簡短地回答。

「從上周末以來，你打給卡倫·萊斯好幾次電話——事實上，你在星期日下午還打電話給她。那個叫吉妮佛·歐馬拉的女孩子都告訴我了。你和萊斯小姐之間到底有什麼交易？」

「誰說是交易來著？你們警察真是煩人。」

昆恩探長冷靜地聳了聳肩，他能夠等。在這一方面，他總是得心應手……艾勒里瞇著眼，盯著掛在日式床鋪附近的空鳥籠。

「那個只是做做樣子，還是真的有養鳥？」

「我不知道。」探長說，「我們發現它時就是這個樣子。麥可盧小姐，妳星期一進來時，它就是空的嗎？」

「我真的不記得了。」

「它是空的。」特里急著說。

「這就讓人不解了，」艾勒里說。「你知道有關這隻鳥的任何事情嗎，醫生？」

「不多。我曾經見過，如此而已。我想應該是卡倫九年前從東京帶回來的某種日本鳥兒。她非常喜歡牠，待牠就像自己的孩子一樣。絹惠應該會知道的更多，她們是一起來美國的。」

探長走了出去，而艾勒里則重新開始了他在房內悠閒的搜查行動。他連看都沒看一眼通往閣樓的那座樓梯，不過他倒是檢查了門上的門閂。麥可盧醫生坐在造型奇特的日本小腳凳上，把臉埋在雙手中。伊娃則躲在靠近特里的地方。房內的氣氛變得沉悶，沒有人開口說話。

探長回來的時候，後面跟著絹惠，她手上拿著第二個鳥籠——與掛在床邊的那一個不同。鳥籠裡有一隻鳥。另一名白人女僕吉妮佛·歐馬拉則跟在絹惠的後面，她在門口停了下來，用愚蠢、貪婪的好奇心窺視著。

「好漂亮的小東西！」艾勒里說，從日本女僕手中拿過鳥籠。「我還記得妳，妳是絹惠。女主人走了，妳一定很難過，對不對，絹惠？」

老婦人低垂著頭，雙眼因哭泣而泛紅。「這是邪惡的事情，先生，」她喃喃低語。

艾勒里的視線移到了鳥兒身上。這隻鳥的身上具有一些異國特色——頭部、翅膀和紫色的尾巴以及巧克力色的身體，在身體和咽喉處有一條細緻優雅的白色線條。牠有強壯的鳥喙，從喙到尾巴之間約有一英呎長。牠似乎不喜歡艾勒里，正用牠那閃亮的眼睛盯著他看，而且還張開嘴巴發出刺耳難聽的叫聲。

「天底下沒有十全十美的東西，」艾勒里評論道，「這是自然界的定律。絹惠，這鳥叫什麼名字？」

「樫鳥，」絹惠先以日語回答，「這是一種樫鳥，產於大琉球，我的故鄉。」

「大琉球的樫鳥。」艾勒里若有所思地說，「看來是挺聒噪的，牠為什麼不在這房間的籠子內，絹惠？」

「牠有時候會在這兒，有時候會在樓下的另一個鳥籠中。牠晚上太吵，小姐無法睡覺。」絹惠用和服袖子拭淚，「小姐愛牠。小姐愛牠甚於一切，她照顧得無微不至。」

「我說——」出乎意料的，站在門口的吉妮佛·歐馬拉突然開口說話。顯然她也被自己的聲音嚇了一大跳，迅速地環視四周，然後開始往後退。

「等一下！妳要說什麼？」艾勒里問。

她停了下來，畏畏縮縮地開始用手指撫弄著頭髮。「我什麼都沒說，」她陰沉地答道。

「但是，妳確實是說了。」

「那好吧，我說，她對這事簡直瘋了。」那女孩開始退向起居室的門口，眼睛一直注視著探長。

「到這裡來，」艾勒里說，「沒有人會傷害妳。」

「這鳥有什麼值得大驚小怪的？」探長皺著眉頭問。

「那可未必。我只是盡可能收集資料罷了。妳叫什麼名字，在這裡服務多長時間了？」

「吉妮佛·歐馬拉，有三個星期了。」現在她確實感到害怕了，看起來不僅愚蠢，而且脾氣乖張。

「妳負責照顧這隻鳥嗎？」

「不是，由她照顧。但她病了——」她的態度丕變，用白種人的優越感輕蔑地用手指著絹惠。「所以，我必須餵牠吃牛肉和蛋，這個魔鬼還從籠子裡溜走，飛到後院，害我們必須浪費時間抓牠回來。牠不肯從房頂上飛下來。我想萊斯小姐肯定會大發脾氣，她已經瘋了。她一定會為這件事解雇我。她總是隨隨便便就解雇她的女傭人。這是埃爾西告訴我的——她是前一個被解雇的女傭人。」

「妳這個壞女孩！」絹惠哭叫著，老皺的眼睛閃爍著。

「妳閉嘴！」

「不要這樣，」麥可盧醫生說；白人女孩一溜煙地跑掉了。樫鳥又開始呱呱地叫了起來。

「把這該死的東西拿走。」醫生疲憊地說。

「鳥。」特里·林格一臉嫌惡地說。

「妳可以走了。」艾勒里向絹惠說道，她謙卑地彎著腰，帶著鳥籠離開了。

艾勒里正要攤平留在寫字檯上那團信紙時，一個身材矮胖、穿著亞麻西裝的人提著公事包衝了進來，一邊擦拭著禿頭上的汗漬。

「我是莫瑞爾，」他說，「萊斯小姐的律師。您好，探長。妳好，麥可盧小姐。呃，真是個悲劇。一定是哪個喪心病狂的人幹的。至於你——我看過你的照片——當然了，艾勒里先生。」他伸出一隻汗濕的手。

「是的，」艾勒里說，「我想你應該認識在場的每一個人，除了林格先生。」

「林格先生，」莫瑞爾斜著眼看了看他，「你好。」特里·林格看著他那隻濕淋淋的手。

「呃——現在，昆恩先生，我們要幹什麼？」

「你已經看過這封信了嗎？」

「昨天看過了。奇怪的是她沒有寫完，或者不是沒寫完。也許她在——我是說，在她能寫完之前就——」律師乾咳了一聲。

「那麼是誰把它揉成一團的？」特里·林格輕蔑地說道。

艾勒里看了他一眼，然後低頭看信。信上的筆跡小巧秀氣，用字精確，日期寫的是星期一下午。

親愛的莫瑞爾：

我的收款記錄顯示，到目前為止歐洲仍有一些版稅未曾付清。就如你所知，最大的一筆款項在德國，主要是因為納粹法律規定德國出版商不得匯錢至境外。我要你馬上且全面性地再檢查一下全部的名單——其中包括西班牙、義大利、法國和匈牙利的書籍版稅，還有丹麥、瑞典及其他國家某些報紙連載的零星費用，請立即進行催款。也許你能促成某種類似哈德斯特與皮特格之間所簽訂的那種互惠協定；我知道有些作家已經開始使用信用狀，例如他們英國的代理商與德國的出版商。」

「怎麼樣，」艾勒里抬起頭來問道，「莫瑞爾先生，萊斯小姐要求你查核她的國外版稅，她沒有經紀人嗎？」

「她不相信他們。她百分之百地信賴我。我是她的律師和代理人。」

艾勒里繼續看信的第二段：

莫瑞爾，我希望你為我做些事情，這是最重要且極機密的事。我知道我可以放心信賴你，你從來不——

「嗯，」艾勒里說，「在她進一步說明之前就停筆了。我認為特里是對的，她只是改變了心意。」

「重要的是，她到底要委託我什麼事。」莫瑞爾吱吱喳喳地說道，「我好想知道。」

「誰都想知道。」特里吼道。麥可盧醫生和伊娃走到了寫字檯一起看這封信。

醫生搖了搖頭。「所謂最重要和極端機密的事情，我所能想到的就是遺囑。」

「不，先生。不是的，先生。萊斯小姐上星期才告訴過我，她對她所立的遺囑十分滿意。」

「那時她就立下了遺囑嗎？」艾勒里問道。

「沒錯。她要求在她的遺產清算之後，能夠分別捐贈給幾個研究機構——」

「大學。」特里加以說明，他似乎很不喜歡莫瑞爾。

「其中包括，」律師不為所動地繼續說，「東京的帝國大學。你們知道，在她父親去世後她曾在那裡教過書。」

「這事麥可盧醫生曾跟我提過。個人方面的遺贈是怎樣安排的？」

「什麼都沒有。」

「但是，她即將和麥可盧醫生結婚，難道沒有打算更改遺囑？」

「她沒有，先生。」

「沒有必要。」醫生用平板的聲音說道，「我自己的收入比她要多得多，她也清楚。」

「這整件事情，非常古怪。」特里下了結論。

「但是，難道沒有任何一個——我是指任何人——可以因為她的死亡而獲利？」

「沒有。」莫瑞爾立刻說道，「萊斯小姐每年都會從她父系親屬——一個已故的大姑媽那兒獲得一大筆進帳。根據她姑媽的遺囑，在萊斯小姐滿四十歲以前會每年提撥，等到她四十歲，全部遺產就歸她所有。」

「這麼說，她死後留下很多錢了？」

「哈哈，那要看你是怎麼想的，」律師說，「要說一個人有沒有錢，本來就沒個判斷的標準，可以說，彈性很大。」

「但是，你說過她繼承了大筆遺產？」

「噢，並沒有。事實上，她在明確規定的年齡之前就不幸死了。換句話說，她在四十歲前死了——她的生日是在十月份。只差了一個月——確實遺憾！」

「真是高潮迭起，至少可以這麼說。」

「或者寧可說是不幸。你們看，她姑媽的遺囑中也列了一條但書。假如萊斯小姐在四十歲之前亡故，那她姑媽的所有遺產，將歸萊斯小姐血緣最親的親屬所有。」

「是誰？」

「一個也沒有，她沒有任何親戚。她是她家族中唯一倖存於世的。這是她自己親口告訴我的。因此，現在她姑媽的遺產就會根據遺書內容執行，全部捐給特定的慈善機關了。」

昆恩探長搔著下巴。「麥可盧醫生，我想問你，是否有人曾經跟萊斯小姐求婚被拒？」

「沒有。我是第一個，也是最後一個。」

「莫瑞爾先生，」艾勒里說，「請你仔細想想，萊斯小姐的私人事務中有沒有任何與她遇害有關的線索？」

莫瑞爾再次搔著他那光禿的頭。「也許這可以回答你的問題，不久之前她告訴我說，她在這世上沒有一個敵人。」

特里．林格說：「那是她自己認為。」

莫瑞爾用兩隻明亮的小眼睛看著他，嘴裡含糊其詞地咕噥著，然後就帶著那只一直沒有打開過的公事包告辭離開了。伊娃近乎神經質地想著，他那只公事包裡究竟裝了什麼東西。

艾勒里說：「你們知道，事情不對頭。這兒有個女人生前擁有一切，突然間卻莫名其妙地天降橫禍。她名氣響亮——剛獲得一個美國作家可能得到的最高殊榮。她可能會非常有錢，而且幾乎馬上就垂手可得——一個月後她就會繼承大筆遺產。她幸福，而且會越來越幸福——不久之後，她就要和她所選擇的男人結婚……然而，就在前景一片大好之時，一個至今身分不明的凶手卻終結了她的一生。」

「我也不懂。」麥可盧醫生喃喃低語。

「謀殺所為何來？為了獲利？但是她的死，沒有一個人能得到一便士，除了那些公益機構。因為嫉妒？但是，她生前顯然沒有人會因愛生恨。因為怨恨？但是我們都聽到了莫瑞爾所說的——她沒有一個敵人。事情真的是不對勁。」

「我希望我能知道些什麼。」醫生說。他茫然呆滯的神態讓伊娃別過臉去，不忍心看他。

「那個律師不可能記錯，」特里·林格突然說道，「一定是瘋子。」

最後艾勒里說：「妳先坐下，麥可盧小姐。我知道，這件事對妳來說太殘酷了。不過，我等一下可能會需要妳的協助。妳先坐下。」

「謝謝。」伊娃虛弱地說道，「我——我願意配合。」她坐在床緣上。

艾勒里繞著寫字檯走了一圈，彎身在廢紙簍中尋找。

「那就是砸破窗戶的石頭，」探長抱怨。他用鞋子指著地板上的那顆石頭，就在伊娃最後看到它的確切位置上。

「噢，石頭，」艾勒里看了它一眼。「爸爸，您知道，特里認為那塊石頭是某個孩子的惡作劇。」他繼續在廢紙簍中挑撿。

「他真這麼認為？也許吧。」

「赫！」艾勒里喊了一聲，從簍底撈出某件東西。他小心翼翼地拿著它，彷彿手裡拿的是炸彈。

「不必擔心指紋。」探長不在意地說，「我們已經拍照存檔了。」

麥可盧醫生瞪著充血的雙眼走了過來。「我以前沒有見過這東西，昆恩先生。」他抬高聲調說，好像一下子恢復了活力。

「這不是新東西，」探長糾正道，「至少那年老的女僕是這樣說的，她說這是萊斯小姐和她從日本帶來的。」

這就是星期一下午伊娃在桌上所發現的那半把剪刀。整把剪刀的形狀應該像隻鳥，有燦爛的羽毛及全長約為兩英吋半的鳥嘴。這是一把完美的東方工藝品，金屬鑲在樣式精緻的瓷器中。在整把剪刀中，刀刃部分代表的是鳥嘴、中間以螺絲連接的部位是鳥的身軀，而把柄的弓形部位是鳥的雙腳。這是一把突破傳統外觀的精美小剪刀，刀片銳利而耐用。此外，這把剪刀上還嵌飾著五彩的半寶石薄片，用以象徵光彩絢麗的羽毛。現在由凸肚窗射進來的光線，就把它們照耀得閃閃發亮，光彩奪目。在艾勒里手上的這半把剪刀全長約為五英吋，但卻十分輕巧，幾乎感覺不到重量。

「真是巧妙的玩意兒。它是以哪種鳥為模型的？」

「絹惠說是丹頂鶴——有個發音古怪的日本名字，」昆恩探長解釋，「她說這是一種神鳥。萊斯小姐好像很喜歡鳥，所有的鳥。」

「我想起來了！日本鶴——長壽的象徵。可惜事與願違，是不是？」

「對我來說，這只不過是一把凶器。」老探長冷冷地說。

聽到老探長似乎意有所指的這番話，伊娃幾乎驚叫出聲。噢，假如她當初能及時想起來，他們就能擦掉她的指紋了！

「你能確定這就是凶器?」艾勒里低聲問。

「山繆·鮑迪說傷口的形狀與深度，跟這把剪刀的刀刃長度及厚度相符。世上沒有這麼巧的事。」

「是沒錯，不過，凶器也有可能是別的東西。」

「不是那個剪刀鞘!」

「什麼剪刀鞘?」

「我們在閣樓的房間內找到了一個小刀鞘，那日本女僕說它是用來放剪刀的。但是，它不夠鋒利。」

「閣樓?」艾勒里盯著桌上的金色封蠟和金屬印章看，印章上刻著日文。不過，他又似乎視而不見。

閣樓!伊娃已經徹底將它忘了。她從來沒有上去過，不只是她，而是所有人都被嚴令禁止接近。閣樓上到底有什麼?但她並不在意。她認為那與她無關……

「所以剪刀是從上面拿下來的。」探長說，「這就是為什麼除了絹惠之外，沒有人會記得它了。她說，這把剪刀已經壞了好些年。看起來情形確實是如此。凶手由閣樓的窗戶溜進去，然後拿起了這半把剪刀，走下來殺害了萊斯小姐。接著他擦掉了刀刃上的血跡，丟入簍子中，最後再從他進來的路線逃走。是的，看來是如此沒錯。」

這是他的真心話嗎?他的聲音中是否隱藏著一絲嘲弄?伊娃胡亂猜想著。然而，他所說的根本不可能發生——凶手不可能進入閣樓。因為那道暗門是從臥室這裡門上的。他真的相信他所說的嗎？

「我想，」艾勒里若有所思地說，「我必須上去瞧瞧。」

11

樓梯狹窄、陡峭，走時還會吱吱嘎嘎地響。艾勒里與伊娃父女一道往上爬。特里·林格與昆恩探長也因為好奇心，馬上尾隨在他們身後。因為老探長的出言相激，特里走到了他的前面。老探長不喜歡有人跟在他身後，他更討厭不想辦法降低音量卻安裝這種樓梯的人。

他們魚貫進入一個陰涼、天花板斜向一邊的房間，而且一點也不像伊娃想像中的神祕暗室。他們鑽出了那道陰暗的樓梯之後，眼前是一個光線明亮、清靜、雅致、不帶一點邪惡氣息的房間。房間的兩扇窗戶都掛著繡花的薄紗窗簾，房內擺著一張床，床鋪的四個角落分別立著一根楓木床柱，床上鋪著與窗簾同花色的印花棉布床單，顏色是淡淡的櫻桃色。此外，牆壁上還掛著數幅日本水彩畫，打蠟的地板上鋪著小地毯，這些東西都來自於太平洋的那一邊。

「好個舒適宜人的小房間！」伊娃不自覺地講出心中的想法，「難怪卡倫要整天待在這裡寫作了。」

「我覺得，」麥可盧醫生用有點哽塞的聲音說道，「房內通風不良。」他轉過身，走向開著的窗戶。

「這房間是東西合璧的混合體，」艾勒里說，他看了一眼小巧的柚木桌子，桌上有台老舊的打字機。「這裡與樓下的布置完全不同。」

在房間的一個小角落放著一台電冰箱，冰箱上堆著櫃櫥，旁邊則擺了一台煤氣爐。臥室內還有一間迷你浴室，裡面的設備相當現代化。浴室內開了一扇小窗戶，還有一個天窗，但卻沒有其他的門。這小小的房間像是一個避難所，似乎曾經住著一個優雅且生活習慣良好的女人。房門直接對著樓梯口，這是這間閣樓與外界溝通的唯一出口。

「感覺好孤獨。」艾勒里說。「她是如何分配時間的——我是指她待在閣樓與樓下房間的時間？」

「她在這裡寫了《出雲》，」伊娃的淚水在眼睛中打轉，「我作夢都沒想到這個閣樓房間會是這麼——美好。」

「根據我的調查發現，」昆恩探長說，「當她想寫些比較特別的情節時，就把自己反鎖在這裡，待上一星期或兩星期。」

四面牆壁都放著竹製書櫃，每個書櫃都放滿了書，包括六七種不同語言的參考書、一些日文書，以及小泉八雲、張伯倫、奧斯汀、奧間等作家的作品；此外，還有日本詩集的英語、法語和德語的譯本——這些書都可在傳統的天主教圖書館中看到，看樣子已經使用好多年了。艾勒里不發一語地檢查書桌和所有抽屜，發現了更多的書、一些手稿，以及用打字機打出來的好幾個段落的難懂註記——這些都曾經是作家的隨身用具，如今卻隨著作家生命的結束而在此停格，偉大的創作過程也隨之告終了。伊娃對這個房間的態度從排斥到著迷，在她看來，艾勒里粗魯無禮地在這裡翻箱倒櫃的動作，就像是在褻瀆聖物。

艾勒里繼續翻找著，這時他注意到了一個象牙製的細長剪刀鞘，表面飾有浮雕，一端還連接著一條絲帶，尾端串了一枚寫了日本箴言的吉祥硬幣。

「剪刀鞘。」探長點了點頭。

「您找到另一半剪刀了嗎？」

「還沒有。也許它已經丟了好多年了。」

艾勒里放下剪刀鞘，環視著四周，然後走到一個打開的壁櫥前面。壁櫥裡掛著女人的衣物——都是已經過時的衣服，底層則擺著兩隻鞋子。裡面沒有帽子，也沒有外套。他探頭進去檢查，搖了搖頭後，又走到小巧的梳妝台旁，上面放著一把梳子、一整套盥洗用具，還有一個裝滿各種漂亮小玩意兒的漆盒，裡面擺著髮夾及修剪指甲的小工具。忽然間，他的瞳孔收縮。

「怎麼了？」昆恩探長問道。

艾勒里摘下夾鼻眼鏡，擦了擦鏡片後又戴了回去，然後走回壁櫥那兒。他從衣架上拿出一件印花衣服，仔細地看看後又放了回去，再拿出另外一件飾有蕾絲花邊的黑色絲質上衣。他把那件也放了回去，咬著下嘴唇。然後他彎下腰，注視著地板上的兩隻鞋子。他發現了某樣東西，他伸手在壁櫥後面摸索著，拿出一個老舊的小提琴盒。

一旁看著的伊娃，心中有種奇特的感覺，她懷疑其他人是否也注意到了，那些東西好像不是——

艾勒里打開盒子，裡面是一把巧克力色的小提琴，但四根琴弦卻從音箱上搖晃地懸垂著，顯然是在某個炎熱的夏天突然繃斷了。艾勒里對著這把損壞的小提琴注視良久。

然後，他帶著琴盒走到了床前，將它擺在印花床單上。每個人都目不轉睛地看著他的行動——連站在窗前不發一語的麥可盧醫生也被吸引了過來。

「很好，」艾勒里嘆道，「很好！」

「你嘟噥個什麼？到底怎麼回事？」探長專橫地問道。

特里·林格沉聲說：「想必我們最傑出的昆恩先生已胸有成竹了。有何發現，昆恩先生？」

艾勒里點了根香菸，若有所思地凝視著它。「是的，我是有了一些發現。相當不尋常……卡倫·萊斯不住在這個房間裡！」

「卡倫——不在——」麥可盧醫生瞪大了雙眼。伊娃尖叫了一聲，顯然昆恩先生已經發現了！她的腦袋思緒翻轉。如果真是這樣——那麼事情——也許——

「是的，醫生，」艾勒里說，「好幾年了，我是說這個房間內住的是另外一個女人，而且一直到最近都還住在這兒。」

昆恩探長的嘴巴因為吃驚而大張著，灰色的鬍子也因為太過驚訝而豎直了起來。

「不會吧，」他大聲喊道，「你是說這個房間不是卡倫·萊斯的？那些小伙子都已經搜過了——」

「讓我們這樣說吧，」艾勒里聳了聳肩膀，「你手下那些人根本不中用。我很確信我的發現是千真萬確的。」

「但是，這不可能！」麥可盧醫生吼道。

「我親愛的醫生！萊斯小姐習慣使用的是右手，對吧？」

「當然！」

「是的，我也想起那次的慶祝酒會，她就是用右手攪拌綠茶粉的。這樣就對了。你未婚妻的身高頂多只有五呎一吋到兩吋高，體重不會超過一百零五磅，沒錯吧？」

「沒錯，昆恩先生，」喘不過氣來的伊娃說，「她身高五呎一，體重是一百零三磅！」

「此外，她的頭髮是深色的，髮色可能是我所見過最黑的；而且她的膚色偏黃。」

「行了，行了！」探長著急地說。

「她習慣用右手，可是我一眼就看出這把小提琴的主人慣用左手，相當不尋常。」他拿起小提琴，摸著搖搖晃晃的琴弦。「看看這些琴弦。當你正面對著琴時，從左到右的正常順序是G—D—A—E。但是，你們看，由這些琴弦的粗細，我們會發現其順序是E—A—D—G，正好顛倒，所以這是個慣用左手的人。」

艾勒里把小提琴放回琴盒裡，然後走到壁櫥前。他再次拿起了那件印花洋裝。「這件如何，麥可盧小姐？妳會說這件衣服是萊斯小姐的嗎？」

「啊，當然不是。」伊娃說，「當你第一次從壁櫥拿出來時，我就知道了。卡倫穿十二號的衣服——非常小。而你手中的那件最少三十八號。還有，另外那件黑色衣服也是如此！」

他把印花洋裝掛了回去，走到梳妝台前。「你們認為，」他拿起梳子，「這些頭髮是卡倫·萊斯留下的嗎？」

他們全圍過來看。他們看到刷子上纏著一小撮灰白色的頭髮。

「還有，」艾勒里繼續說，他拿起梳妝台上的粉盒，「這粉底的顏色非常淺，會是卡倫·萊斯那種膚色的人所使用的嗎？」

麥可盧醫生跌坐到床上。伊娃環抱著他毛髮蓬亂的頭。現在他們都明白了，住在這兒的另有其人！事態發展至此，那個恐怖的矮個子探長會怎麼想呢？有個女人曾經住在這裡，來路不明的女人……昆恩探長應該會認為是這個女人殺害卡倫。他一定會這樣想。她好高興，真的高興！她拒絕深入去想一個既存的事實——那個女人根本不可能殺害卡倫——因為那道門是門上的。門是門上的。門是門上的……

「我會挖出到底是什麼人藏身在這兒。」探長生氣地說。

艾勒里將粉盒及梳子歸回原位，然後冷不防地說：「情況已非常清楚。住在這房間的女人是誰應該不難找出，您手下有在這裡發現指紋嗎？」

「一個也沒有。」老人怒氣沖沖地說。「這房間最近肯定有過大清掃。那日籍女僕不肯說出來。」

「讓我們再想想，」艾勒里沉吟著，「根據這些衣服——她應該有五呎七吋或八吋高，體重應該是一百三十磅上下。她的頭髮是淺色的，膚色白皙。從壁櫥中的衣服款式來看，應該不是個年輕的女人。妳同意我的看法嗎，麥可盧小姐？」

「是的，這些衣服應該是四十歲左右的女人會穿的款式，而且是很久以前的款式。」

「此外，她還會拉小提琴。她的身上藏著一些秘密——重要的秘密，否則萊斯小姐為什麼要隱瞞？為什麼她從來不透露有這麼一個女人？還有，為什麼她要不辭麻煩地去遮掩有關這女人的線索？譬如，不讓任何接近這裡，以及頻繁地撤換女傭。如果仔細檢查的話，可能還會發現這些牆壁都有隔音效果……這是一個秘密！」他試著問麥可盧醫生。「醫生，我的描述，有沒有讓您想起某一個您認識的人？」

麥可盧醫生緩慢地摩擦著自己的臉，顯得很苦惱。「我想不起來——」

「再想想。有可能這不是她來到美國後才認識的人，從年紀著手！日本，日本！」他熱切地向前傾著身子。「加油，醫生，努力想想！您在東京曾經見過她的家人……」他慢慢地伸直身體。「她的家人。就是這樣，一定沒錯——等等！」

他跑向壁櫥，拿著兩隻鞋回來。「還有一件重要的事，我差點忘了。這兩隻鞋，都是右腳，沒有看見其他的鞋子，沒有左腳。你們看見了沒有？」

「幹得好，大偵探。」特里·林格喃喃低語。

「這是全新的，還沒穿過。」艾勒里將兩隻鞋擺在一塊兒，急切地說。「這暗示——她可能是個只能用右腳走路的女人，或者發生了什麼不尋常的事，讓她只能穿著訂做的鞋子。是吧，醫生？」

麥可盧醫生看起來好像深受打擊。但是，他的聲音卻故作平靜：「不，這不可能。」

「爸爸！」伊娃大聲喊道，同時搖晃著他。「是什麼人？告訴我們！」

特里．林格拉長語調說：「當然，事情已經明朗化了，我們一定會找出答案的，現在只是時間早晚的問題而已。醫生。」

「我說了，這不可能！」醫生咆哮道。然後他垂著肩膀再次走到窗前。當他再度開口說話時，聲音變得冷酷而單調。不過，他們都看到了他的手正緊抓著窗簾，像是恨不得把它扯下來一樣。

「與卡倫有關的人中，的確有個女人符合你的描述。她一頭金髮、皮膚白皙，身高與體重跟你說的差不多，慣用左手，喜歡拉小提琴。但是，這已是二十年前的事了，她二十二歲……她穿著特別訂做的右腳鞋子，因為，她一出生右腿就比較短，只能拖著走。」

「她是誰，醫生？」艾勒里輕聲問道。

「卡倫的姐姐。卡倫的姐姐伊絲特。」

伊娃在她身後的床上盲目地摸索著。這太過分，的確太過分。她知道伊絲特．萊斯的事。她知道麥可盧醫生剛才為什麼說不可能，的確伊絲特．萊斯不可能會躲在這閣樓內……

「不可能是巧合。」老探長慢慢說道，「一定是那個女人。」

「你真這樣認為？」麥可盧醫生轉過身來，面對著大家。伊娃低聲抽泣著。「你真這樣認為?我可以告訴你，伊絲特·萊斯從來沒有離開過日本。伊絲特·萊斯一直都在日本。」

「噢，算了吧，」老人厲聲說道，「你根本無法確定。」

「我十分確定，」麥可盧醫生一點都不退讓，「伊絲特·萊斯早在一九二四年就死在東京了——就是十二年以前。」

12

「你親眼看到伊絲特·萊斯死了嗎，醫生？」昆恩探長平靜地問。

「不要理會這種廢話，伊娃。」醫生怒吼著，「這只是該死的巧合。」

「但是，爸爸，」伊娃喊著，「她自己的親姐姐！這太可怕了。」

「我說了不要相信！妳聽到我說的話嗎？」

「現在請不要激動。」探長說。「這樣無濟於事。」

「太荒謬了！」醫生吼道，「伊絲特自殺了——渡假時在太平洋跳海自殺的！」

「醫生，難道這就是，」艾勒里問，「星期一下午你在潘希亞號船上不願意提起的那個悲劇嗎？」

「是的。」醫生緊鎖著眉頭回答，「我不願談起這件事。那時我人在新英格蘭，卡倫寫了封信告訴我這件事。事實上，當時的波士頓報紙還曾經報導過此事，那時萊斯博士才剛離開波士頓不久。」

「有趣。」探長凝神思索著。

「這事是千真萬確的，探長！」前後矛盾的伊娃喊著，「卡倫曾跟我提起過這件事，她也不願去討論它。不過她卻告訴了我。」

「各位，對不起，我出去一下。」昆恩探長說。

他從艾勒里旁邊擦身而過，他們聽到他下樓的聲音。特里·林格把他的重心換到另一隻腳上，彷彿他已經等這個機會等很久了。

「就這樣，湯瑪斯，」他們聽到下面臥室裡探長講電話的聲音。「隨時提高警覺，眼睛放亮些。」然後他們聽到他再次上樓的聲音。當他出現在樓梯口時，他們看到他手上帶著一小包信件，用一條細紅繩綁著。

「那是什麼？」艾勒里問，「我之前怎麼沒看過。」

「你當然沒有。」探長用親切的聲調回答說，「早在我們初次搜查時就拿走了，我們當時沒有意識到它的重要性——但是現在不同了。」

麥可盧醫生望著那綑信，岩石般的面頰更顯蒼白。

「你知道嗎，」探長和藹地說，「這一包信是萊斯小姐保留下來的——就放在地下室一個老舊的柚木箱子裡。發信日期大都是在一九一三年期間，有兩封是在一九一八年，而且其中有一封信是你寫的，收信人是伊絲特……萊斯……麥可盧。」

麥可盧醫生頹然坐在書桌旁的椅子上。「我猜其他的信是伊絲特和弗洛伊德之間的往來信件？」他呻吟地說，「我還愚蠢地希望——」

「爸爸，」伊娃皺著眉頭問，「這些信都提到了什麼事？」

「我應該早些說出來的。」醫生神情疲憊地說，「伊絲特・萊斯是我的弟媳婦，一九一四年她和我弟弟弗洛伊德在東京結了婚。」

醫生以沉悶的聲音敘述了他的故事。一九一三年，他為了尋找治療癌症的線索，遠渡重洋到了日本，他的弟弟弗洛伊德——也是個醫學博士——陪著他一起來。他講了一些關於他弟弟的事情——沒有責任感的年輕小伙子，喜歡玩樂，但是心地善良，容易受影響，他崇拜他的哥哥，所以他習醫與其說是個人興趣，不如說是追隨著他哥哥的腳步。

「我們在東京結識了萊斯姐妹，」麥可盧醫生凝視著地板說，「松戶老教授介紹我們認識的，他是我去日本要見的人之一。他在帝國大學教病理學，當然他也認識同校教英國文學的美籍教授雨果・萊斯。萊斯先生十分喜歡我們——當時在東京很難得可以見到美國人——所以我們就在他家消磨了很多時間。就這樣，伊絲特和弗洛伊德相愛了，並在一九一四年夏天——就在日本向德國宣戰的幾個星期之前——結了婚。」

伊娃走到他身旁，把手搭在他肩上。

「但是，你也愛上了伊絲特，」探長說，他拍了拍手中的那綑信。「醫生，這不難知道。」

他臉紅了。「該死的！好吧，我承認。當時我是相當認真，但是我看得出來弗洛伊德也愛著伊絲特。我認為他從來沒有瞭解過——瞭解過我的感受。」

「爸爸。」伊娃低聲喊道。

「當他們結婚時，戰爭已經逼進了……後來每件事都不順利——我的研究失敗了——所以，我只好回到美國，留下弗洛伊德在日本。他很容易適應新生活——而且他愛那個國家，所以他決定與妻子一起留在日本。此後我再也沒有機會再見他一面。」

他停了下來。探長鼓勵地說道：「繼續，醫生。後來他出意外了，是不是？你在一九一八年寫給卡倫·萊斯的信中曾經提及這件事。」

「是的，卡倫寫信告訴我事發經過。弗洛伊德有個嗜好——槍。他非常狂熱，他與伊絲特結婚之後，就在東京住家的庭院中闢設了一座射擊場。甚至早在這之前，他就試著教她射擊。」

「她射中他了？」艾勒里不相信地問。

他的聲音微弱得幾乎聽不到。「噢，類似的事情發生過成千上萬次了，只是這次……。她正在瞄準靶子，而他就站在附近的危險區域裡。加上，當時她又非常緊張。子彈穿過了他的腦部，他當場就死了，根本來不及意識到發生了什麼事。」

他又停了下來。但是，探長說：「那並非全部，是不是，醫生?當時還扯入了另一個女人——」

「那麼，這件事你也知道!我作夢也沒有想過那些信還……」麥可盧醫生站起身，開始不停踱步。「是的，還有另一個女人。不過這一點從來沒有獲得證實，因此直到現在我也不能確定。即便真是如此，我也知道這事不能怪弗洛伊德。他英俊又柔弱，不少女人都迷他。我可以發誓他真心愛著伊絲特，而且只愛伊絲特一人。但是——顯然有些流言蜚語還是傳入了伊絲特的耳裡。」

「噢，」伊娃同情地說。

「你們必須瞭解伊絲特。她是個莊重的女人，漂亮、敏感、聰明，還是個作家……但是，她身體的畸形卻讓她感到自卑，我猜，任何有關弗洛伊德背叛她的閒言閒語，都讓她苦惱不已。所以，當她開槍打死弗洛伊德時，她是真的相信——」他的臉黯淡了下來。「在潛意識裡，她確實想殺他，所以這就不完全是意外，而已經是蓄意謀殺了。過了一段時間後，她甚至說自己都相信她是故意的，而且是精心策畫的謀殺。」

「這就是她自殺的原因嗎？」艾勒里問。

「是的。經過調查之後，雖然證明她無罪，但是她的精神狀況卻出了問題，而且還日益嚴重。」醫生臉上汗水淋漓。「這次意外發生於一九一八年，我聽說後就趕去了日本，眼見我在那兒幫不上什麼忙，所以我又回到了美國。那是一九一九年初。」他停了一下後又繼續說，「雨果·萊斯博士死於一九一六年的戰爭期間，因此只剩卡倫與伊絲特兩人相依為命。一九二四年，我聽說伊絲特投水自盡，到了一九二七年，卡倫離鄉背井跑到紐約來。我甚至不知道她人在紐約——直到我在波士頓報紙的文學專欄裡看到了她的名字。自然而然地我去見了她……事情就是這樣了。」他慢慢地擦著他的臉。「因此你們現在應該明白，為什麼我會說伊絲特不可能出現在這裡的原因了。」

伊娃僵住了。「我知道了！事情一定就這麼簡單。這只是因為卡倫想念她姐姐，於是才重建了這個房間，用來存放她姐姐的衣服和其他東西。當然了——這就是答案！爸爸是正確的——她根本不可能還活著。」

「我可不敢太肯定，」特里・林格故意看著手指甲說，「卡倫如何保留下來有她姐姐頭髮的梳子？」

「等等！」伊娃說，「或者，她也有可能沒死，但是……這太瘋狂。爸爸，你說她在那件意外之後精神狀況不穩定。這也許能說明——卡倫故意發佈她自殺的消息，然後安排……她在這裡生活。也許卡倫不希望看到她進入精神病院？」

探長看起來若有所思。「哈，這裡面的確真有文章，麥可盧小姐。」

艾勒里走到書桌前，翻動著一些紙張。他看起來心事重重。「好吧，爸爸，您最好趕緊行動，不管她是什麼人。」

「我已經吩咐湯瑪斯去辦了。他正在與日本警方聯繫當中，以便確定當年的死亡證書無誤以及其他一些事情。如果我們發現她的自殺有任何偽造的跡象，我們可以從這些舊信件中得到她的筆跡。」

「我告訴你，事情不可能是這樣。」醫生還是堅持他的看法。

昆恩探長去了樓梯口，向著樓下喊道：「絹惠！嗨！快到這兒來，絹惠！——閣樓！」他走了回來，用陰沉的聲調說：「有項調查我們現在就可以進行。卡倫・萊斯如果真的藏了一個女人在這裡多年，她不可能沒有人幫忙。如果那個女人是伊絲特・萊斯，那麼這個年老的女僕一定有涉入。她是跟著萊斯小姐一起到美國來的，不是嗎？」

麥可盧醫生啞著聲音說：「我不認為她——」

「這個地方需要有人打掃整理。事實上，就如我先前說過的，幾天前這個房間就曾徹底地打掃過。此外，倘若這個女人精神有問題，生活無法自理，就需要有人代勞做些骯髒的工作。趕快上來，絹惠。」

那個年老的婦人緩慢地爬著樓梯，每上一階就要停下來喘口氣。當她終於出現在樓梯口時，蒼老的雙眼滿是驚恐，羸弱的身軀不住地抖著。她看著閣樓的眼神，彷彿她知道曾有個人躲藏在那裡；然後，她的眼皮低垂下來，並將她的雙手縮進袖子裡，在那裡候著。

「絹惠，」探長說，「伊絲特在哪裡？」

絹惠平靜地說：「妳好，伊娃，您好，麥可盧醫生。」

「妳聽到我說什麼了嗎？伊絲特．萊斯在哪裡？」

絹惠點著頭說：「伊絲特小姐死了，死了很久了，死在大水中。」

「誰住在這個房間裡？」

「卡倫小姐。她有時候會住在這裡。」

「沒有其他人嗎，呃？」

「卡倫小姐，她住在這兒。」

「妳幾天前打掃過這房間嗎？」

「小姐不讓任何人進來。小姐禁止。」

「算了，」探長嘆氣，「妳出去吧。當日本人不願意說的時候，你就拿他沒輒，沒有辦法了，只好作罷。」

絹惠再次點頭，然後鎮靜地走下樓梯，對探長粗魯的評語充耳不聞。

「你們兩人回家休息吧，」探長繼續說，「看來今天沒有什麼事情好做了。如果伊絲特的事情有什麼進展，我會打電話通知你們。」

「再見。」伊娃壓低聲音對著大家說。當她和看起來仍顯得激動的麥可盧醫生開始下樓時，特里·林格也想跟著走。

「不，」探長柔聲說道，「你不能走，特里。」

13

「噢，」特里·林格說著，停下了腳步。探長走過去關上閣樓的房門。

艾勒里嘆了口氣，跨步走到窗前，眺望著下面的花園。在夕陽西沉的餘暉中，花園顯得平靜且空曠。他心想，在卡倫·萊斯舉行慶祝酒會的那個黃昏，閣樓裡的女人是不是也像他現在一樣，熄了燈站在窗前望著下面熱鬧的花園。他還想知道，當時她心裡想些什麼。

他注意到窗子內還有一道向後折疊的百葉窗——是那種笨重的木造百葉窗，上面只有一些用來流通空氣的裝飾性洞孔。捲起的這些窗板在窗戶上方形成了一道深藍色的陰影。是的，某種情況下，這裡的確像個密室。

「不可思議。」他最後下結論說，但並沒有轉過身來。「一個人孤獨地住在這裡好多年，怎麼可能都沒有引起任何人的懷疑。從來沒有聽過這麼奇怪的事情。」

「先不要管這些了。」昆恩探長說。「特里！」

「又怎麼啦，老爹？」年輕人嘆了口氣，「手銬？少來啦，別天真了。」

艾勒里轉過身來。看到這兩個男人面對面站著，就像兩個有教養的決鬥者，而且兩人都面帶微笑。

「我認識你好多年了，」昆恩探長親切地說，「你一直是個好孩子。雖然你經常嘲弄總局那些人，但我從來不怕你會做出偷拐詐騙的勾當來，說明白點，你是個故意找麻煩的討厭鬼。但我始終喜歡你，特里。」

「感激不盡，老爹。」特里一臉嚴肅。

「為什麼你不乾脆說出你在這案子上所扮演的角色？你能協助我們破案，特里。這件事大有內幕，你知道些什麼？」

「好吧，如果巨人隊再度吃敗仗，明年我會改支持聖路易·布朗斯隊，我對天發誓。」特里說。

「我看不出來，」探長不為所動，「你這樣做有何好處，誰會支付費用給你呢？卡倫·萊斯已經死了。」

這下子打中目標了，雖然只是曇花一現。特里·林格露齒而笑。「不勞費心。」

「那就太糟糕了，」老人說道，「真是糟糕，小伙子。你瞧，如果我不知道你的為人，我會把你像重要證人那樣扣起來。對於你們這些獨來獨往的私家偵探，我一向沒有好話。他們多數見不得人。敲詐、勒索、賣弄拳頭、產業間諜、酒鬼——糟糕透頂的一群人。但是，你不同，特里。」

「您太抬舉我了，老爹。我就當它是恭維了，」特里由衷說道，「是這樣沒錯吧？」

「隨你高興，」探長說。「記住，我就等你到這個禮拜，如果你到時還是不說，那麼將會死得很難看。」特里．林格開始向房間四周張望。「你在找什麼？」

「電話，我要找律師。每個壞蛋惹上麻煩時不是都這樣做？」

探長抬高音量：「上帝作證，有朝一日我一定會逮到你！」

「慘了！」特里說，「看來我是在劫難逃了。」

老人的臉青一陣白一陣，他走到樓梯口喊道：「湯瑪斯！該死的，你跑到哪兒去了？湯瑪斯！快上來！」

當那雙大腳像雷聲乍響跑上樓梯時，整棟房子似乎都在晃動。特里一派輕鬆地等著，不久就看到維利巡佐那龐大的身軀猛衝了進來。

「發生什麼事了？」他沉聲喊道，「是這個傢伙在作怪嗎？」

「把他帶到警局問話！」探長咆哮道。

維利巡佐摩拳擦掌地說：「走吧，特里。」

「見鬼了。」特里開玩笑地說。他背抵著床鋪的一根柱子站著，儘管臉上一直帶著笑容，但是他的身體開始放鬆，微微往前彎著伺機而動。

「看吧，真是太糟糕了。」維利巡佐咧著嘴笑道，「我不想傷害你，小姑娘。想當年你在中央街上閒盪時，我就警告過你了。你是自己走過來，還是要我強行把你帶走？」

「你，」特里問道，「你以為我會怕你不成？」

維利巡佐咧著嘴開始咒罵咆哮，他舔了舔他那皮革般的嘴唇，彎著腰蓄勢待發。

「等一下，」艾勒里嘆氣，「先不要衝動。」維利巡佐站直了身子，看來有些不好意思。「您想想，老爸，別讓您的情緒衝昏了頭。特里到了總局，不到兩個小時就會被釋放。還有如果你惹惱了他的話，他會做出些無傷大雅的報復行動。您再想想，報社的小伙子們都喜歡他。」

探長吹鬍子瞪眼睛地看著眼前那個一臉興災樂禍的人。然後他用力打開鼻煙壺，掐了一撮褐色的東西放入鼻孔，忘情地吸了進去，接著打了一個老大的噴嚏，然後囂叫著：「算了，湯瑪斯。特里，我不會就此作罷的！」

就像大狼犬跟著小㹴犬一樣，維利巡佐尾隨著矮小的探長往樓下走去，離開特里的視線。不久，傳來臥室門砰地一聲關上的聲音。

「喲，」特里掏出一包香菸。「偉大的老傢伙，你老頭。」他咯咯地笑，「真想看看他發狂的樣子，來一根？」

艾勒里拿了一根香菸，特里幫他點了火。「你打算怎麼做，」艾勒里嘟噥著，「如果那個吃人的傢伙真的撲向你？我曾經看到維利巡佐以一敵七痛宰了七個匪徒，對方那群人可不是媽媽的乖小孩。」

「真是萬幸。」特里搔著頭，然後他可憐兮兮地露齒而笑。「不過另一方面，我卻很遺憾你出面制止了他。我一直想試試，看看我是否能收拾那隻大猩猩，但卻一直苦無機會。」

「噢，走吧。」艾勒里說，「你這個惹人厭的傢伙。」

下樓途中，他們遇見了絹惠。那年老女僕就像其他上了歲數的婦人一樣，步履蹣跚地往上爬著；她靠在牆壁上，讓他們二人先通過，眼睛一直垂看著地面。艾勒里回頭時，看見她繼續艱難地往上走。

「對她沒有任何好處，」特里實事求是地說，「如果是她搞的鬼。瑞特那個大塊頭會嚇得丟了他的親奶奶。」

艾勒里皺著眉頭。「絹惠……總之，她一定是解開某個問題的關鍵。真是可惡，這些見鬼的東方人！」

「你抓到她什麼把柄了嗎？」

「噢，啥都沒有。他們的民族性總讓我煩躁不安。你知道，也許日本人是地球上自卑情結最嚴重的民族。這就是他們為什麼不停地在亞洲興風作浪的原因，禍根就是他們崇洋媚外的心態。」

「你想從她那兒挖到什麼消息？」

「別開玩笑了。我的意思是絹惠從來沒有克服她對白皮膚的崇拜。她是卡倫·萊斯的人。毫無疑問地，她知道閣樓房間內所發生的每一件事。卡倫要她守口如瓶，加上她根深柢固的崇洋心理，讓她的老嘴閉得更緊了。算了，說說你的事情吧。」

「呃，」特里沒有說話。

他們必須經過後邊一間陽光普照的小房間才能到達花園。那隻紫紅色的樫鳥就關在掛在那兒的鳥籠裡，當他們走近後門時，這隻鳥瞪著閃亮的眼睛惡狠狠地看著他們。

「牠令我頭皮發麻。」艾勒里不舒服地說，「快走！」

那隻鳥張開強而有力的嘴巴，朝著艾勒里的方向發出沙啞的刺耳叫聲，這讓艾勒里全身汗毛直豎。他緊跟著他的同伴快步走到可以俯視花園的小陽台上。

「我想，」他怒吼道，「卡倫·萊斯應該絞斷牠那美麗的脖子。」

「也許，」特里說，他顯然心不在焉，「也許牠是一隻喜歡上你的母鳥。」

他們往下走到花壇，在花園的矮樹叢中穿梭漫步，聞著花香，聆聽小鳥悅耳的吱喳聲。涼風習習，他們心情不覺舒坦了起來。艾勒里突然想起了躺在法醫鮑迪停屍房中那具纖細僵硬的屍體，因而產生了一些罪惡感。

「我們坐下吧。」他說。「我得好好想一想。」

他們坐在面對房子後部的長椅上，有好長一段時間都沒說話。特里吸著菸，耐心等待著。艾勒里低垂著頭，閉上了眼睛。特里不經意地瞥見了窗戶後面有一張年老的東方人臉孔窺視著他們；然後他又看見，那個白人女僕吉妮佛·歐馬拉愚蠢的臉出現在另一扇窗戶後面。他假裝沒看見，不久兩張臉都消失了。

艾勒里睜開眼睛說道：「這個方程式裡有太多的未知數，我目前還找不出答案。我必須將這些未知數一一排除，而你手中就有一個答案——而且相當重要，我想。」

「我？」

「幹嘛？我這麼辛苦工作是為了誰？」

「為什麼我會知道答案？如果你認為伊娃·麥可盧無罪，這將是你第一次拿別人的話當做一回事。」

艾勒里大笑。「你這是在說你自己吧？」

特里·格林踢了一些小石頭到小路上。

「那好吧，」艾勒里嘆了一口氣，「我們就從頭來看，看看有什麼結果。首先是星期一下午的電話，卡倫·萊斯沒有接聽，最好的解釋就是當電話鈴聲響起時，她已經死了。這點讓我父親煩透了，但是對我來說，它已經不再是個困擾了。因為我隱約覺得，打電話的是你。」

「你再猜呀。」

「噢，真的是你，特里！」艾勒里大笑著說，「別再孩子氣了。不難看出你和卡倫·萊斯之間有些業務往來——換句話說，她看中的是你私家偵探的身份。無意冒犯，但如果說她對你有意思，那就真的匪夷所思。」

「這有他媽的那麼不對勁嗎？」特里面紅耳赤。「就因為我沒有上過大學，你們這些自命不凡——」

「噢，這有意思，但是我不認為萊斯小姐會喜歡你。你的體格也許更符合要求……行了，她是看中你的專業能力而雇用了你。秘密——除非是見不得光的秘密，否則一般人不會找上私家偵探。秘密，而且有跡象顯示，這個秘密與住在閣樓房間的那個女人有關。我想沒錯，就是這樣，百分之百！」

「好吧，你想知道什麼？」特里餘怒未消。

「你們的交易內容。」

「你不是正在推理嗎？」

「哼。突然，萊斯小姐覺得必須採取必要的步驟去建立第二個管道——這一次她看上的是正規的警察。除非：第一個可能就是你沒能達成任務，讓她被迫尋求正常的管道去調查；第二個可能是你成功了，但卻是以骯髒的結果收尾。」

「為什麼，你——」特里．林格不安地站了起來。

艾勒里碰了一下他的手臂。「嘖、嘖，肌肉真結實！坐下，泰山。」特里瞪了他一眼，隨即坐了下來。「無論是哪一種情形，已經都不需要你出馬了。感情豐富的講法是：你因此傷到自尊心了。她都已經委託給你了，但是你卻莫名其妙地聽說她找了總局的警探過來。甚至有可能是她親口告訴你的。」特里依然沒有開口。「你得知星期一下午五點她與格維弗伊有約，就急忙趕到華盛頓廣場，在大學城逗留，讓我猜猜，你應該是為了打電話。但電話一直沒人接聽。眼見時間快到了，所以你就進了屋子，然後發現她死了。」

「滿嘴胡言亂語，」特里說，「不過趁著沒人在場，我可以告訴你一件事，電話確實是我打的。但那又如何？這有什麼不對嗎？」

「啊哈，」艾勒里說——因為這小小的勝利而喜形於色，不過看到他朋友沉著臉，他馬上就收斂了。「好了，只要我的推理……特里，我不相信那個金髮女人上周末還在那棟房子裡。關於這一點，你有什麼要說的嗎？」

特里．林格跳了起來。「你已經獲得內部消息了！」他喊道，「該死的，你是怎麼想的——你都已經知道了還要來盤問我！」

「那麼這是真的囉。」

特里的激動情緒馬上就消失得一乾二淨，他朝下瞪視著艾勒里，他又被耍了。他用拳頭輕輕敲打著自己的下巴，然後聳了聳肩。「我再一次當了傻瓜。你這個滑頭，比我想像的更狡猾十倍。」

「過獎了。」艾勒里露齒而笑。「現在我已經知道個大概了。那個金髮女人逃出閣樓了，這讓卡倫．萊斯大為恐懼——至於為什麼，我承認我不知道。我必須再想想。」

「這是你最拿手的。」特里陰鬱地說。

「她雇用你私下調查，打聽那女人的去處。你接受了委託。但是她失去耐性了，她急著要找到那個女人，因此當你打電話告訴她還沒下落時，她解雇了你，還告訴你她決定找警察幫忙，還告訴你那些細節。這把你惹毛了，所以你決定介入。」

「相當接近。」特里踢著小石子，他承認了。

「她有沒有提過那個金髮女人的名字？或是告訴過你，她曾住在閣樓裡？」

「都沒有，是我自己發現的。她只說那是一個她感到興趣的人，並將那女人的模樣描述給我聽。」

「沒有名字？」

「沒有。即使說了，她可能也會使用假名字。」

「你又是如何發現那間閣樓的？」

「你想知道什麼——我全部的商業機密？」

「那麼你真的沒有發現那個女人？」

特里·林格站了起來，故意在小徑上閒晃。艾勒里熱切地看著他。他彎下腰，從路旁揀起了一塊石頭，在手裡掂了掂重量。然後轉過身，走了回來。

「以後我會一五一十地跟你說，昆恩。但是我現在不能信任你。」

「你為什麼要幫伊娃·麥可盧？如果那個暗門仍用門閂閂上，而使伊娃成了唯一的嫌犯而被警察逮捕，這對你有什麼不同？呃？」特里·林格看著手中那顆石頭。「難道這是你的另一筆交易？你在這個案子上同時腳踏兩條船？」

有那麼一瞬間，艾勒里的耳朵接收到了危險的信號。那褐色的拳頭緊緊地抓著石頭，用這塊看來無害的東西去打碎一個人的腦袋是這麼地輕而易舉。然後特里轉過身去，舉起手臂用力扔出石頭。石頭像棒球一樣飛越了側邊的花園牆壁，打斷了隔鄰院子的一根樹枝，然後在一陣咚咚的響聲之後不知滾向何處。

「可惡，你腦袋壞了？」他喘著氣說，「我不會回答你任何齷齪的問題。」

嗎？」

然而，艾勒里卻還睜大著眼睛看著那根搖搖欲墜的樹枝。「老天，」他說，「你是故意的

「故意什麼？」

「對準那根樹枝打啊。」

「噢，那個啊。」特里聳聳肩說，「當然。」

「天哪，老兄，它足足有四十呎遠哪！」

「我曾經做過更棒的，」特里淡然說道，「我瞄準了葉子打，不過僅僅打到了第三片。」

「而且用的還是橢圓形的石頭，」艾勒里喃喃說著。「你知道嗎，特里，我想這給了我一個靈感。」

「我曾是紅人隊的投手……什麼靈感？」他突然抬起頭來。

艾勒里往上看著。他的目標是房子二樓那扇加裝鐵窗的窗戶，窗格中的玻璃在星期一下午被石頭打碎了。

特里吼道：「你知道嗎，當那塊石頭星期一砸壞窗戶時，我正和那個女孩子在臥室裡。所以天殺的你到底想要做什麼——」

「我不是有意為難你，」艾勒里急切地說，「不過，特里，趕快找一顆與砸壞窗戶的那塊同樣大小和形狀的石頭。如果可能，甚至再小些。」

特里搖了搖頭，開始在花園裡尋找。「有了！這裡有一大堆！」

艾勒里跑了過去。這裡確實有不少圓滑的卵形石頭，他甚至還可判斷這些石頭與現在放在卡倫·萊斯臥室地板上的那一顆石頭是同樣大小。他們沿著小徑旁仔細地檢查，在石頭平均分佈的地面上的確有個地方空下了一個缺口，柔軟的地面上還留下了凹痕。

「這樣看來，那顆石頭應該在這裡拿的。」

「似乎沒錯。」

艾勒里俯身拾起了兩塊石頭。「帶一些走。」當特里彎身揀石頭時，艾勒里走回長椅子那兒，向上看著那扇安裝鐵窗、已被砸壞的窗戶。「那麼，」停了一會兒後他說，「就從這裡丟吧。」他轉動手臂，將石頭扔了出去。

石頭砸在那扇窗戶左邊兩呎遠的牆壁上，掉落到院子中。

「這沒有那麼簡單。」當特里蹙著眉頭看著他時，艾勒里喃喃說道。「站直，握緊，射！」他投出了第二塊石頭，這回落在那扇窗戶下方一呎處。一顆受驚的腦袋透過起居室的鐵窗，向外窺看著。

「嘿！」瑞特警探大吼，「搞什麼鬼，你們這些不怕死的傢伙？」而後他認出了艾勒里。「啊，我不知道是你，昆恩先生。怎麼回事？」

「只是一次失敗的實驗。」艾勒里失望地說，「你別管，瑞特。還有小心你的頭。我們有可能會神奇射門得分。」

瑞特警探急忙縮回他的頭。絹惠和吉妮佛·歐馬拉那女孩也在較低的窗戶前好奇望著，她們深感困惑而且一臉受驚的表情。

「你試試，」艾勒里催促他，「你曾經是個職棒投手，不是嗎？你既然都能打中四十呎外的樹葉，這個應該不難吧？試試那塊玻璃——就在破掉那塊的旁邊。」

「你真會強人所難，我怎麼能避開那些鐵條？」特里問，往上看了一眼凸肚窗。

「這正是重點所在。不過，那是你的問題，你是個專家。快點。」

特里脫下外套，鬆開檸檬黃的領帶，將帽子丟在長椅上，然後拿起了一塊石頭。他往上斜睨著右側的凸肚窗，腳上變換著位置，站定後掄起手臂，將石頭扔了出去。石頭砰然地砸中兩根鐵條，然後掉落在院子中。

「再試一次。」艾勒里說。

特里再試了一遍。這回他用不同的方法握緊了石頭。然而，窗玻璃仍然完好無損地立在原處，這次砸中了一根鐵條。

「不壞，有進步。」艾勒里說，「再來一次，我的天才投手。」

第三次石頭還是落了下來，仍然沒能砸中玻璃；第四次，第五次……

「混蛋！」特里厭煩地說，「這根本做不到。」

「但是，」艾勒里若有所思地說，「有人就做到過。」

特里取回外套。「沒有人可以避過那些鐵條而將石頭丟在玻璃上，我不要再試了。鐵條之間的間隔那麼窄，邊長超過半吋的石頭根本投不進去。」

「沒錯，」艾勒里說，「這是事實。」

「大火車（譯註：美國職棒投手華特·強生Walter Johnson的綽號）做不到！」

「確實，」艾勒里說，「強生先生做不到。」

「迪茲做不到！」

「迪恩先生（譯註：此二人均為美國職棒投手）也一樣。你知道，」艾勒里皺著眉頭說，「這證明了某件事情。」

「是呀，」特里拿起帽子，挖苦地說，「證明這塊石頭和命案沒有任何關係，星期一下午我就知道了。」

14

麥可盧醫生避開黑人女僕維妮塔的殷勤討好，沉浸在蒸氣迷漫的浴室中。維妮塔的手中拿著一疊來電名單、電報與信件，門廳的桌子上還有尚未拆封的禮盒與一束束的鮮花。

「噢，親愛的，」伊娃嘆道。「我想我們必須一一回覆，我不知道卡倫交遊如此廣闊。」

「不是因為她，」維妮塔對這種說法嗤之以鼻，「而是因為約翰醫生，這些人大都是醫生！」

「斯科特醫生打過電話嗎？」

「沒有，寶貝，他還沒有。現在聽話，脫掉衣服去泡個澡，妳聽到我說的了嗎？」

「是的，維妮塔。」伊娃順從地說，並走進她的房間。維妮塔瞪了電話一眼，嘀嘀咕咕地走進她的廚房。

伊娃泡澡時，電話響了四次，但是她都沒理會。她不會在乎任何事情了。她在黏貼著黑色瓷磚的浴室中，用大泡棉刷洗著身子，她看著穿衣鏡中的自己，感覺自己像是快要死了。如果像卡倫那樣的死法，傷口、痛苦，然後……？當卡倫一動也不動地躺在凸肚窗前面的小平台上時，她睜不開眼睛，她自己知道她正在慢慢死去——也許她甚至聽到了特里·林格與伊娃之間的每一句話，這時卡倫在想些什麼呢？噢，如果她當時有足夠的勇氣去感覺卡倫的心跳，伊娃心想，卡倫也許會跟她說些什麼。卡倫在那最後痙攣的片刻，如果能說些什麼，那麼所有的問題都會迎刃而解了……當她的咽喉汩汩作響的時候，她的眼裡還閃著光，他們因此發現她還活著。他——伊娃知道他會認為——說不出話的卡倫用她的眼神在控告伊娃。但是，伊娃自己清楚，這不是事實。伊娃清楚那眼裡的閃光僅僅是迴光返照而已，當光芒消退，她的心臟也停止了跳動……

伊娃生氣地扔掉了泡棉。她坐在梳妝台前，在臉上塗抹著冷霜。

那些慰問電話、信件及鮮花，他們一定都困惑不解，難以釋懷，不清楚究竟發生了什麼事。當一個人壽終正寢時，你打電話慰唁、寫便箋哀悼、送花弔喪，場面哀戚肅穆，然後每個人都覺得活著真好。即使送葬者中有人明知死者所有不為人知的缺失。但是，當某個人死於非命時，又該怎麼舉行喪禮呢？尤其是在凶手身分不明的渾沌情況下。慰問的鮮花也可能送到了凶手手中！

這是多麼的荒唐可笑，又是多麼的悲慘不堪。伊娃一想到這些，忍不住就淚流滿面。倘若他們知道——她是唯一能夠殺害卡倫·萊斯的嫌犯——她，伊娃·麥可盧，她自己。如果迪克知道……

「伊娃，」斯科特醫生在浴室門口叫她。

他已經來了！

伊娃擦掉了冷霜，用冷水沖臉，將臉擦乾後又撲上了粉，她選了最新型的三色唇膏——這種顏色正好可以搭配她的指甲及頭髮。她穿上了土耳其長浴袍，匆忙開了門，然後撲倒在斯科特醫生的臂彎中。

在臥室門口徘徊的維妮塔看到這一幕，著實吃了一驚。

「伊娃！妳——這不成體統！」

「走開，」斯科特醫生說。

「現在妳聽我說，嗄！我要去告訴約翰醫生——」

「維妮塔，」伊娃說，「走開。」

「但是妳的頭髮——亂七八糟，而且妳還光著腳！」

「我不在乎，」伊娃說，她第三次吻了斯科特醫生。他發現她裹在裕袍下的身子不住地顫抖著。

「光腳站在地板上，妳會染上致命的感冒！」

斯科特醫生掙開了伊娃的雙臂，走到臥室門口，在維妮塔憤怒的臉色下關緊了門。然後他走了回來，抱起伊娃一起坐在鱈角（Cape Cod）的搖椅上。

「啊，迪克。」伊娃嘆道。

「別說話，親愛的。」

他用力地抱緊她，伊娃在他溫暖的雙臂中漸漸淡忘了一直揮之不去的煩惱。有些事困擾著他，她看得出來。他安慰著她，但事實上，他試著要安慰的卻是他自己。此時的他不願開口說話，這表明了他不願意去想，不願意認真考慮任何事情。他只想坐在那裡，用雙臂緊緊抱著她，感受兩人世界的親密。

她推開他，撥開拂在眼前的頭髮。「怎麼回事，迪克？」

「我沒事？妳為什麼會這麼問？」他試著再次拉她坐下。「別說話，伊娃，就讓我們靜靜地坐著。」

「但一定有些事不對勁。我知道。」

他試著微笑。「妳怎麼突然變得如此敏感？這是糟糕的一天，就是如此。」

「醫院？你這可憐的人！」

「一個產婦，凱薩琳。如果她能好好照顧自己，就不會發生問題了。」

「噢，」伊娃再一次依偎在他懷裡。

但是這時，他卻急著說話，彷彿為自己辯護是當下最重要的事情。「她對我說謊，我要她遵守嚴格的飲食規定，她卻騙了我。我總不能像對待一條狗一樣拴著她，不是嗎？現在我才發現，她每天用霜淇淋、奶油、肥肉以及只有上帝才知道的什麼東東填滿她自己的肚子。」他恨恨地說，「如果一個女人不能將全部實情告訴她的醫生，那就只有他的丈夫有這個機會囉？」

原來如此。伊娃靜靜地躺在他的臂彎中，現在她都明白了。這是他問問題的方式。她可以感覺到他不穩定的心跳。看來自從星期一傍晚之後，他對伊娃就一直心存懷疑！

「還有，我整天都被那些可惡的記者追逐著。」終於爆發了，伊娃想，而且一發不可收拾。「該死的，他們究竟想從我這裡挖到什麼消息？我什麼事都沒做啊！就在今天下午，我還看到一張污穢的八卦報紙上有我的照片。『年輕有為的醫生否認』。否認什麼？我的老天！我一點都不知情！」

「迪克，」伊娃坐了起來，語氣平靜。

「我真想大聲咒罵他們。真相是什麼，醫生？誰殺了卡倫·萊斯？你有什麼看法？你的立場是什麼？她真的是個心臟病患者嗎？你叫你的未婚妻不要說話嗎？為什麼？在什麼地方？什麼時候？」他氣極敗壞地說得又快又急。「他們已經嚴重騷擾我的辦公室，糾纏我的病人，還在醫院裡追著我跑，詢問我的護士——而且他們還希望知道我們打算什麼時候結婚。」

「迪克，親愛的，聽我說。」她捧著他漲紅的臉。「我要告訴你一些事。」

他俊秀的鼻尖——以往伊娃經常親吻的——因為突如其來的害怕而轉為蒼白。他說道：「是嗎？」聲音沙啞。他嚇壞了。他全身上下的反應都在說明這件事，她幾乎要開口問他究竟在害怕什麼，雖然答案她已經了然於胸了。

「對於卡倫的死，警方還有一件重要的事情還不知道。」

他靜靜地坐著，眼睛看著別處。「是嗎？」他又說了一次，這次他甚至沒有試圖掩飾他的恐懼。

「噢，迪克！」伊娃不顧一切地喊著，「那道門不是開著的！它從臥室裡面被反鎖了！」

就這樣了。她感到心情舒坦多了。就讓他去擔驚受怕吧，伊娃帶著一絲快意想著。假如他真的受到驚嚇，一定會呆若木雞。

的確如此。斯科特醫生僵硬地從椅子上站了起來，過了好一陣子才回神過來。「伊娃！什麼門？」

「卡倫臥室裡的門，可以通往閣樓房間。當我進去臥室時，那道門已經被門閂從臥房這邊閂上了。」伊娃對自己平靜的口氣感到吃驚，同時也以批判性的眼神注視著他。她現在唯一的感覺是同情，看樣子他正忍受著可怕的壓力。他的嘴巴張開了兩次，但都沒能發出聲音。

「但是，伊娃，」他用茫然若失的聲音說，「怎麼有人能夠——沒有人可以進出閣樓！」

「是的。」

「還有臥室裡的窗戶——」

「加裝了鐵窗，」伊娃幫他回答，口氣就像是在討論一頂新帽子的款式。

「這麼說，僅有的一條通路是起居室，而當時妳人在那兒。」他的眼睛發亮。「伊娃！一定有人進出那個起居室。就是這樣，不是嗎？某個人經過那兒，而妳——妳沒有告訴警察。」

「沒有人進出，親愛的。」伊娃說，「連隻老鼠都沒有經過。」

「但是，我的天啊！」

「我沒有說謊，如果這是你的意思。」

他的嘴張開又闔上，然後開始在房間內來來回回地踱步，就像一個趕搭火車的旅客。「但是，伊娃，妳不知道妳在說什麼。那就意味著沒有人——除了妳之外任何人都不可能……」

「就是這樣，」伊娃平靜地說，「沒有任何人，只有我才能殺害卡倫，說出來吧，別害怕，親愛的。我希望你能說出來，我希望親耳聽到你說。」

他停下腳步注視著她，她也在看著他，房間裡沒有一點聲音。此時從客廳傳來麥可盧醫生嗥叫的聲音，醫生不知道為了什麼事情正對著維妮塔發脾氣。

斯科特醫生顫抖著看了她一眼，然後雙手用力插進口袋，還踹著伊娃腳下的小地毯。「見鬼了！」他爆發了，「這根本不可能！」

「什麼不可能？」

「整個情形。」

「什麼情形——謀殺……還是我們的婚事？」

他用力拉扯著頭髮。「聽著，伊娃。我必須好好想想。妳要給我點時間讓我想想。妳不能像這樣突然地把事情扯出來——」

伊娃裹緊身上那件白色浴袍。「看著我，迪克。你相信是我殺了卡倫嗎？」

「我的天啊，不！」他喊道，「我怎麼能確定？一個房間——只有一個出口——任何人都沒進出……我該怎麼想？公平一點，伊娃。給我時間！」

這情形荒謬地近乎可悲，痛苦與懷疑是如此地真實與明白，伊娃胸口突然一陣刺痛，彷彿體內有某種東西碎成一片片了。她覺得她快倒下來了，但是她要忍著，她還有一件事情要說，還有一件事情要問。她想，她是真的想要知道，她痛下決心。

「迪克，你還記得星期一下午你曾說過要馬上結婚嗎，當時我拒絕了你，就是因為這個原因。我也需要時間，因為我——我無法承受告訴你的後果。但是，我不能沒有告訴你這件事就和你結婚。你明白嗎？那麼，既然現在我已經告訴你了……」伊娃住了嘴，她不要說得太明白，也不要對方有太多遲疑。他們都不是小孩子了，對成年人來說，有些事無需多費唇舌。

他舔了一下嘴唇。「結婚——妳意思是說，現在？」

「明天。」伊娃不放過他，「市政廳、康乃狄克州，或其他任何地方都行。」

這些話聽來彷彿不是她的聲音，也許因為她已經冷了心。她已經找到了她的答案。他甚至不必回答。星期一他說想和她馬上結婚，今天星期三，他卻說他需要時間。

出乎伊娃意料的事情發生了。他冷不防地抓住她的手。「伊娃！」他的聲音出現了一些新東西。「我想來想去，還有一個問題。星期一在警察趕到之前，是誰打開了那扇門——是妳，還是那個叫林格的傢伙？」

「這又有什麼差別。」伊娃不感興趣地說，「是林格先生。他深思熟慮後動的手腳，因此救了我。」

「另外還有誰知道？」

「爸爸、昆恩先生——年輕的那個。」

「除了我之外！」他苦澀地說。「妳還期望我——」他皺緊眉頭看著她。「如果那個探長知道這件事，會發生什麼事？」

「噢，迪克，」伊娃呻吟著，「我不知道。」

「林格有什麼企圖？他為什麼會為了一個素未謀面的女孩做出這種事？」斯科特醫生的雙眼泛紅。「或者，你們以前就認識？」

愚蠢；愚蠢且無聊至極。「不，迪克。他只是好心幫忙。」

「好心幫忙。」斯科特醫生冷笑著說，「那個東區的人渣！我已經請人調查過他了。他那些齷齪的事情我一清二楚，城中所有惡棍都是他的好朋友！我知道他想得到什麼。我知道他是哪種人！」

「迪克，這是你說過的最惡毒的話。」

「提防著他！我只想知道我的未婚妻淌了什麼渾水。就是這樣！」

「你膽敢用這種方式和我說話！」

「在見不得人的謀殺中夾雜著——」

伊娃衝上了床，將臉埋在燈芯絨的被單中。「走開。」她嗚咽著說，「我不想再看到你。你認為是我殺了她。你懷疑我和——和那個叫特里的人有……你走開！」

她將臉埋在被單中大聲痛哭，身上的浴袍歪斜著，裸露出大腿。但是她一點都不在乎。一切都結束了。他——他走了，雖然她沒有聽到關門聲。她了解她已經沒有任何理由再對他有所期待。畢竟，他根本一點都不瞭解她。當男女雙方墜入了愛河，除了親吻與喋喋不休的廢話，還有多少時間可以互相彼此瞭解。他們只知道彼此的臉，每一次呼吸、接吻與嘆息的方式——除此之外再也沒有別的了。講什麼真實，說什麼內在，而這些才是最重要的。如此說來，她又怎麼能夠苛責他呢？此外，他還要考慮到他的職業與未來啊，這是他的一切。他在毫無預兆的情況下突然發現他的未婚妻捲入了命案，他怎能不考慮自己的前途——考慮人們會怎樣在他的背後散佈謠言。他敏感；他出身良好；也許他的家庭背景正是促成他離去的原因。他那個固執的母親，他那刻薄無情的父親……

伊娃哭得像個淚人兒，現在她才發現自己有多麼自私，多麼不可理喻。他不能不顧他的家庭，他也幫不了自己所陷入的困境。他只是一個男人——親愛的，我最親愛的……而現在，她把他永遠趕走了，連幸福的機會都已經飛離了。此後，除了那個可怕的矮小探長之外，她已經沒有什麼需要面對的了。

斯科特醫生鬆開了拳頭，俯臥在床上靠近她，他的臉因為悔恨與熱情而扭曲著。「我愛妳。親愛的，我愛妳。我對不起妳。我不是那個意思。伊娃。我愛妳。」

「噢，迪克！」伊娃抽泣著，她緊緊地摟著他的脖子。「是我不瞭解情況，這是我的錯，期望……」

「什麼都不要說。我們要一起面對，一切都將會風平浪靜，我們要在一起。摟緊我——吻我，親愛的。」

「迪克……」

「如果妳想要在明天結婚——」

「不！除非一切事情都——一切都能——」

「好吧，親愛的，一切都聽妳的，別擔心。」

稍候，伊娃在床上靜靜地躺著，而他則安靜地坐在她身旁。醫生冷靜的手指按壓著她的太陽穴，舒緩著那不斷抽動的血管，以便幫助她入睡。然而，在她抖動的頭髮上面，斯科特醫生拉長著臉，一臉苦惱。

15

「這個案子挺麻煩的，」艾勒里星期四下午對特里·林格發著牢騷，「真不敢相信有這麼多不確定的因素，就像無頭蒼蠅一樣，我是一點頭緒也沒有。」

「你又遇到什麼麻煩了？」特里輕輕拂去淡紫色領帶上的菸灰，領帶下則是一件暗紅色的襯衫。「該死，領帶上竟然有個被香菸燙到的痕跡！」

「還有，你必須穿這些糟糕透了的襯衫嗎？」他們在卡倫家花園的小橋上停了下來。「依我看，你最近的雄性激素分泌太旺盛了。現在是九月，老兄，不是春天！」

「去你的。」特里臉紅了。

「你錯把電影明星當成你的偶像了。」

「見鬼了!今天你的腦袋裡裝的是什麼？」

艾勒里撿了一塊小石頭，丟到小小的池塘裡。「我有一個新發現，但怎麼想都想不通。」

「哦？」

「你認識卡倫·萊斯也有一段時間了。還有你對人性自有一套可靠的看法，你認為她是怎樣的女人？」

「我對她的了解就只有報紙上看過的那些。著名作家，大約四十歲，漂亮，要命的聰明及正直。怎麼啦？」

「我親愛的特里，我想知道的是你個人的看法。」

特里瞪眼看著金魚。「她是個騙子。」

「什麼！」

「這是你要我說的。她是個騙子，我壓根不相信她。名副其實的金玉其表，敗絮其中。」

艾勒里凝視著他。「你真行，我可敬的對手！那就是她的個性，而且，我相信沒錯。」他的笑容逐漸淡去。「按我的想法，就是那樣。」

「能夠擺脫她，是麥可盧醫生的運氣。如果他們真在三個月後如期結婚，他可能會用拳頭打斷她的鼻子。」

「就麥可盧醫生的體型來說，他是屬於李斯特·霍華特（譯註：Leslie Howard，世界知名的鋼琴大師）那型，而不是維多·麥勞倫（譯註：Victor McLaglen，動作派電影明星）那型。儘管如此，你說的大概沒錯。」

特里悻悻然說道：「當她遇害時，如果醫生不是遠在一千英里外的船上，我會認為是他本人幹的。」

「倘若真如你想的，那就需要一架水上飛機了。」艾勒里咯咯笑道，「不過，真希望我能知道醫生在煩惱些什麼，他對伊娃比對他已故的未婚妻要關心多了。」他望著池塘。「我希望我能找出確切的答案。」

「我也是。」特里說。他摸著領帶。「別這樣，從實招來吧。怎麼回事？你發現了什麼？」

艾勒里想得入神，他點起了一根菸。「特里，你知道嗎，真正的卡倫·萊斯是什麼？我告訴你，寄生蟲。一種非常特殊的蝨子狀怪物。惡魔手中最邪惡、最令人難以相信的一個女人。」

「你可不可以不要拐彎抹角？」特里焦急地說。

「讓我驚訝的是，她怎麼能夠長時間處心積慮地專注於一個邪惡的目標，這肯定要承受著經年累月的憂懼所帶來的極大痛苦。這只有女人才能做到——一個沉默且狂暴的女人。我不知道這背後的原因是什麼，但是我猜在多年以前，她愛上了弗洛伊德·麥可盧。」

「你的想像力真是天馬行空，我的朋友。」

「一個在還沒開始就已然破碎的愛情故事……是的，它會讓人愚不可及。」

「嗯，胡說八道。」特里說。

艾勒里再度凝視著池塘中的倒影。「再來就是命案本身了。即使知道了萊斯是個怪物，但這件命案仍然是一個謎。」

特里不耐煩地躺在草地上，拉下灰色的毛帽蓋住了眼睛。「你應該從政的。」

「我已經徹底搜查過樓上那兩間房間，也檢查了凸肚窗上的那些鐵柵欄。它們仍然牢牢嵌在堅硬的混凝土中，沒有任何損壞，完全不能移動，最近也沒有換新過。沒有，沒有人從這些窗戶進出過，特里。」

「那正是我所說的。」

「我仔細看過那道門及門閂。當時你發現門閂是從臥室這邊門上的，但是運用一些機械裝置，還是有可能從閣樓那邊門上門閂。」

「咻，」從帽子下傳來特里的聲音，「這是你那些糟糕的偵探小說中的情節嗎？」

「噢，別冷嘲熱諷；這確實有人做過，但不是這種特別的門。反正我用盡了我知道的所有科學方法試過，但都行不通。所以，我沒轍了。」

「但是你一定有了某些進展，沒有嗎？」

「除了門和窗之外，我還想到——不准笑——」

「我現在正笑著呢！」

「某塊秘密的活動鑲板。為什麼不可能？」艾勒里反問，「這古老的玩意兒不會因為時代與風俗的不同而改變。你不會因為你的老祖母在附近閒蕩，就向她吐口水。但是，我找不到任何鑲板，那個房間就像金字塔般密不透風。」

「壁櫥？」

「真的就只是壁櫥而已，都檢查過了。我實在搞不懂。」艾勒里做了個鬼臉。「這個案子疑點太多。」

「你說得對。」特里悶悶不樂地說。

「關於這件命案，我想過了每一種可能性——比如說，凶手從鐵窗外面直接殺死卡倫·萊斯。但是，這又說不通，問題在於——凶器。

「它從卡倫脖子上被拔了出來，擦拭乾淨後再放在桌子上。即使我們假設卡倫站在窗前，凶手從鐵窗外面突襲，卡倫倒下，凶手將凶器擦拭乾淨後，再將它扔到桌子上……這仍然說不通。除了屍體倒臥的位置不對之外，窗台和窗台下面的地板上也應該留下血跡。但是，血只有沿著小平台的邊緣流下。所以除非攻擊她的是雙手特別長的大猩猩，不然的話，凶手不可能用這種方式殺害她。」

「甚至連大猩猩都沒有那麼長的手臂。」

「這讓你想到了愛倫坡的恐怖小說。太瘋狂了，根本不可能。」

「除非，」特里斜睨著眼睛說，「伊娃·麥可盧說謊。」

「是的，除非伊娃·麥可盧說謊。」

特里從草地上一躍而起。「我可以告訴你，她不是！我可不是個爛好人，我真的認為她講的是真話。我不可能看錯，我看女人的眼光絕對百分之百正確！」

「人類會為了保住性命，做出有違天性的事情。」

「那麼你是認為她殺了那個騙子！」

艾勒里停了好一陣子沒有回答。一條金魚噗通一聲潛回水裡，留下了一圈圈的漣漪。「還有另外一種可能性。」他突然開口，「但是卻更匪夷所思，連我自己都不太相信。」

「是什麼？是什麼？」特里褐色的臉往前探著。「到底是怎麼回事？是什麼？」

「這牽涉到伊娃本人，有可能會讓她說出實情，然而……」他搖了搖頭。

「說呀，你這急死人的大猩猩！」

正在此時，瑞特警探的紅臉探在樓上起居室的鐵窗前喊道：「喂，昆恩先生！麥可盧他們在這裡，要找你，昆恩先生！」

「不要喊了。」艾勒里向特里點了點頭。「追查下去。我請他們來了，」然後他壓低聲音，「我們最好弄清楚。」

但是當他們進入屋內時，卻發現來了三個人——麥可盧父女及斯科特醫生。今天下午伊娃看來平靜多了，似乎度過了祥和、無夢的一晚。麥可盧醫生則已經能夠控制自己，他的眼睛仍然泛著血絲，眼神則多了幾分無奈。至於斯科特醫生看起來好像是一夜沒睡似的，不用別人說，艾勒里也看得出來，斯科特醫生已經知道了卡倫·萊斯那個神秘的金髮女人的事件。但是為什麼，他想，年輕的斯科特醫生會如此煩惱？不知道他會不會有家醜不外揚的觀念？

「你們好，」他試著用輕快的語調說，「你們今天看來好多了。」

「發生了什麼事？」麥可盧醫生問，「你聽起來——」

「我知道，」艾勒里嘆道，「這很重要，醫生。」他停下來等老僕絹惠走過去，然後看著自己的指甲說：「假如我有些事情——呃，重大且不幸的事情要告訴你們……可以在斯科特醫生面前說嗎？」

「為什麼不行？」年輕醫生生氣問道，「如果你們準備將事情在這個傢伙面前透露出來，」他用食指指著特里，「那為什麼就不能在我面前說呢？我比他更有權利！我是——」

「關於這點，收起你那該死的傲慢態度，」特里·林格說，然後擺動著他的腳後跟，「我要走了。」

「等等，」艾勒里說，「我要你待著，特里。不要情緒化了。這件事非常重大，容不得你們爭吵。」

伊娃平靜地說：「昨晚我告訴了迪克——所有的事情。」

「呃，那是你們的事情，麥可盧小姐。樓上請。」

他在前帶路，與站在樓梯口的瑞特說了些話，當他們進入起居室後，瑞特關上了門。走在最後的特里神情自若，而斯科特醫生每走幾步就回過頭來瞪他一眼。

「我們去閣樓吧。」艾勒里說，「我約了卡倫·萊斯的出版商，我們可以在那裡等他來。」

「布斯科？」麥可盧醫生皺著眉頭，「他與這件事有什麼關係？」

「我需要他來證實我的推論。」艾勒里沒有多說什麼，帶著他們爬上了閣樓的樓梯。

他們快到閣樓房間時，傳來樓下瑞特的喊叫聲：「喂，昆恩先生！布斯科先生到了。」

「上來吧，布斯科先生。」艾勒里喊道。「輕鬆點，各位……啊，布斯科先生。您認識麥可盧，當然了。這位是斯科特醫生，麥可盧小姐的未婚夫；這位是林格先生，私家偵探。」

卡倫·萊斯的出版商向兩位年輕人伸出了汗淋淋的手掌，同時對麥可盧醫生說：「非常遺憾，醫生。但是……這件事真讓人不敢相信。如果有什麼我能幫得上忙——」

「我們都還好，布斯科先生，我們都還好。」麥可盧醫生鎮定地說。他走到窗前，雙手在他寬闊的背後交握。

布斯科身材瘦小，一臉精明——有時表現得像個滑稽的小丑。然而認識他的人都不會低估他的智力，他簽下了七個重量級的作家，旗下還有一批僅靠希望及出版計畫支撐的小人物。他小心翼翼地坐在籐椅上，雙手放在皮包骨的膝蓋上。他睜著天真的大眼睛逡巡著每一張臉，最後停在艾勒里的臉上。

「我要如何幫你，昆恩先生？」

「布斯科先生，我久仰您的大名，也知道您在出版界一向信譽良好，」艾勒里說，「您是個聰明人，但不知道是不是個守口如瓶的人？」

出版商微笑著。「在我這種位置的人得學會閉上嘴巴。當然了，倘若是違法——」

「昆恩探長已經知道這件事了，我今天上午告訴他了。」

「既然如此……那就沒問題了。」

「知道什麼，昆恩？」麥可盧醫生問道，「什麼事？」

「我要證明一件事，」艾勒里說，「這個消息對出版商來說，可能是個令人興奮的大好宣傳及賣點。」

布斯科攤開放在膝蓋上的雙手。「我想，」他語氣平淡地說，「如果此事與卡倫·萊斯有關，過去幾天我們的免費宣傳已經夠多了。」

「不過，這個消息比卡倫·萊斯之死要重要多了。」

「更重要——」醫生才說了幾個字，就停了下來。

艾勒里嘆了一口氣。「麥可盧醫生，我已經可以充份證明住在這個房間的是伊絲特·萊斯·麥可盧。」

醫生的背部抽動了一下。布斯科直挺挺地坐著。

「麥可盧小姐，妳昨天錯了。伊絲特·萊斯·麥可盧和妳我一樣神智清醒。這讓，」他咬牙切齒地說，「這讓卡倫·萊斯就像個惡魔。」

「昆恩先生，你發現了什麼？」伊娃喊道。

艾勒里走到柚木桌子前，打開最上面的抽屜，拿出了用紅緞帶捆著的一疊舊信，也就是老探長前一天出示的那一疊信件。他將這些信放在桌上，然後翻弄著整齊堆放在打字機旁邊的列印稿。

「您對於萊斯小姐的作品知之甚詳，對不對，布斯科先生？」

布斯科遲疑地說：「當然。」

「她習慣用什麼方式交稿？」

「打字機的列印稿。」

「您收到的都是原始底稿嗎？」

「沒錯。」

「當然了，這也包括她生前的最後一部小說——獲得文學大獎的《出雲》？」

「《出雲》更是如此。我一開始就知道這會是一部舉足輕重的作品。」

「你是否記得，那份《出雲》的列印稿上有沒有做任何刪改？我是說作者本人親筆所做的修潤？」

「我記得有幾處。」

「這是《出雲》的原始底稿嗎？」艾勒里把一疊稿紙交給他。布斯科拿出金絲眼鏡戴上，開始認真地翻閱那疊稿件。

「是的，」他肯定說道，把底稿交還給艾勒里。「昆恩先生，我可以請問一下，呃，這次調查的重點是什麼？」

艾勒里放下底稿，拿起打字機旁的那堆整齊文件。「我這裡有幾份文件，上面都有卡倫·萊斯的筆跡，這些都已經過律師莫瑞爾證實過。麥可盧醫生，麻煩你檢查看看，證實一下律師的說法。」

站在窗前的醫生走了過來，他沒有接過艾勒里遞過來的文件，只是背著雙手，看了一眼最上面的那張紙。

「這確實是卡倫的筆跡沒錯。」然後他又走了回去。

「布斯科先生？」

出版商慎重多了，他一一翻閱過那堆文件。「噢，是的，當然是的。」他在流汗。

「現在，」艾勒里放下那堆文件，再次拿起底稿，「讓我唸一小段《出雲》的內容給你們聽。」他調整了夾鼻眼鏡，然後以清晰的聲音唸著。

「年邁的沙布羅先生盤腿坐著，無緣無故地自顧笑著；但是，某個念頭卻不時穿透他那空洞茫然的雙眼顯現出來。」

他停了一下。「現在我把鉛筆修改過的句子唸出來。」他一字一句地慢慢唸著：

「年邁的沙布羅先生盤腿而坐，無緣無故地自顧大笑著；但是，某個念頭卻不時在他腦袋中明滅不定。」

「是的，」出版商喃喃低語，「我記得這一段。」艾勒里翻過去兩三頁。

「奧諾．瓊斯隱身在陽臺上，意識到自己正站在下面的花園中。」

他抬起頭來說道：「注意，這裡也做了修改。」他繼續低頭唸著稿子：

「奧諾·瓊斯隱身在陽臺上，察覺到她黑色的身影立在月光下。」

「我不太了解——」布斯科欲言又止。

艾勒里翻過更多頁。「日本夏天的天空在這裡被描寫成『景泰藍般的』。劃掉後改成『珐瑯的』。同一段中形容戶外的全景是有如『一個反扣著的細緻且優雅的碗』，但後來作家又改變了心意，句子變成『他們站在一個反扣著的彩繪茶杯下面』。」艾勒里闔上了底稿。「布斯科先生，你稱這些是哪一種類型的修改？」

看得出來出版商相當困擾。「這個，當然是屬於創作型的修改了。對某個詞的感受力——每個人的看法都有不同。每一位作家都在創造自己的辭彙。」

「也就是說，這些修改非常個人化？有沒有人敢越權對別人的作品進行這樣的修改？」

「你應該很清楚，昆恩先生，你自己就是個作家。」布斯科說。

「換句話說，你是說卡倫·萊斯自己用鉛筆做了這些修潤——整部小說都是如此？」

「正是！」

艾勒里手裡拿著卡倫簽署的文件與底稿走到布斯科面前。「請比較底稿刪改的筆跡，」他平靜地說，「與卡倫·萊斯的筆跡有何異同。」

布斯科一時呆住了，接著他抓著文件與底稿，興奮地仔細看著。「我的天，」他咕噥著說，「筆跡不同！」

「我深感遺憾，醫生，」艾勒里說，「從這個事實與其他確切的證據，真相已經大白了。《出雲》不是卡倫．萊斯寫的，她沒有寫過之前的《太陽》，也沒有寫過《水孩子》，也沒有寫過其他讓她功成名就的任何一部小說。享譽國際的卡倫．萊斯所做的工作，還比不上布斯科先生手下的校對員。」

「你肯定弄錯了，」伊娃喊道，「還有誰可以寫出這些作品？有誰會允許別人冒用他自己的作品去獲得榮譽？」

「麥可盧小姐，不是「他」，而是『她』。還有，我沒有說過這樣的作為是經過允許的。遂行卑鄙且背信忘義的勾當有很多方法。」艾勒里噘著嘴。「所有這些作品全是出自卡倫．萊斯的姐姐伊絲特之手。」

麥可盧醫生突然坐在窗台上。

「關於這一點，已經無庸置疑了。」艾勒里說，「我已經用過每一種可能的方法來核對，得到的答案都是一樣。修改的筆跡的確是伊絲特．萊斯本人的——我在那綑舊信中找到了不少她親手所寫的信件——日期可以回溯到一九一三年。今天早上，我已經請專家鑑定過了。當然，還有一種情況，那就是伊絲特擔任她妹妹的秘書，但這也說不通，因為正如布斯科先生告訴你們的，增刪的部分都是創作型的修改。」

斯科特醫生清了清喉嚨說：「也許你的推論超出事實太多？可能那些修改是由萊斯小姐口

述，也就是她姐姐所扮演的正是速記員的角色。」

「那麼你又如何解釋，」艾勒里拿起一本厚厚的筆記本，「在這個都是伊絲特·萊斯筆跡的筆記本裡，有《出雲》一書的全部工作計畫——不僅內容鉅細靡遺，富獨創性，還充滿了個人特質。不少的備註，清楚地顯示出所有的創作靈感全是她個人的。」

「但是她早已經死了。」伊娃說，「爸爸這樣說，卡倫——卡倫也這樣告訴過我。」

「你父親是被萊斯小姐故意誤導了，妳也是如此。伊絲特還活著。根據她『自殺的』版本，此事發生在一九二四年。但是妳看，這些作品都是在那之後完成的。」

「但是，這些也可能是伊絲特生前留下的舊作、老筆記——」

「不，麥可盧小姐。這些作品的內容——文中參考了當代發生的不少事件——都遠在一九二四年之後。她確確實實還活著，而且寫下了卡倫·萊斯的書，還是在這個非比尋常的房間中完成的。」

「噢，老天！」布斯科說。他站了起來，心緒不寧地踱著步。「醜聞！這會把文壇整個掀起來。」

「不會的，我們可以不讓它發生。」麥可盧醫生啞著聲音說，他的雙眼滿佈血絲。「她已經死了。為什麼又會復活——」

「這是部得獎作品，」出版商低聲發著牢騷。「如果這其中有欺騙行為或剽竊——」

「布斯科先生，」艾勒里突然開口，「《出雲》可不可能由一個精神失常的女人寫成的？」

「天哪，絕不可能！」布斯科喊道，他把頭髮弄得亂七八糟。「我想不透。也許這一切都是伊絲特·萊斯心甘情願的——為了某些私人的原因。假定——」

「我不這麼認為，」艾勒里反駁說，「卡倫·萊斯拿著手槍監視著她的姐姐，強迫她成為活死人。」

「她——她那麼冷靜！在五月的慶祝酒會上——」

「事有蹊蹺。」艾勒里下了結論。他在柚木桌子後面坐下，思考著。

「沒有人會相信。」布斯科嘆著氣，「我會成為笑柄——」

「那個可憐的人現在在哪裡？」伊娃喊道，「畢竟，這對她不公平。」她跑向醫生。「我了解您的感受，爸爸，關於這件往事——這——如果卡倫真做了這麼可怕的事情，我們必須找到伊絲特，並且向她問清楚！」

「是的，」醫生喃喃說道，「我們必須找到她。」

「現在你們只能靜心等待，」特里·林格冷靜地說。「你們應該保持冷靜，然後決定什麼時候和她談談。」

「特里是對的。」艾勒里說，「是的，這正是我們應該做的。我已經和我的父親討論過這件事。他正派人四處找她。」

「噢，我知道他會找到她的！」伊娃喊道。「爸爸，她還活著，您高不高興，還有——」

她停了下來。麥可盧醫生的神情相當嚇人。伊娃記起了他年輕時期的羞怯，他也痛苦地親口承認，他曾經愛過和他弟弟結婚的那名女子。

他嘆了一口氣，說道：「是的，我們將會見到她。但願我們能夠見到她。」

這時樓下傳來了瑞特的聲音：「昆恩先生！探長的電話！」

16

當艾勒里從卡倫·萊斯臥室回來的時候，他的面色凝重。

「他們已經發現她了？」伊娃說。

「不是。」艾勒里轉向出版商，「謝謝您，布斯科先生，我想就這樣了。您不會忘了您的承諾吧？」

「我不可能忘記。」布斯科擦了擦臉。「醫生——我無法告訴你我有多麼遺憾——」

「再見，布斯科先生，」麥可盧醫生鎮定地說。

出版商搖了搖頭，緊閉著嘴唇走出去了。當樓下傳來瑞特關上起居室房門的聲音時，此時艾勒里說話了：「我父親要各位立即到中央街去。」

「去總局？」伊娃情緒低落地說。

「我想我們最好立刻動身。斯科特醫生，如果你不願意去的話，可以不去。我父親沒有提到你。」

「呃，我想去。」斯科特醫生簡短地回答。他臉色微紅，挽起伊娃的手臂，和她一起下了樓。

「為了什麼事？」麥可盧醫生迅速地向艾勒里低聲問道，「他——有什麼事情——？」

「我不知道，醫生，他沒有說。」艾勒里皺著眉頭。「但是，我瞭解我的父親，而他的聲音聽起來相當雀躍，我們最好先有心理準備面對最糟糕的情況。」

醫生默默地點了點頭，隨著這兩個年輕人走下陡峭的樓梯。

「他一定有了什麼結果，」特里．林格從齒縫間擠出話來。「我也瞭解你老爸。我納悶他能從那些指紋取得什麼重要的結果。」

「我想一定是比指紋更重要的東西，特里。」

「他也要我一起去嗎？」

「沒有。」

特里緊抓著他的灰色帽子，然後將帽子牢牢地戴到頭上。「那麼我要去。」

他們進了警察總局，辦公人員帶著他們進入昆恩探長的辦公室。這時，老探長和莫瑞爾——那個肥胖而矮小的律師——談著正熱絡。

「噢，進來。」探長起身說道。他那鳥一般的眼睛閃閃發亮。「我想你們全都見過莫瑞爾先生——呃，這不重要。公事公辦——莫瑞爾，你說是不是？」

「唉，唉。」莫瑞爾渾身冒汗，好像刻意避開麥可盧的眼光。他跑到椅子後面，彷彿需要更多的精神支柱似的。

「你也來了？」老探長看見特里，怒吼道：「你簡直陰魂不散，我不想見到你，出去。」

「我想您會希望我在場。」特里說。

「噢，」探長嚴厲地說，「那麼，坐下，你們全部。」

「老天！」伊娃歇斯底里地笑著說，「看來好像事態嚴重。」

「你也來了，斯科特醫生，你愛待多久都可以，只要你不覺得難受的話。」斯科特支支吾吾地說：「可能不——」他的臉色蒼白。他看了身旁的伊娃一眼，然後就避開了眼光。

探長落了座。「現在，告訴我，我為什麼會希望你在場，特里？」

「因為您渴望知道昨天我到底知道些什麼。」

「那不同，」老人立刻開口，「這是兩碼子事，小伙子。現在你準備開口了嗎，呃？」他壓下了桌上的按鈕。「識時務者為俊傑，我再給你一次機會。首先——」

「首先，」特里冷冷地說，「除非我發現你葫蘆裡賣什麼藥，否則休想我告訴你，你這個老賊。」

「嗯——這是交易，是嗎？」

「我可以留下嗎？」

「你留下……摩西！」一個穿著制服的警員進來了。「記錄下來。」那人在桌子旁邊坐了下來，打開了速記員的筆記本。「現在，」老探長搓了搓雙手，向後靠在椅背上。「麥可盧小姐，妳為什麼要殺害卡倫．萊斯？」

原來如此，伊娃冷靜地想著。原來如此，她的關鍵時刻到了。她幾乎要失聲大笑，他已經發現指紋了。任何人都無能為力——包括麥可盧醫生，他只能像塊花崗岩一樣呆坐在那裡；包括特里，他把雙手慢慢地放入口袋裡；包括斯科特醫生，他咬著嘴唇，彷彿正在努力默記課文，然後牽著她的手；包括艾勒里．昆恩，他靜靜地站在窗戶那兒，背對著他們，就好像他沒有聽到這個問題……

坐牢可不是件好玩的事，伊娃心想。他們讓妳穿上粗糙的內衣，分發給妳清一色的獄服，還會強迫妳用力擦洗地板……這是電影中常見的畫面，而且絕對離事實不遠。她訝異自己怎麼還能若無其事地坐著，而且還能如此冷靜地思考。現在她幾乎已經能聽到監獄鐵門轟隆轟隆作響的聲音，她年輕、愚蠢的生命此後將與外界隔絕。而情形可能會更糟，可能會更……

那是伊娃不敢去想的，她閉上了眼睛，她要努力去避開那個字。但是，這個字又偷偷摸摸地繞回來了，她不得不想，她覺得很不舒服，在她漂亮的絲質衣服下，兩隻腿抖個不停，就好像她剛剛跑了一英里似的。

「等一下。」艾勒里說。

「不行，」昆恩探長斷然說道。

「我不知道您手中到底握有什麼線索，但是——請不要草率行動。不要急。麥可盧小姐不會逃掉。慢慢來。」

「你大可放心，」探長說，「我已經完成了我所要做的工作。」

「難道您不瞭解一個錯誤，會對麥可盧小姐造成什麼後果嗎？」

「流言四起、聲名狼藉，還有報紙……」斯科特醫生喘著氣說。

「當她殺害卡倫……萊斯的時候，早就應該想到這些。還有，我是探長，不是法官。你們所有的人都不要再說了……等等，艾勒里，難道你知道任何能證明伊娃·麥可盧沒有殺害那個女人的證據？」

「還沒有。但是我已經發現了一些線索——」

老人轉過頭去。「說吧，麥可盧小姐？」

「對不起，我——，」伊娃結結巴巴地說，「我恐怕沒有聽清楚您說的話。」

「沒有聽到！」

「看在上帝的份上！」麥可盧醫生喊道，「你沒有看到這孩子快要崩潰了嗎？伊娃！」他向前俯身看著她，氣得毛髮直豎。「堅強點！不要洩氣，寶貝！妳聽到我說的話嗎？」

「是的，是的。」伊娃氣若游絲地說。她努力睜開眼睛，但是奇怪的事是，她的眼睛好像黏住了一樣。

「你這個可惡的惡魔！」特里·林格吼道。他一個箭步衝到探長的桌子前，怒視著他。「你到底想幹什麼，用這種方法來折磨那個可憐的小女孩？謀殺！她連隻蒼蠅都沒碰過！就因為你的總局太蠢了，抓不到真正的凶手，就讓這個孩子代人受過！為了保住——」

「咳，」老人迅速地說，「不要忘了你是誰，你這個大笨蛋。你這是幹什麼，你們是同夥的？你，還有你們，似乎都忘了一件事情。我不會無地放矢，隨隨便便就指控某人謀殺。我已經握有證據。」他的眼裡冒著火。「至於你，特里，你最好少操心麥可盧小姐，開始想想你自己，我可以用共犯的罪名指控你！」

特里安靜了下來，他的臉色蒼白，向後走到伊娃的椅子後面站著。莫瑞爾注視著這一切，就像一隻受驚過度的海豚，幾乎不能站穩，他把目光轉移到了門上。

「算了，老爸。我們開始吧。」艾勒里說。他還是站在窗前沒有移動。

探長從最上層的抽屜拿出一件用棉花仔細包好的東西。「這是殺害卡倫·萊斯的凶器。」他怒視著。「在刀刃、把手及拴著螺絲的部位都有伊娃·麥可盧的指紋。」

「我的天。」斯科特醫生嘶啞著聲音說。伊娃覺得這聲音好像遙不可及。

「刀刃上的血已經被擦乾淨了，但是妳還是不夠小心，麥可盧小姐，是不是？」老探長在她面前揮舞著那半把剪刀，剪刀上鑲飾的寶石兀自閃閃發光。

「她可以解釋，」特里說，「她——」

「我正在和麥可盧小姐說話。妳無需回答，麥可盧小姐。妳說的任何話，這位員警都會一五一十地記錄下來。但是，妳有權不開口。此外，我有責任提醒妳，妳說的任何話都會成為呈堂證供。」

伊娃睜大雙眼，探長說的話就像是一把鑰匙，輕易地就讓她雙眼睜開了。

「伊娃——我的寶貝，不要說。」麥可盧醫生呻吟道。

「但是這一切是這麼可笑，」伊娃以驚異的聲音說道，「當時我走到房間裡，看見卡倫倒臥在那兒，就斜靠在桌子上，我的手就摸到了那個——那個東西。在我知道那是什麼東西之前，我已經拿在手上了。然後我意識到這是殺害卡倫的凶器，所以就扔了它。它就掉到廢紙簍裡去了。」

「我知道了，」一直盯著伊娃的昆恩探長說，「所以這就是妳的說法囉。當妳拿起它的時候，刀刃已經被擦乾淨了嗎？」她凝視著他。「上面有血嗎？」

「沒有，昆恩探長。」

「我星期一下午詢問妳的時候，妳為什麼沒告訴我這件事？」

「我害怕。」伊娃低聲說。

「害怕什麼？」

「我不知道，只是害怕。」

「害怕它似乎會對妳不利？」

「我——是的，我是這樣想的。」

「但是，如果妳沒有殺害卡倫·萊斯，為什麼會感到害怕呢？妳知道妳是清白無辜的，不是嗎？」

「當然！我沒有殺害卡倫！我沒有！」

探長不發一語地打量著她。伊娃閉上了眼睛，淚流滿面。據說從眼神就可以看出一個人是否誠實，是否問心無愧。但是在那雙眼睛冷酷無情、咄咄逼人的注視下，她又能怎麼做呢？任何有感覺的人，都會躲避那令人不快的、殘忍的……「如果那就是你全部的證據，探長，」特里·林格冷笑地說，「你最好回家，玩玩你的口琴去。」

昆恩探長沒有回答，他俯身向前，再次打開最上層的抽屜。他把那半把剪刀放了回去，接著拿出了一只信封。

「在緊鄰犯罪現場的起居室，我們在壁爐裡，」他說道，「發現了這個。」他從信封裡取出了一件東西。伊娃覺得頭昏目眩，她強迫自己去看。這不可能，不可能是這樣，命運不能如此卑劣地作弄她。但是事實已是如此了。那是她的麻紗手帕，只剩下手帕的一角，帶著燒焦了的波浪形斜邊，上面還有用白絲線仔細繡上的姓名縮寫，噁心地沾著卡倫·萊斯已經變成黑色的血跡。

她聽到了站在她後面的特里·林格倒抽一口氣的聲音。這是他不曾預見到的一個危險。那是他讓她做的唯一工作，他認為她能做好，而事實上他看到的是，她把事情搞砸了。她幾乎可以察覺到他說不出口的滿腔苦澀，以及他輕蔑眼光投射在她背後的陣陣刺痛。

「這是妳的手帕嗎，麥可盧小姐？」

「伊娃！別回答，寶貝！一個字都不要說。他沒有權利！」

當時，她沒確定手帕是否已經完全燒燬之前就走開了，因此可以確定的是，後來爐火熄掉了。一定是這樣沒錯。

「這上面有名字的縮寫字母EM，」探長冷冷地說，「因此妳不要再自欺欺人。麥可盧醫生，假如證實這手帕是你女兒的，那問題就嚴重了。事實真相是——」他突然停了下來，好像覺得他已經透露太多了。「還要告訴你們一件事，我們的檢驗人員已經確定上面的污斑是人血。還有，他們也已確認了它和卡倫·萊斯的血型一致——這是一種相當罕見的血型，這情形正好對我們更為有利，而對妳來說就更不利了，麥可盧小姐。」

「伊娃，閉嘴。」特里的口氣相當奇怪，「閉緊妳的嘴巴。」

「不！」伊娃掙扎著從椅子上站了起來。「這太可笑了！是的，這是我的手帕沒錯，上面還沾著卡倫的血，而且我確實想要燒燬它！」

「啊哈，」探長說，「你都記下了嗎，摩西？」

「我的天啊，」斯科特醫生以同樣的語氣說著同樣的話，似乎他只會說這四個字。特里·林格看了一眼艾勒里，聳聳肩，然後點起了一根香菸。

「但是，這只是因為我在凸肚窗那兒摸到了卡倫的屍體，又——因為手上沾了血，所以才會用手帕擦掉。那血就像果凍。」伊娃打著顫。「你還不明白嗎？任何人都會這樣做。任何人都不喜歡——手指上沾著血。你也不喜歡，不是嗎？」她哭了起來。「然後，我燒了它，我燒了它！我害怕，害怕！」她撲倒在麥可盧醫生的臂彎中。

「這就是全部了？」昆恩探長問。

「聽著，老爹，探長。」特里·林格抓住了老人的手臂。「我老實告訴你，那是我的主意，是我讓她去燒掉手帕的。」

「啊，是你，真的是你嗎？」

「當我突然出現在那裡時，她告訴我所發生的事情。我讓她去燒掉那該死的東西。因此，你不能把這一點也推在她身上。我會為這件事情作證！」

「那麼，為什麼，」探長沉著聲音說道，「你會建議麥可盧小姐燒掉她的手帕？林格先生，難道你也是因為害怕？」

「因為我知道，一個腦子上了鐐銬的笨條子，如果發現了這條手帕會怎麼想。這就是我的理由！」

莫瑞爾咳了一聲。「昆恩探長，您真的需要我在場嗎？我有——呃——委託人在等著……」

「你就給我好好待在那兒！」老人吼道。莫瑞爾縮了回去，拼命地抓住椅子。「你記下了這個自以為什麼都懂的傢伙所說的話了嗎，摩西？好了！現在，麥可盧小姐，我將告訴妳真正發生了什麼事！

「妳用那半把剪刀殺了卡倫·萊斯，接著妳用妳的手帕擦掉刀刃上的血跡，然後妳企圖燒掉手帕來銷毀證據。我們握有兩項決定性的證據——任何律師都不能動搖的證據——去證明我們的推論。如果我們的朋友林格先生還是固執於他的故事，說是他提議燒掉手帕的，我們將會在他的脖子上套個共謀殺害的罪名。

「我們有那個日本女僕的證詞，可以證明當妳單獨留在起居室時，卡倫·萊斯仍然活得好好的。我們也握有妳自己在現場所說的證詞，說妳待在那兒的半個小時之內，沒有任何人進出那間起居室。我們還有卡倫·萊斯自己的信足以證明，當她坐在那兒給莫瑞爾寫一封普通的業務便箋時，她並沒有任何會被謀殺或死亡的想法——這封信是在女僕絹惠幫她拿來信紙之後才開始寫的，而那時正好是妳到達的時間。我們將指出，只有凶手才能打斷她寫這封信。我們有特里·林格本人的證詞，當他星期一到達那裡時，發現妳人在臥室裡，那時卡倫還一息尚存，而且當時沒有其他人在場。」老人轉過身來，「我問你，莫瑞爾，你是律師，你看這案子可以成立嗎？」

「我——我不是刑事律師。」莫瑞爾結結巴巴說道。

「算了，」昆恩探長冷冷地說，「亨利·山普森——他是這個城市中最聰明的檢察官，他會認為他有事可忙了。」

四周安靜的讓人透不過氣來，就連伊娃趴在麥可盧醫生胸膛上筋疲力竭的嗚咽聲都被打斷了。

「原諒我插句話，」特里·林格打破沈寂，「關於那閣樓上的金髮女子，有什麼消息嗎？」

探長眨了眨眼睛，然後走回桌子旁坐了下來。「噢，是的。那個金髮女子，卡倫·萊斯的姐姐。」

「是啊，她的姐姐。有什麼消息嗎？」

「有什麼消息？」

「你沒想到在你指控這可憐的孩子之前，應該先弄清楚那件事嗎？你知道卡倫·萊斯讓那個女人像個囚犯一樣關那個房間中長達九年之久。你知道她逃跑了。你也知道她有最好的理由憎恨她妹妹——其中最小的一個理由是剽竊她的作品，而且還藉此獲得了殊榮。你知道她有下樓的途徑，也有逃出的途徑。你還知道那把剪刀是取自她所住的那個閣樓房間！」

「卡倫·萊斯的姐姐。」探長嘟噥著，「是的，的確。醫生，我們已經查到了當年那個自殺事件。」

「你聽我說！」特里喊道。

「屍體從來沒有尋獲，她就這樣消失了。我們還發現，當卡倫·萊斯離開日本時，同行的有兩個人——一個是女僕絹惠，還有一個是白膚金髮碧眼的女人，在整個航程中，她一直都待在客艙中，而且還使用了一個顯而易見的假名。那就是萊斯小姐不讓你知道她來到紐約的原因——她想要先安定下來，並把她的姐姐藏起來，讓她們過去所認識的任何熟人都不會發現。」

「那麼這是真的了，」斯科特醫生出人意料地喃喃說道，「那個女人——就是殺害麥可盧醫生弟弟的那個——」

「那是個該死的謊言！」麥可盧醫生咆哮道。他的淡藍色眼睛燃燒著可怕的怒火，讓斯科特醫生嚇得臉色更為蒼白。

「我想，」站在窗前的艾勒里冷冷說道，「我們離題太遠了。你剛剛提到了這個案子是否能成立，」這對父子互相注視著。「但我還沒有聽到任何有關動機的說法。」

「我們沒有必要去證明凶手的動機。」老人厲聲說道。

「但是，當您努力要讓陪審團相信，一個無不良名聲、先前沒有犯罪紀錄的年輕女子會去殺害她父親的未婚妻，有個具體的謀殺動機不是可以讓您更有勝算嗎？」

「這正是好玩的部分，」探長在椅子中來回搖晃，「一開始我也被所謂的動機困擾著。我無法想像，為什麼像麥可盧小姐這樣的家庭所教育出的女孩子，會變成一個凶殘的殺人犯。這是讓我躊躇不決的一個原因。但是我突然發現了一個動機──一個陪審團都會理解，甚至會同情的動機。」他聳了聳肩膀，「但是，那不關我的事。」

「動機？」伊娃抬起了頭。「我有殺害卡倫的動機？」她突然大笑。

「莫瑞爾。」探長轉過頭去。「你今天告訴過我什麼？」

當莫瑞爾發覺那雙冰冷的眼睛正看著他時，他內心掙扎不已；顯然地，他會更樂意拔腿逃離現場。他用那條已經濕透了的手帕在額頭上擦拭著。「我──請麥可盧醫生能夠諒解。這純粹是意外。我想說的是我根本無意插手，但是當我發現──我在法律上的義務──」

「少說那些騙人的鬼話了。」特里．林格吼道。

律師一時不知所措。「多年以前，萊斯小姐留下了某個──呃，一個大信封託我保管，同時還告訴我說──呃，在她死後打開來看。我──呃，在今天早上之前我已經完全忘了這事。然後，今天早上我打開了信封，發現那裡面的文件都與伊絲特．萊斯．麥可盧有關──那些都是舊信，是麥可盧醫生和萊斯小姐之間的往來信件，日期是一九一九年，其中還有一份萊斯小姐寫的書面聲明，對於她姐姐去處有確定的安排——以防萬一她死了——她說要把她姐姐秘密地送回日本去——」

「那些信全都在這裡，」老人輕拍著桌子說道。此時，當他看著麥可盧醫生時，眼裡帶著憐憫。「你已經嚴守秘密好些年了，醫生。我知道你這樣做的理由。但是，很抱歉——我必須披露那件事。」

「別告訴她。就讓那件事情——」麥可盧醫生低聲說著，他的眼光停在探長身上，雙手忍不住顫抖。

「我真的很抱歉，但是你顯然被蒙在鼓裡。醫生，那個女孩已經知道了。即使你不相信，但我告訴你，她確實知道得一清二楚。」他從桌上的公事籃裡取出一份長長的文件，伊娃的眼睛緊緊地盯著它。他清了清喉嚨。「我在此宣布，麥可盧小姐，這是妳的逮捕令，我以謀殺卡倫·萊斯的罪名正式起訴妳。」

「我認為，」伊娃開口，她的腳搖晃著——「我認為——」

「不要，探長，等等。」特里·林格站在桌子前面焦急地說著，「我們提過的那個交易我會做到。給這孩子一個機會，她絕對不是凶手。你不能這樣草率行事，讓那個伊絲特逍遙法外。」探長沒有說話。「一定是那個伊絲特幹的，我告訴你！她有兩個動機：一個是她妹妹對她所做的骯髒事情；另一個是錢，她大姑媽留給她們的大筆遺產。」

「是嗎？」昆恩探長問。

「莫瑞爾會告訴你！卡倫……萊斯如果在四十歲前身亡，那麼她姑媽的遺產就會歸卡倫最近的血親所有。而由於伊絲特還活著，她是家屬！她的姐姐！她會得到那筆錢！莫瑞爾。」

「是——是的。」

「那一共有多少錢？」

「將近一百二十五萬美元。」

「你看看，探長？這是筆龐大的遺產，不是嗎？她為了這筆錢不擇手段，不是嗎？」特里灰色的眼睛閃閃發亮。「還有，你說就這個孩子來說，她有什麼動機？就算有，也根本不能和一百二十五萬美元相提並論！」

探長說道：「你說的交易是什麼，特里？」

特里·林格挺直腰桿。「如果你求我，」他冷冷地說，「我想我也許可以幫你們找到伊絲特·萊斯。」

老人微笑著。「沒有用的，特里。你忘了一件事。莫瑞爾，如果卡倫·萊斯可以活到下個月，那些錢會怎麼處理？」

「她會全數繼承。」莫瑞爾緊張地說著，「而且名下不會留下一分一毫。」

「她會把她全部的錢捐贈給慈善團體和公益機構，是不是？」

「是的。」

「特里，換句話說，如果伊娃·麥可盧不殺害卡倫·萊斯，她就無法從她手上獲得任何遺產——無論是她，還是伊絲特·萊斯都得不到。」特里皺著眉頭，困惑不解。「還有，凶器上的那些指紋是這女孩的，手帕也是這女孩的。甚至沒有任何證據可以證明，在凶案發生的這段時間內，伊絲特人在這所房子裡。你不要再徒勞無功了，特里。」他停了一會兒。「但是，你說你知道她在什麼地方？我會記住你說過的話。」

「你是怎麼回事，老爹，」特里語帶諷刺地說，「你瘋了不成？伊娃怎麼可能會從她的手中得到遺產？這必須是有血緣關係的親人——」

斯科特博士打破沉默，他不安地問：「昆恩探長，你所說的那個動機——我是說，我的未婚妻是為了錢去殺人？」

「除了那個之外，」昆恩探長揮了揮手中的逮捕令說，「還有復仇。」

「爸爸，」伊娃說，「您聽見他說了什麼嗎？復仇！」

「別再裝了！」探長語氣嚴厲，「麥可盧醫生就和我一樣，都不是妳的父親！」

「不是——伊娃的——父親——」斯科特醫生茫然不解地說。

「復仇？」伊娃重複了一遍，身子搖擺得更厲害了。

「為了報復卡倫·萊斯對伊絲特所做的一切——像個犯人一樣對待她長達九年，還有剽竊她的作品、她的人生、她的親屬及她的幸福。」

「我想，」伊娃虛弱地說，「我想我快瘋了，如果你們不告訴——我——到底是怎麼……」

「那又跟她有什麼關係？」特里語氣強烈，「卡倫·萊斯對她姐姐伊絲特究竟做了什麼？你這個蠢貨！」

探長回答：「什麼關係？噢，我不知道。如果像卡倫·萊斯那樣的女人，對你母親做了她做過的那些事情，很可能你也會氣憤難平吧？」

「她的——母親——」斯科特醫生喘著大氣說。

「是的，斯科特醫生。伊絲特·萊斯·麥可盧是你未婚妻的親生母親。」

伊娃目瞪口呆，然後她大聲喊了出來：「我的母親！」

當她搖搖欲墜地站了起來時，特里·林格和艾勒里·昆恩都趕到了她的前面，而首先到達的是特里·林格。

17

「我沒事，」伊娃推開他，「請不要管我。」她扶著椅背。

「我告訴你她根本不知情，」麥可盧醫生向昆恩探長說道。「我一直不敢讓她知道……」

但是，探長還是滿臉狐疑，醫生見狀，做了個絕望的手勢。「伊娃，伊娃，寶貝。」

「剛剛您說我的母親？」伊娃問道，以非常奇怪的方式看著探長。她表面上看來還算冷靜。

麥可盧醫生看著她的眼神，覺得不對勁，於是掠過身旁的斯科特醫生——他正一籌莫展地站在一旁——拉著伊娃的手肘，像牽著一個孩子那樣地將她帶到了探長的長沙發椅上。「給我一些水。」

特里走了出去，從外面辦公室的飲水器中裝了一紙杯水，又邁著大步走回來。麥可盧醫生摩擦著伊娃的手和腳，把水送到她的唇邊。此時伊娃的眼裡充滿了茫然和痛苦。

「對不起，」她把臉埋在醫生的上衣裡，低聲說道。

「寶貝，沒事。不讓妳知道，是我的錯。哭吧，寶貝——」

「他說……那麼卡倫是我的阿姨，您是我的伯父，她——她是我的母親！」

「我作夢也沒想到妳會發現這件事。當我聽說她死了的時候——我又能怎麼做，寶貝？看來不告訴妳，還是明智的決定。」

「啊，爸爸！我的親生母親！」

相較於艾勒里星期一下午在潘希亞號的甲板上見到他時，麥可盧醫生現在平靜多了，肩膀也挺得更直，似乎現在所要承受的負荷比較小似的。「來，喝些水，寶貝。」

探長說話了：「非常漂亮，但是恐怕我還是要問——」

大塊頭的麥可盧醫生看著他，而探長則咬著鬍鬚的尾端，坐了下來。

「我知道妳現在就想知道這整件事，伊娃。」醫生撫摸著她的頭髮說。「是的，她是你的親生母親——一個漂亮且才華橫溢的人——是我見過最可愛的女人。」

「我想找到她。我想見她。」伊娃哭道。

「我們會幫妳找到她的，躺著吧，伊娃。」他把她放在長沙發椅上，然後起身來來回回地走著。「我永遠忘不了弗洛伊德打來的那份電報——當妳出生時，當時他非常驕傲。一九一六那年，你的外祖父雨果·萊斯死了。兩年後，弗洛伊德發生了意外，妳母親也崩潰了。卡倫——」他的臉色黯淡了下來——「卡倫寫信給我，我丟下一切趕到了日本。這是一九一八年末，就在停戰之後。」

伊娃躺在長沙發上，好像在天花板上看到了她母親的肖像。真是奇怪，在這種情形下發現了那個事實……高眺、優雅，一頭金灰色的可愛頭髮；漂亮，當然，殘疾的腿令人同情，她只能用一條腿和地面接觸。這幅畫像是如此清晰……

「伊絲特在一家療養院中休養，因為弗洛伊德的死，讓她完全崩潰了。有一段時間她神志不清，不過後來逐漸恢復健康。在此過程中她發生了一些事情，失去了某些重要的東西——我不是很清楚到底是什麼。」

「她記得發生過什麼事情嗎？」艾勒里問。

「她根本無法思考。我知道她對殺害弗洛伊德的恐懼就像個夢魘，一生都會揮之不去。她生性敏感，思想細膩——這在當時是偉大詩人的人格特質。」

「但是，她為什麼對這件意外如此耿耿於懷，醫生？難道她真的是問心有愧嗎？」

「我可以告訴你，我調查過這件事，確信那純粹是意外。但是其中有些事我覺得不對勁，卻無法正確地指出到底是什麼。她因此而退縮不前。」

「你這是什麼意思？」

「我對她簡直是一籌莫展，就好像有另外一股惡意的力量在左右著她，傷害她，讓她遲遲無法痊癒，讓她不得安寧。」

我可憐的、親愛的媽媽，伊娃想。一直以來，她總是偷偷地羨慕著她的朋友，雖然她們的母親可能卑賤不起眼、可能愚蠢無知，但是全都曾經給了自己女兒某些珍貴的東西，使得她們超越了低賤、愚蠢和無知……她再次淚水盈眶。而現在，她的母親就快回來了。

「我盡可能在日本多逗留些時間。卡倫說她的父親已經死了，她有她自己的事業要做，她還必須照顧伊絲特。伊絲特無法獨自生活，需要有人照料；因此在這種情況下，要她撫養這個孩子幾乎不可能。即使那樣，」醫生揮舞著拳頭喊道，「我相信卡倫當時就在進行著她邪惡的計畫！」他的聲音漸弱。「但是，我又怎麼能知道呢？」

探長不安地動了一下。他發現，莫瑞爾已經趁亂跑掉了，他也無可奈何。他閉緊了嘴巴。

麥可盧醫生柔聲對伊娃說道：「卡倫建議我帶妳回美國，寶貝——收養妳。那時妳還不到三歲，留著一頭又長又捲的頭髮，相當瘦小。當然妳不可能會記得。話說回來，我當時也決定就這麼做。我們必須要讓領養手續合法，因此要得到伊絲特的簽字同意。令我吃驚的是，她竟然二話不說就簽字同意，甚至堅持把妳送走，所以我就帶著妳回美國了。」他停頓了一下。「也因此，今天我們就在這兒了。」

伊娃凝視著天花板。她第一次覺得羞愧感在她體內蔓延、燃燒。伊娃·麥可盧是兇手！她的母親也是……他們會說這是遺傳。報復及殺人的慾望就在她的血液中，在伊絲特的血液中。她要怎樣面對其他人？她要怎樣去面對——迪克？

她慢慢轉過頭去。他正坐在探長室的門口，離開其他人一英呎遠，看起來好像嘴中有不好的味道，正努力著要嚥下去似的。伊娃猛然想到，她的未婚夫到現在為止沒有為她做過任何事情。他一直沒有說話且顯然全身不舒服，恨不得趕快逃離現場。

「迪克。你為什麼不回去？你的工作——醫院——」

她看著他的樣子，就像她有一次曾經看到麥可盧醫生看著被注射麻醉藥的天竺鼠一樣。

但是，他神情僵硬地說道：「別傻了，伊娃。面對這對妳的瘋狂指控——」然後他走到了她面前，彎腰吻了她。他的嘴唇感受到了她臉頰的冰冷。

伊娃想，我在這裡，在大家的注視下，就像在手術台上等待被解剖的動物一樣……她突然坐了起來，卡嗒卡嗒踩踏著地板。

「你不要想嚇我，」她對著沉默的探長急急地說著，「到目前為止我都像個受到驚嚇的孩子。但是現在，你不能再恐嚇我！我沒有殺害卡倫·萊斯。我不知道我的母親還活著，我甚至不清楚我的母親是誰！我已經合情合理地向你解釋了指紋和手帕的事情，你為什麼還要故意扭曲事實？」

「多說無益，小女孩！」特里露齒而笑，「告訴這隻老狒狒要如何守好規矩。」

「至於你，」伊娃不屑地說，「假如你知道我的母親在什麼地方，你為什麼不告訴我們？現在就帶我去找她！」

特里眨了眨眼睛。「別緊張，小女孩，現在聽著，我沒有說我真的知道，我只是說——」

「你為什麼不讓他說出來？」伊娃對著探長喊道，「你如此威風八面地嚇一個女孩子，卻對一個挑戰你的男人——」

特里抓住了她的手臂。「妳聽好，小女孩——」

她甩開了他的手，瞪視著老人。「你最好找到她！老天知道她現在怎麼樣了——一個人被關進閣樓九年之後，這是她第一次單獨一個人在紐約！」

昆恩探長朝著速記員點了點頭。「好了，摩西，」他嘆了口氣，「拿去給湯瑪斯·維利。我們要把她登記在案。」

伊娃緩慢地凝視了她的周圍——麥可盧醫生，不停地踱步；斯科特醫生——他是誰？對伊娃來說，現在他就像個陌生人——輕輕咬著手指甲，面對著窗戶看著天空；特里，一根接著一根地抽著香菸，眉頭深鎖著；艾勒里·昆恩——一動也不動且無能為力，就像探長桌上的瑪瑙小雕像。

速記員答道：「是的，長官。」然後站起身來。

他還沒走到門口，門就應聲而開，一個身材瘦高、戴著一頂舊禮帽且抽著黑色雪茄的男人無精打采地走了進來。

「呃，夥伴？」助理法醫山繆·鮑迪臉色陰沉地說，「嗨，艾勒里。啊，麥可盧醫生！真是遺憾……聽著，昆恩，我有個壞消息給你。」

「什麼壞消息？」探長問道。

「你知道那半把剪刀，你放在抽屜內的那個？」

「我知道，我知道！」

「它不是殺害卡倫·萊斯的凶器。」

周遭氣氛怪異，特里·林格率先打破沉默問道：「那麼，你究竟知道什麼。」

「你不會拿一個老人家開玩笑，對吧，山姆？」探長問道，努力保持微笑。

「我正要告訴你。」山繆·鮑迪不耐煩地說。「聽著，我必須在二十分鐘內趕回停屍間，我不能站在這兒閒扯淡。但是我們的第一個驗屍報告會在星期二完成，我猜我欠你一個解釋。」

特里·林格走近法醫山繆·鮑迪的身邊，還搖晃著他軟而無力的手。「大船入港了！」然後他笑嘻嘻地走向伊娃，帶著她來到了長沙發椅前。「坐下，小女孩。現在就看妳的了。」

昏亂、迷惑的伊娃依言坐下，在她這二十年的人生中，從來沒這麼敏感過；她迷迷糊糊的知道，一定有事情發生了。那半把剪刀……指紋……

「是我的錯，」鮑迪說，「我忙昏頭了，所以才讓別人解剖屍體——呃，別擔心。他是個年輕人，沒有多少經驗。此外，也因為我認為這只不過是例行工作，致死的原因看來沒有什麼值得懷疑之處。」

艾勒里跑向他，牢牢扯住他的衣領。「鮑迪，少囉嗦，否則我掐死你！如果不是那半把剪刀殺了她，那是什麼？」

「一個不同的……如果你給我機會——」

艾勒里啪地一聲拍著他父親的桌子。「不要告訴我第一個傷口上有道刀傷，一個較小的傷口——略過它！」

佈滿鬍渣的黑色下巴掉了下來。

「老天！我作夢都沒有……鮑迪，你快點長話短說，是中毒嗎？」

「中毒?」助理法醫一臉茫然地複誦著。

「昨天我才以新的角度去思考這個案子。我想到了那個日本女僕絹惠。」艾勒里非常興奮。「然後,我想起卡倫·萊斯春天時曾經說過的話,她說絹惠來自大琉球。我趕快去翻閱百科全書,發現那附近有座奄美大島,島上有一種稱為龜殼花的巨毒蝮蛇。」

「龜殼——你說什麼東西?」鮑迪瞪大眼睛看著他。

「那是一種蝮蛇——我希望我記得沒錯。有覆滿鱗片的三角形頭部,行動時完全神不知鬼不覺,長度約在六至七英呎,如果不幸被咬了,不用多久就會死亡。」艾勒里深深吸了一口氣。「鮑迪,傷口上是不是還有被毒蛇咬傷的齒痕?」

鮑迪取出了嘴中的黑色雪茄。「他有什麼問題,昆恩。他瘋了不成?」

艾勒里的微笑一閃而逝。「你是說:不是蛇?」

「不是!」

「但是我認為——」艾勒里虛弱無力地說。

「還有,我有說過傷口下還有一個小傷口嗎?」

「但是,當我問你——」

鮑迪擺了擺手。「聽著,昆恩。掛個電話到馬提萬,然後拿出那半把剪刀。」

探長從他的抽屜中拿出用棉花包裹的那半把剪刀。

鮑迪沒有打開它。「嗯,那麼我是對的。」他把那件東西放在桌子上,再從他的口袋裡取出一個小小的硬紙盒。盒子內擺著一團毛線，線團上有個像寶石一樣閃閃發光的銀白色小鐵片，形狀是銳三角形。

「這是今天下午我親自從她的喉嚨中挖出來的，我的助手星期二進行解剖時漏掉了。」他把盒子交給探長，在場的人全都圍了過來。

「剪刀刀刃的尖端，」探長慢慢說道，「因為太用力而折斷了。而這半把剪刀的尖端，」他看了看桌子上的那半把剪刀，「仍然完好無損。」

「這兩個刀尖看來一模一樣，你們怎麼說？」特里喃喃低語。

「你在想什麼，艾兒？」

「毫無疑問的，這個金屬片是遺失的那另外半把剪刀的尖端。」

「看來你是對的，山姆，」老人煩惱地說，「這半把剪刀沒有用來殺她，殺她的是另外那半把。」

「好了，小女孩！」特里跑到伊娃旁邊，「妳今天晚上可以在妳自己的床上睡覺了！」

「發現了另外那半把嗎？」鮑迪一邊向門口走去，一邊問道。

「沒有！」

「那就這樣了，不要再責怪我了。」鮑迪搔了搔下巴。「呃，麥可盧醫生。我不希望你誤認為這類粗劣的錯誤在我們辦公室是習以為常。新手。你知道——」 麥可盧醫生漫不經心地擺了擺手。「順便問一下，」艾勒里說，「你還有發現其他的嗎，鮑迪？我還沒看驗屍報告。」

「噢，沒有什麼重要的。一種冠狀動脈栓塞——你知道那個嗎，醫生？我相信你是她的主治醫生。」

「我曾經懷疑過。」醫生喃喃說道。

「冠狀動脈栓塞？」艾勒里重複道，「我還以為這是種只有男人才會罹患的心臟病。」

「沒錯，男性患者是很常見。」鮑迪說。「不過，女姓患者也不少。卡倫·萊斯栓塞情形很嚴重，所以才會死得這麼快。」

「快？她被刺後至少還活了十五分鐘。」

「一般來說，喉嚨受創的人可以活上幾個小時。這是由於傷者都是因為流血過多致死，所以才需要這麼多時間。不過，虛弱的心臟有時候會讓他們在幾分鐘內就死亡。」

「還有別的嗎？」

「沒有什麼有趣的。貧血症——腸胃不好，這就是全部的了。在我那年輕助手可笑的錯誤之後，我親自進行了徹底的解剖……就說到這兒吧，我必須走了。再見，醫生。」山繆·鮑迪消失在門口。

「我從來沒有告訴過卡倫有關血栓的事。」麥可盧醫生嘆道，「這只會讓她心煩，何況這也不是致命的疾病。她的生活模式——很少運動，加上焦慮——她本來可以多活好多年的。」

「她給我的印象，」艾勒里說道，「就像個疑心病患者。」

「她沒有給別的醫生看過，我們的醫病關係一向良好，她是個好病人。」醫生嚴肅地說，

「她一直嚴格遵守著我的指示及意見，我猜她一定認為她可以活很久。」他的聲音聽來苦澀。

「順便問一下，結婚後她打算過什麼樣的生活？我很好奇，因為我看不出來，她打算婚後要如何隱瞞她姐姐伊絲特的事。」

「她說她想要的是『現代』婚姻。兩人各自生活，各有各的事業，她也不要冠夫姓。那時聽起來好像是露西·史東（譯註：Lucy Stoner，美國女權運動的提倡者，因婚後不冠夫姓而名噪一時）的怪念頭。但是現在——」麥可盧醫生皺著眉頭，「現在我看出了其中的原因，如此她才能繼續她的騙局。」他的怒氣一發不可收拾，「真是該死，女人怎能欺騙男人，她怎麼可以將我玩弄於股掌之間。」

女人怎能欺騙男人，那男人呢？伊娃心想。她平靜地說：「我認為現在你該回去你的辦公室去了，迪克。今天不會有什麼危險了——是不是，探長？」

探長拿起了逮捕令，慢慢地撕成兩半。「我很抱歉，」他的語氣聽來一點誠意也沒有，只有生氣。

「那麼我想，」斯科特醫生費力地說，「我想我是該去趟醫院，伊娃……我今晚再打電話給妳。」

「好的，」伊娃說，當他俯身要再次親吻她的時候，她把臉別了過去。他有點尷尬地笑了笑，站直了身體，嘴唇泛白，然後就一言不發地離開了。

「你們這些人都可以走了。」探長說，「不，再等一下。麥可盧小姐，星期一下午妳沒剛好在附近看到那另外半把剪刀吧？」

「沒有，探長。」伊娃幾乎充耳不聞，她只覺得左手無名指上的那只兩克拉鑽戒像火一樣燃燒著。

「你呢，林格先生？」

「我？」特里說，「我也沒有。」

「星期一我讓你離開的時候，它是不是就放在你的口袋裡，現在老實說，是不是？」老人苦苦地追問，「這給我個教訓，決不能──」但是，他沒能把話說完。

「走吧，伊娃，」特里抓住伊娃的手臂，咧著嘴笑道，「如果妳不趕快溜走，不知道這隻老鯨魚又會想用什麼名目指控妳！」

18

「我餓扁了。」當他們站在中央街總局大樓前面的人行道上時，特里·林格說道，他心情很好。「來，我帶你們去馮家館子吃東西，那裡的中國蛋捲很好吃。」

「隨便哪兒都行。」伊娃說。她怡然自得地深深吸了口氣，就好像她剛剛才瞭解自由的空氣是多麼甜美，即使在紐約也是如此。

「您呢，醫生？」

「我吃不下。」麥可盧醫生心不在焉地說。

「那麼我們去其他的地方——」

「不用了。」他吻別了伊娃。「四處走走，寶貝。忘了這一切，妳能夠做到，是不是？」

「是的。」伊娃口是心非地說，她也瞭解他知道她不可能做到。「噢，和我們一道來吧，爸爸！我們要去——」

「散步對我有好處。」他停了下來，然後突然開口：「沒事的話，不用打電話給我，伊娃。」然後轉身就走。他們默默地看著他那龐大的背影轉向了警察學校的下一個路口。

「了不起的傢伙，」特里對著麥可盧醫生的背影說。「你呢，昆恩？你沒有要去什麼地方嗎？我敢說，你也累慘了。」

「我餓了。」艾勒里說。

特里看起來有那麼一點失望，然後他喊道：「喂，計程車！」而伊娃則發現自己偷偷地笑著。在搭車前往唐人街的一小段路程中，特里在搖搖晃晃的車內喋喋不休地說個不停。付錢給司機時，他說：「不用找了，傻瓜。」然後帶著他們橫越過比利街狹窄的人行道，到一個看起來像是地下室入口的地方。

「別看這個樣子，這裡的菜色真正是一流的。所有中國人都在這裡用餐。喂，老馮。」一個長著張國字臉的中國人笑著，他正在餐館中忙碌著。餐館內只見到三個戴著黑色帽子的東方人，三人年紀都不小了，他們喝的是米酒而不是啤酒。「不要管我們，老馮。我們自己會選張桌子。這張桌子不會有蟑螂。」

他帶著他們到一個角落，殷勤地為伊娃搬好了椅子。「蟑螂，」他說，「我開玩笑的。」她再次笑了。「牆壁是討厭的綠色，也不乾淨，但是廚房無可挑剔。想看看嗎？」

「不用了，謝謝。」

「就是那個！妳的唇角有個小酒窩，妳應該多笑的。喂，昆恩！高興一點。你怎麼看起來就像個陰險狡獪的騙子？」他咯咯地笑。

「閉嘴。」艾勒里暴躁地說，「在這種地方，究竟有什麼可吃的？」

「有錢好辦事。老魏！」一個腰上繫著圍裙的小個子中國人跑了過來。「大碗的丸子湯；蛋捲，三份；蝦仁雜燴；廣東炒麵；飯；酒；茶。好了，走吧！」

「你好像點了一桌菜，」伊娃說，「我只要一些炒麵和茶。」

「聽我的，沒錯。」特里隨意地將帽子往牆壁上一丟，帽子卻神奇地掛在木釘上。「如果你覺得熱，就脫掉外套，昆恩。老馮不會介意。」

「麥可盧小姐也許會介意。」

「噢，我沒關係。」

「看吧，妳沒事了，小美人。感覺好些了嗎？」

「你壓根沒讓我有喘口氣的機會，」伊娃說，「我母親在哪裡，特里？」

特里向遠處望著。老魏端著一只大托盤正從廚房門口走出來，樣子就像希臘神話中的亞特拉斯（譯註：Atlas，因背叛眾神而受罰，以雙肩扛天的希臘神祇）。

「我不知道。」

「但是你說過——」

「我知道我說過什麼。」他轉過身，拿起她的手，心不在焉地摸著她的手指。「這是鑽戒，是嗎？我必須老實說，小女孩。我以為那個老探長也許會上當，這只是緩兵之計，事情就是這樣。」

「也就是說你不知道！」伊娃喊道。

「放輕鬆，伊娃。別想了。記得妳老爸說過什麼，他是對的。把一切都忘了，事情終究會水落石出的。」

老魏到了，在他們面前放下一個大蓋碗，發出了砰地一聲，有些湯灑了出來。「丸子湯。」他宣布道，然後拖著腳走了。

這是道地的中國湯，裡面有肉片、蛋花、肉丸子，熱氣蒸騰。「呃，」特里揉搓著手說，「小女孩，把妳的小碗遞給我。還有這些是中國的餡餅。妳知道餡餅是什麼嗎？我以前常在查理街下去離老芬克勒斯丁不遠的地方買來吃，那時我還是個賣報紙的小孩。他推著一台小推車——」

艾勒里聽著特里叨叨絮絮地說著話，不給伊娃有時間胡思亂想，費盡力氣逗她笑，在他眼中這一切看起來格外淒涼。當他喝著湯時，他心想這個看似漫不經心，與優雅搭不上邊的特里·林格先生，實際是個心思細膩的年輕人。他反複想著，你從來不會知道林格先生內心裡真正的想法是什麼。

「湯真好喝。」艾勒里說，「容我打斷你自吹自擂的生平細節，在我看來，特里，你就像個疑心病重的人，在黑暗中吹著口哨壯膽。」

「你真這麼認為？」特里說。

「我應該怎麼辦？」伊娃焦慮地說，「你是對的，昆恩先生。自欺欺人沒有用。」

「再來一些蛋捲。」特里說。

「你真好，特里，但這於事無補。我現在的情形是難以脫身了，這一點你是知道的。」

特里瞪了艾勒里一眼。「那麼，你知道你老爸現在打算做什麼？」

「找到另外的那半把剪刀。妳確定妳真的沒看到，伊娃？」

「我確定。」

「它不在那裡。」特里急急說著，「無論兇手是誰，他都一定將凶器帶走了。你老爸也知道這一點。他的手下已經拿著吸塵器巡過一遍了。所有的房間、地板、房子裡裡外外——」

艾勒里搖了搖頭。「我真希望知道這到底是怎麼回事，我現在就好像墜入五里霧中。我從來沒有遇到一個案子，這麼耐人尋味，而可以琢磨的事實又如此之少。」

「有一件事倒是值得高興，」伊娃一邊吃著蛋捲一邊說，「我母親不能——沒有殺人。因為那個門是從卡倫的臥室內門住的。」

「算了，再怎麼說，我們總算爭取到一些時間。在我老爸發現那個臥室暗門的真相之前，我們暫時會沒事。」艾勒里說。

「他不會發現的，他唯一能夠發現的辦法就是我們之中有人說出來。」特里皺著眉頭。「我們漏了一個人。」

「誰？」但是伊娃的臉紅了，她知道他指的是誰。

「給妳那只鑽戒的傢伙，那個斯科特。見鬼了，妳到底看上他哪一點？再來點蝦仁雜燴，呃？」

「我希望你不要這樣說他！他是心情不好——為什麼他不能？對他來說這不容易，他的未婚妻可能會因為謀殺而被捕。」

「這對妳來說更不容易，不是嗎？聽著，小女孩，他是個卑鄙的傢伙。讓他滾蛋吧。」

「不要再說了！」

「容我打斷這段浪漫的插曲，」艾勒里說，他正努力地想用筷子夾蝦，但是徒勞無益，他只得放下了筷子，改用叉子。「我想到了某件事情。」

他們一致喊道：「什麼？」

艾勒里用餐巾紙拭著嘴。「伊娃，當我們的特里朋友走到臥室房門——我指的是那個通向閣樓房間，並發現被門閂門上的暗門時——妳在什麼地方站著？」

特里的瞳孔收縮。「這又有什麼不同？」

「有可能關係重大。說呀，伊娃！」

她看著他，又看著特里，然後再一次來回看著。「我想我是正對著卡倫的桌子。這有什麼關係？」

「沒錯。」特里說，「為什麼要問這個？」

「在他去那道暗門之前，妳曾看見門上門著門閂嗎？」

「沒有。那扇日本屏風一直把它擋住。我告訴他門在那兒，他才把屏風搬到了一邊。」

「然後他的身體一直擋著門，是不是？直到他讓到了一邊，妳才看到那道門閂？」

「當時我一點也沒看到它。他只是告訴我——」

「喂，等等，」特里說。「你到底在搞什麼該死的把戲，昆恩？」

艾勒里突然往後靠著椅子。「你知道，我對於越是不可能的事情就越要弄清楚。我還是個習慣性的懷疑論者，特里。」

「廢話少說！」

「根據事實顯示，目前只剩下一種解答有可能。假設卡倫·萊斯的臥室有三個出口：一個是窗戶——但是，窗戶外面加裝著鐵窗；一個是通向閣樓的暗門，然而，這道門卻從臥室內門住了；第三個是起居室——但是，伊娃說沒有任何人進出，而且她也沒有離開過那裡。答案就是：伊娃殺了她的阿姨。她是最有可能去殺人的唯一嫌犯。那就是說，最基本的事實就是如假包換的真相。」

「我可以告訴你，她沒有做。」好鬥的特里說，「所以呢？」

「多點耐心，小伙子。我只是假設，當然了，伊娃是清白的。」

「謝謝你，」伊娃沒好氣地說。

「那麼，我們還剩下哪些事實呢？窗戶——我親自檢查過，根本無法作為出口。起居室——如果我們認定伊娃是清白的，我們就必須假定她說的是實情，而且真的沒有人進出過那裡。如此一來，我們就只能把懷疑放在通向閣樓的那道門上了。」艾勒里坐直身子。「怪的是，特里，門是門上的說法無法被證實。」

「我不瞭解你說的。」特里慢慢地說道。

「我相信你瞭解。我們怎麼知道當伊娃走進臥室並發現她阿姨時，那道門真的被閂上了？她看到了嗎？沒有，因為被屏風遮住了。接著你來了，還將屏風搬到一旁，同時聲稱門是閂上的。那時伊娃親眼看到了嗎？沒有！緊接著她暈過去了。事實是，當她甦醒的時候，她才真正看到了門上的門閂——你開始和它搏鬥，發現它顯然卡住了——但這是在她失去意識有一段時間之後。」

「你有沒有想到你是在跟誰開玩笑？」特里的臉漲得通紅。「她失去意識才短短幾秒鐘，再說門上的門閂真的卡住了！」

「這是你說的，」艾勒里喃喃說道，「我們也只能根據你的說法判斷。」

伊娃提心吊膽地用詢問的眼神凝視著特里·林格；看他一副怒不可抑的樣子，她想他會不會猛然衝上前去毆打艾勒里。不過，他還是控制住自己了，並啞著聲音說道：「很好，為了便於討論，我們就假設當我看到時，那門並沒有被閂住，記住這僅僅是假設。那好，告訴我為什麼？我的目的是什麼？」

艾勒里用叉子將炒麵放入嘴裡。「如果門從來就沒有用門閂閂上，也不是不可能的情形。那是贊同這種推理的一個觀點。某個人從閣樓下來殺了卡倫，然後循著相同的路線逃脫了，這種推斷是可能的。」

「但是，為什麼關於那道門閂，我要說謊呢？」

「假設，」艾勒里滿嘴炒麵，話語含糊地說，「是你殺害了卡倫·萊斯。」

「你瘋了，滿口胡說八道。」特里大聲嚷嚷。

老馮跑了過來，緊緊抓住他的手。「特里！你不要叫，你不要鬧，你停下來！」

「你去死好了！」特里喊道，「是我做的？為什麼，你——」

「好了，好了，特里，你安靜下來好好想想。我只是說『假設』。如果閣樓的門真的一直開著，你就能從屋頂進入，當伊娃在起居室等待時，你趁機殺了卡倫·萊斯，接著從閣樓逃跑，然後再經由房子的前門回到現場，在臥室裡面把門閂住，你不能否認，是有這個可能！」

「但是，原因呢？」

「噢，原因非常簡單，以此陷害伊娃，讓她成為唯一的嫌犯。」

「啊！」特里冷言冷語說道，「你一定瘋了。如果我假裝門閂上了，那麼我為什麼還要再打開它，以拯救這個小女孩？」

「是啊，」伊娃屏息說道，「那不合情理，昆恩先生。」

「這我也不知道。」艾勒里說，「呃，這個推測確實蹩腳……不過，也許在你陷害伊娃之後，你發現你不想這麼做了，為了這世界上最簡單的一個理由，特里。就像小說情節一樣，熱滾滾的羅曼史，偉大且稍縱即逝的熱情，你愛上她了。一見鍾情，你知道。老魏！你能不能好心地再幫我倒一些這種酒？」

伊娃的臉變成了櫻桃紅色，她擺弄著她的叉子。一見鍾情！這真是最荒謬可笑的……他如此自負、高大、強壯，而且目中無人，信心滿滿。特里·林格絕對不可能會一見鍾情。他不會。他會慢慢地，小心翼翼地防備著。他總是有個好理由……她看了他一眼，驚訝地看到他正狼吞虎嚥地吃著東西，眼睛瞪著面前的盤子，雙手笨拙地拿著筷子，才一會兒工夫，小巧的耳尖已變得像選舉之夜的紅火把。

「你看，」艾勒里放下杯子，嘆口氣說，「一切都有了理由。」

「別給我說這些，」特里吼道，「我沒殺那個女人。那門真的鬥上了，還有我也沒有愛上任何一個女人。你懂嗎？」

「好了，你幹嘛這麼激動，」艾勒里站了起來，「你們能等我一下嗎？老魏，你們的電話在哪兒？」

老魏伸出手指比著，於是艾勒里踩著悠閒的腳步慢慢地穿過了拱門，走進了馮家館子附設的店鋪。特里和伊娃一言不發地吃著東西，特里十足的中國人架勢，大口大口地夾東西吃。伊娃動作細緻優雅，並且全神貫注。那三個戴著黑色帽子的中國老紳士，看了看特里和伊娃，然後用他們的語言開始議論紛紛。聽得懂一些廣東話的特里，知道他聽到的是什麼。他們說，顯而易見的，白人的小花朵使他不高興了，從他盛怒的樣子判斷，與其去忍受一個讓人受不了的女人，他寧願挨上千割萬剮之痛。

「你知道，」伊娃突然說，「這是我們第一次真正單獨在一起，我是說——從星期一開始。」

「給我米酒。」他繼續夾起炒麵放進嘴裡。

「我還沒真正謝過你，特里，你為我做了這麼多。別在意昆恩先生，我想他只是尋開心而已。我知道這有多可笑——」

「可笑什麼？」他扔掉筷子問道。

伊娃的臉再次紅了。「我是指他說的那些話，什麼愛不愛的。我知道你幫我，是因為你同情我——」

特里艱難地嚥下食物。「聽著，小女孩，他是對的。」他抓住她的手。「我真的是第一次見到妳時，就拜倒在妳的石榴裙下，所以幫幫我！女人。我為妳癡狂，我輾轉反側，無法成眠，我對妳朝思暮想，任何事情都不能做！」

「特里！」伊娃說，她掙脫了他的手，環視四周。那三個中國老紳士搖了搖頭，在他們看來白人的方式真是不可思議。

「總之，我從來就沒有想過，我會愛上一個像妳這樣的女孩。我一向喜歡年紀大一點的女人。我的意思是——妳知道——世事不可預料。妳看起來是如此瘦弱無助——」

「我並不瘦，」伊娃喊道，「我體重——」

「好吧，也許瘦弱這個說法不恰當，」他上下打量著她，持平說道，「不過，妳還要再胖一些，那就很完美了。轉過臉來——就這樣，就像麥娜·洛伊（譯註：Myrna Loy，美國女演員，偵探片〈瘦子〉的女主角）一樣，而且還有酒窩。」他皺著眉頭。「為個酒窩魂不守舍！」

伊娃的感覺像要大笑，接著又覺得要大哭一場。這些天來，事情發生得如此突然。特里·林格！這個高大、粗魯……她立即覺得內疚，這樣說他不太好。他真誠而且刺激。你永遠不會知道他將要做什麼，或者將要說什麼。和他一起生活將……但是，伊娃不讓自己再想下去。這一切都太荒唐。她瞭解他嗎？更重要的是，她已經和另一個男人訂婚了！

「我知道，在妳眼中，我就像個怪物或混球。」特里喃喃低語，「除了在街上混大之外，我沒受過什麼教育，沒有規矩，毫無教養可言。我愛上了一個我根本就配不上的女孩子，只能算我運氣不好。」

「我不像你說的那麼好。教養、學歷，以及你是如何長大成人的——不能代表什麼。」伊娃苦著一張臉繼續說，「卡倫·萊斯就是個例子。」

「我一點也不在乎，妳瞭解！」他大聲說，「我很好，我可以過得很好。如果妳想要我學著用湯匙吃魚子醬也可以，呃——那又如何，我吃的苦比那艱辛多了！」

「我相信你能。」伊娃低聲說著。

「有什麼是那個繡花枕頭能為妳做的，而我不能做到的？他丟下了妳，沒有勇氣，沒有擔當，那就是他所做的。他懦弱、卑鄙——那就是他所能給妳的！」

「不要再說了，特里。」伊娃絕望地說，「我不希望你這樣評論斯科特醫生。」

「他出身好家庭，而我——我卻忙著四處討生活。是的，他上過了不起的大學，還成了名氣響亮的醫生，他有錢，有光明的前途，佔盡一切好處，讓公園大道上所有的傻瓜們爭相追逐

——」

「夠了夠了，特里。」伊娃冷冷地說道。

「噢，聽著，小女孩，忘了它。」他揉著眼睛。「我想我是個笨蛋。忘了它吧。」

伊娃突然笑了起來。「我不想跟你吵，特里。你對我比任何人都……都好。」她把手擱在他的手臂上。「我永遠不會忘了這一點。」

「打擾了，」老馮靠在特里耳朵邊說道，「特里，你過來。」

「唉？另外找個時間吧，老馮。我沒空。」

但是，老馮堅持著。「你過來，特里，過來！」

特里望著遠處，再一次朝上看著老馮。然後他摸了摸領帶，站了起來。「等我一會兒，伊娃。也許是哪個傢伙打電話找我。」

他跟在那個中國人的後面大步走去，伊娃看見他們穿過拱門，消失在相鄰的房間中。

伊娃打開手提包，拿出小粉盒。她納悶艾勒里·昆恩為什麼要對特里·林格說那番話，她怎麼想也想不通。一會兒之後，她再次感覺到孤單。

伊娃慢慢地旋開口紅，她放平了連鏡小粉盒內的鏡子。在鏡子中，她瞥見那兩個人正好在拱門那邊熱切地交談著。她看到了特里的臉，他看來一臉憂慮。然後她也看見了艾勒里傳給特里一件小東西，特里把它放入口袋裡。

神秘！確實神秘。伊娃塗著口紅——在上嘴唇點兩下，在下嘴唇中心點一下，再用小指頭在唇上塗勻。突然，她的心緊縮了一下，她放下口紅，拿起了粉撲。她在鏡子中注視著被特里·林格熱烈讚美的鼻子，同時更帶著一點點罪惡感，偷偷地看了一眼她左臉嘴邊的小酒窩。

當那兩個人回來的時候，特里故意露齒微笑，試圖掩飾事態的嚴重性，他用一張一美元鈔票和一些硬幣支付了餐費，還要帥地用指頭將一枚五分錢硬幣彈給老魏，而老魏則非常熟練地接住了。他挽起伊娃的手臂，帶她走到了比利街，還在她手肘上按了按，要她放寬心。

艾勒里·昆恩先生在後面跟著，他大大地嘆了一口氣。

19

星期五早上，當歐維茲太太——她是每天幫特里整理二號街公寓及準備三餐的一名中年婦人——叫醒特里時，他正在夢中摟著伊娃，還親吻著她的酒窩。

「唉？什麼事？」特里從床上爬起來，抱怨道。

「電話，」歐維茲太太一邊搖晃著他裸露的肩膀，一邊斷然說道，「起床，你這個懶鬼！你整天只顧著睡覺，不會覺得丟臉嗎？」

「行了，行了。趕快走開，」特里嚷嚷著，隨手扯開被子。歐維茲太太放聲尖叫，隨即咯咯地笑了起來，然後就匆匆忙忙地離開了。特里披上睡袍，不時詛咒著。該死的，才早上七點，一大早就擾人清夢，這種人真是該死。但是，當他一拿起話筒時，卻馬上停止了皺眉，冷靜了下來。

「噢，是你，等會兒。」他跑過去關上了起居室的門。「好了。有什麼壞消息？」

「你現在可以毫無顧忌地說出來了，特里，」艾勒里說，「他們已經發現她了。」

「噢，唉。」特里說。一會兒後，他問道：「你是什麼意思？」

「現在仔細聽著，」艾勒里說，「我的好夥伴，我一早打電話給你，不是為了聽你的藉口。你跟我一樣明白。他們已經發現了伊絲特·萊斯·麥可盧了，還有如果你有興趣，你最好趕快穿上褲子。」

「費拉德菲亞？」

「這樣說來，你確實知道！」

特里盯著電話。「其他的呢？」

「到現在為止，我們就知道這些。爸爸讓維利巡佐搭乘十點的火車到那裡。我想我們要趕在他前面——盡可能早點到。」

「為了什麼？」

「你不必知道。你要不要一起去？」

「伊娃知道嗎？」

「還不知道，麥可盧醫生也不知道。我想我們可以偷偷告訴醫生，並讓他和我們一道去。」

「我在哪裡和你碰頭？」

「麥可盧公寓。半小時後可以吧？」

「我二十分鐘到。」

特里匆匆淋浴，沒有修面就穿上衣服，在八分鐘之內人已經到了門口。但是他又住了腳，皺著眉頭回到臥室，從衣櫃的抽屜裡拿出一支點三八的自動手槍，放進外套的口袋裡，然後拍了拍歐維茲夫人的雙下巴，就跑著出門了。

麥可盧醫生正要喝他的番茄汁時，房間的電話響了。他放下了一口都還沒沾到的杯子。維妮塔喊道：「找您的，約翰醫生。有個叫昆恩的人，他說他人在樓下。」

醫生趕忙接起了電話。他一邊聽著，臉色慢慢地轉成了死灰色。「是的。」他連點了好幾次頭。「不，她還在睡。我馬上就下去。」

他直接走到伊娃的房門，傾耳聽了聽。伊娃沒有睡，她正壓低聲音啜泣著。醫生敲了敲門，哭聲隨即停了下來。

「請進，」伊娃啞著聲音說。

醫生走了進去，發現伊娃躺在床上，背對著門。「我必須出去一下，寶貝。有什麼……出了什麼問題？」

「沒事，」伊娃說，「我只是沒有——睡得很好。」

「迪克？」

她沒回答，但她的雙肩抽搐著。當他彎腰同她吻別時，不禁想起了前天下午，年輕的斯科特醫生的冷酷、沉默及心不在焉。麥可盧醫生想，他知道年輕的斯科特醫生不打電話來的理由。接著他想到，如果年輕的斯科特醫生永遠不會再打電話來，他也不會太意外。斯科特醫生已經發現，對他來說這簡直是燙手山芋。他想得到的是未婚妻，而不是刑事案件的犧牲品；他想要的是一個妻子，而不是報章雜誌上大篇幅報導的對象。

醫生撫摸著伊娃亂糟糟的頭髮。他看到她那只鑽戒就放在一個封好的信封上面。

他給昆恩探長留下了含糊不清的口信，說他會透過維妮塔與他聯絡，然後就搭著電梯下到了大廳。三個男人見面後沒有握手，也沒有寒喧。特里叫了一輛計程車在等著，他們進到車裡，司機開口問：「是佩恩車站嗎？」

他們晚了十分鐘，錯過了八點的那班火車，只好再等上五十分鐘搭乘下一列火車。他們在車站內的餐館用了早點，以打發等待的時間。他們一直沒有交談，醫生心不在焉地用著餐點。上火車後，麥可盧醫生一直望著窗戶外面。坐在他身旁的艾勒里向後躺靠在椅子上，閉上了眼睛。而坐在他們前面的特里．林格，則以三份早報及不時前往吸菸車廂來打發時間。

到了十點四十五分，就如同火車從費拉德菲亞北站出來時一樣，特里．林格伸手拿起了他的帽子，說道：「來吧。」醫生起身了，艾勒里也睜開了眼睛，隨後他們三人一個接一個地走到了月台上。出了費拉德菲亞西站，他們走向等在那兒的接駁車，打算前往博德街。然而，就在他們正要進入車廂時，艾勒里停了下來。

「她住在什麼地方，特里？」

特里不情願地回答：「西斐勒。」

麥可盧醫生低垂著頭。「你早就知道！」

「當然，醫生。我一直都知道。」特里低聲說道，「但是那又怎樣？我能做什麼呢？」

此後，麥可盧醫生就一直斜眼瞪著特里．林格，從他們抵達博德街，到他們穿越街道改搭計程車以及當特里遞給司機地址的時候，都是如此。

「為什麼要先去那裡？」特里問。

「我們有的是時間。」艾勒里喃喃低語。

計程車拐進了一條狹窄、彎曲、巔簸不平的街道，然後在一棟黑紅色的磚造房子前面停了下來。外面立著的招牌上寫著：房間出租。他們下了車，麥可盧醫生急切地往上看著垂掛著劣質窗簾的窗戶。艾勒里吩咐司機：「在這等著。」然後他們爬上了高而難看的門前台階。

一個頭髮灰白的老婦人，帶著生氣的表情前來開門。「我說，正經人家再也沒有任何權利了！算了，進來吧，快點完事快點離開。」

她氣喘吁吁地帶著他們爬上了二樓，樓上有四間一模一樣的房間，房門一律漆著黃褐色的油漆。她用一把長長的鑰匙打開其中一間，然後就往後退一步，雙手垂放在臀部上。「他們告訴我，」她滿懷敵意地說著，「要保持原來的樣子——為什麼，我不知道。就因為這樣，害我昨天失去了一個把它租出去的好機會。」

這是一間昏暗、骯髒的小房間，正中間有一張彈簧鬆弛下垂的舊床；有一個缺了一條腿的梳妝台；還有其他亂七八糟的東西堆放在前面。床鋪未經整理，床上的毯子翻捲在一旁。一雙黑色的鞋子放在地板上，其中一隻有著奇形怪狀的腳跟與腳掌；搖椅上則披著一件灰色的羊毛衣、一雙絲襪及一件襯裙。

麥可盧醫生走到梳妝台前，撫摸著放在上面的一瓶墨水及一支筆。然後他轉過身，看著床，看著搖椅，看著鞋，看著床上的鍍金支架，看著窗戶上破損的條紋窗簾。

「警察才剛走，」老婦人打破了沉默，態度也顯得柔和許多。「如果你們想多待——」

「我們不想，」艾勒里突然說道，「來吧，醫生。我們不能在這裡找到什麼。」他不得不拉著醫生的手臂，像帶著盲人般地領他下樓。

計程車將他們載到了當地的警察總局，經過半個多小時煩死人的詢問之後，他們終於找到了艾勒里要尋找的員警。

「我們想看看伊絲特·麥可盧，」艾勒里說。

「你們是誰？」這個員警有個寬扁的大鼻子及一口被菸燻黑的牙齒，他疑心重重地輪番看著他們。

艾勒里遞出了他的名片。

「你們其中哪位是紐約警局的維利巡佐？」

「都不是，但是這完全沒有問題。我是昆恩探長的兒子——」

「就算你是昆恩探長本人我也不管！我得到的命令是，除了維利巡佐之外，對任何人都不能洩漏消息。他正從失蹤人口辦公處那兒帶一個人過來。」

「我知道，但我們遠從紐約趕過來，就是為了找到——」

「無可奉告。」寬鼻子員警立即說道，「職責所在。」

「別這樣，」特里說，「我知道吉米·歐代爾在這兒。我來拜訪他。昆恩和我們會發現

——」

「赫！我記得你，」那個人盯著他說道，「你是紐約的私家偵探，沒用的，明白嗎？歐代爾也奉命閉嘴。」

麥可盧醫生僵硬地說：「看在上帝的份上，請不要刁難我們，這種無益的爭辯——」

「我們一定得見她。」艾勒里態度堅決，「這是一個需要確認身份的案子。這個人是紐約的約翰·麥可盧醫生，他是唯一能夠協助警方進行辨認工作的人。」

員警搔著頭。「那麼好吧，我想你們可以見她。關於這一點，他們倒是沒有多說什麼。」他拿出他的筆，當場簽署了進入費拉德菲亞停屍間的通行證。

他們靜靜地站在停屍間的停屍桌旁邊，服務人員無動於衷地在一旁看著。麥可盧醫生就像個死人一樣面對著那具死屍，似乎一點感覺都沒有。艾勒里看著眼前那具已經腫脹變形、膚色泛藍、頸部肌肉僵硬、鼻孔擴張的屍體，但是這些慘狀，醫生似乎都視若無睹。他看到的是金髮女人長長的睫毛、仍然漂亮的頭髮、臉龐的完美線條、小巧的耳朵。他看了一遍又一遍，憔悴的臉上出現了驚訝的表情，彷彿奇蹟發生了，而他就是復活的見證者。

「醫生，」艾勒里柔聲問道，「這是伊絲特·麥可盧嗎？」

「是的，是的。那是我的摯愛。」

特里轉過身去，艾勒里不知如何是好的咳了一聲。那個大塊頭喃喃地自言自語，艾勒里聽不清楚他在說些什麼。醫生的表現讓艾勒里深覺不安，與其說是褻瀆了死者，倒不如說是赤裸裸的真情流露。他突然領悟到，他從來沒有真正瞭解過眼前這個人。

他對上了特里侷促不安的眼神，然後用他的頭示意著離開。

他們從大鐵門出來，走進賓夕法尼亞車站的下層候車室。讓艾勒里大吃一驚的是，伊娃也在那兒，她正坐在長椅上，凝視著牆上指著兩點鐘的時鐘。從她不在大門口等著的事實，艾勒里就已知道她全然不是在看鐘。他們不得不走到她面前，並且搖晃著她。

「啊，親愛的，」她說道，雙手交疊。

麥可盧醫生低頭吻了她，坐在她旁邊，拿起她戴著黑手套的一隻手。兩個年輕人都沒說話，特里退到了一旁，點燃了一根香菸。她穿著一身黑——黑外套、黑帽子及黑手套。她知道了。

「昆恩探長告訴我了。」她簡單說明。她臉上雖然撲了粉，還是看得出來眼睛是腫的。

「她死了，伊娃。」醫生說，「她死了。」

「我知道，爸爸。」

艾勒里信步走到附近的報攤，對穿著整齊的灰髮小老頭說道：「您有什麼想法？」

「你真的認為，」昆恩探長平靜地說，「你可以神不知鬼不覺地來去自如？打從星期一以來，我就派人盯著麥可盧女孩和特里。今天早上你們上火車之前，我就知道你們打算去斐勒。」

艾勒里的臉紅了。「我們一無所獲，如果這樣能讓您高興一點的話。」

「我也知道。到這裡來。」

艾勒里帶著無助、憤怒的情緒跟在他父親後面。他討厭難以理解的事物，神秘的事物擾亂了他一向自負的聰明才智。這就是他為何汲汲營營於破案的原因……現在這個案子有太多的不合理之處。每一件事情都不單純，全都環環相扣。到目前為止，只有少數幾件事情是清楚的：麥可盧醫生曾經期待能夠找到活著的伊絲特·萊斯·麥可盧，而這最後的希望，隨著她死亡而破滅了。至於特里·林格早已不抱任何期待，除了他們已經發現的事實——伊絲特·萊斯·麥可盧死在她自己的手上。他自始至終都知道這件事。此外，艾勒里也猜得出來特里為何堅持不說的原因。但是，這一切還不夠，還差得遠……

「我想我們應該理智地談一談。」探長說，他就站在長椅子前，「現在真相已經大白了。」

「可怕的真相，呃？」麥可盧醫生苦笑地表示，他的笑容看起來相當痛苦。

「我深感遺憾，醫生。這對你的打擊一定不小。」老人自顧自地坐下，然後取出了一小撮鼻菸。「今天早晨，你已經辨認出屍體的身份了嗎？」

「是伊絲特。我十七年沒見過她了，但是，那是伊絲特。我知道是她——不管在什麼情況下，我都可以分辨得出來。」

「我也認為這沒有可疑之處。喂，特里！你知道嗎，一開始費拉德菲亞的警察還不知道她的身份。當她星期一晚上被人發現中了氰化物死亡的時候——」

「星期一晚上，」伊娃以微弱的聲音重複著。

「——因為缺乏直接的線索。她租房子時給的是假名和假地址。當地的警察按址找人來認屍時，才發現名字和地址都是假的。她填寫的街道——費拉德菲亞街——當地並沒有取這個名字的街道。」

「星期一晚上什麼時候？」艾勒里皺著眉頭問，「費拉德菲亞警局那個可惡的官僚文化，一點消息都不肯給。」

「午夜以後。可能是女房東起了疑心，或者有其他什麼原因AB詳細情形我也不甚清楚。總之，當他們接獲紐約警局有關伊絲特的描寫通報AB美麗、金髮、碧眼、年約四十七歲、身高五呎七吋或八吋、體重一百三十磅至一百四十磅、右腿有殘疾AB他們立即檢查了所有停屍間的紀錄，並與這樁自殺案聯繫在一起。直到昨天晚上很晚的時候才通知我們。」探長嘆了一口氣。

「我讓維利巡佐先到那兒，去拿她自殺的原始紀錄。」

「自殺紀錄！」麥可盧醫生喊道。

艾勒里挺直了身子。「什麼自殺紀錄？」

「他們發現她放在被子下面的手中握著一張皺巴巴的遺書。」

「她寫了遺書？」特里不可置信地喃喃低語。除了艾勒里之外，沒有人聽到這句話。

昆恩探長尷尬地摸了摸他的小鬍子。「呃，麥可盧小姐，我實在很抱歉。我知道這對妳來說將意味著什麼。」伊娃慢慢地轉過身來。「我只能說塞翁失馬，焉知非福。對妳來說，好消息是——卡倫·萊斯謀殺案解決了。」

麥可盧醫生從長椅上跳了起來。「萊斯謀殺案——」

「對不起，醫生。在她自殺之前所留下的遺書中，伊絲特·麥可盧坦承她殺了她妹妹。」

「我不相信！」伊娃哭喊道。

探長從口袋中掏出了一張折疊好的便箋，然後將它攤平。「昨天晚上，他們在電話中口述了這張便箋的內容，我記錄了下來。妳想要看一下嗎？」

伊娃伸出了顫抖無力的手，麥可盧醫生從她的手中取過便箋，他們在痛苦的沉默中讀著上面的文字。然後醫生將它遞給了艾勒里。

特里·林格越過艾勒里的肩膀急切地瀏覽著。

即使這張便箋已非死者留下來的原稿，但是死者疲倦與沮喪的心情仍透過文字深切地傳達了出來。

給發現我的任何一個人：

我不能不置一詞地離開這個世界。

我有我自己的法官。現在我是我自己的死刑執行人。我已經取走了一條生命；現在我該拿走我自己的。

親愛的女兒，原諒我。相信我，我最親愛的，妳已經給了我秘密的幸福。這已經超出我所能給妳的。妳的母親是個罪人；感謝上帝，這個罪人還算是個人，她能夠把她可恥的秘密隱藏起來，不讓妳知道。祝福妳，我的摯愛。

親愛的約翰，我毒害了你的生命已久。我知道你在很久以前就愛我。而現在你愛我的妹妹，我們閃電般的命運再次遭到重擊。我已經看到它的到來，而我無力反抗。因此，絕望的我不得不走上這一條路……只要你不離不棄！只要你帶著她和你一道走！因為只有你，才可能是這世界上唯一可以拯救我妹妹生命的人。但是隨著你離她而去，對我們無情命運的最後保護，她的最後希望，也都離去了。

也許上帝會對我們兩人——我的妹妹和我——的靈魂垂憫。再見了，約翰。照顧我那可愛的女兒。

誰發現了我，請埋葬我的軀體和這張紙。

艾勒里發現特里緊抓著他的手臂。「過來！」他們走到一旁。「仔細聽好，」特里鄭重地說，「有些事太古怪了！」

「什麼意思？」

「噢，她確實寫了遺書。但是，她絕對沒有殺她的妹妹！」

「你怎麼知道？」艾勒里再看了一次便箋內容。

「我告訴你我怎麼會知道！因為她根本做不到。如果是她做的，她如何從卡倫的臥室逃出去？即使她能從費拉德菲亞回來犯下此案，然後再回去那個西斐勒的小房間吞食毒藥！」

「好吧，」艾勒里小聲說，「有個人殺了卡倫·萊斯，那就表示有人順利地從那個房間逃了出來。為什麼不能是她？」

特里瞪視著他。「告訴我你的立場？你的老爸認為案子已經偵破。現在你打算告訴他那道門原來是上門的嗎？」

艾勒里沒回答；他從頭到尾再看了那張便箋一次。特里則一直用冷冷的眼神盯著他。

這時探長在他們後面開口了：「你們兩個瘋子在嘮叨些什麼？」

「噢，我們在討論這張便箋。」艾勒里隨口回答，並把它放入自己的口袋中。「真是諷刺。」探長若有所思地說道，「就在她讓萊斯那女人像囚犯一樣關了她九年之後，她卻突然尋了短見。她為什麼要等這麼久？我想她是否已經瘋了。」

「就是這樣，」特里說，「她突然就崩潰了。這就是原因，老爹。」

「你知道，」探長皺著眉頭說，「我已經仔仔細細地想過這件事情，你猜怎麼著？我有個疑問卻怎麼也解釋不通。你想想，為什麼那個日本女僕——絹惠——要從樓下為卡倫·萊斯拿來一張信紙？卡倫·萊斯大可上去閣樓——那兒不是擺著很多稿紙嗎？」

特里·林格的臉就像石膏像一樣僵住了。但是他馬上帶著笑容說道：「這點就留給老爹您傷腦筋吧。不過，我看還是算了，不要盡想些怪念頭！反正那有什麼區別？你已經找到凶手了，不是嗎？」

「我不知道。」探長不安地說道，「總之，這一點一直困擾著我……算了，最簡單的方法就是直接去問絹惠。」

「老爸——」艾勒里想要說些什麼。

但是，探長已經走了回去。特里冷不防地說：「我要走了。」

「去哪兒？」

「萊斯的房子。我要搶先一步去找那個日本僕人。讓我走吧！」

「你什麼事都不能做。」艾勒里說，「特里，別輕舉妄動，去攪亂一些你永遠都不可能明白的事情，你要負責的。」

「讓我試試看！」

「不行。」他們彼此互相瞪視著。

「你們兩人到底有什麼問題？」探長問道。他們轉過頭去，發現老人、伊娃和麥可盧醫生都在他們後面。

「老爹，我要一拳打斷您這個不成熟兒子的鼻子！」特里冷冷地說，但是，他暗地裡又向艾勒里做了個鬼臉。「告訴我——」

「你們都給我停了下來。」老人動怒了，「我對你們兩人幼稚的行為已經感到厭倦了。過來，艾勒里，麥可盧父女要和我們一起去。」

「喂，伊娃，不要去。」特里擋在她前面焦急說道，「你們幹嘛急在一時，為什麼不輕輕鬆鬆地回家去，並——」

「不，」伊娃淒涼地說，「我想去收拾一些我的——我媽媽的東西。」

「妳可以明天去！」

「林格，」麥可盧醫生說。

「但是——」

「請讓我過去。」伊娃冷冷地說。

特里放下他的手，聳了聳肩。

20

那個白人女僕——吉妮佛·歐馬拉——應了門，讓他們進入了華盛頓廣場的房子。她穿著一身灰暗的舊衣服，愚蠢的雙眼看來非常粗暴。

「告訴我，你打算讓我在這兒再待多久？」她看著探長質問道，「你們沒有權利把我留在這裡，我的男朋友是這樣說的——他為一個律師工作。還有，誰支付工資給我——呃？回答我這些問題！」

「注意妳的態度，」探長溫和地說，「如果妳是紐約市民的話，就不需要再留多久了。」

「我會支付這女孩子工資。」麥可盧醫生說。

「那好，我沒什麼問題了。」那女僕馬上回話，還朝著醫生笑了笑。

「絹惠在什麼地方？」老探長問。

「附近某個地方。」

他們一言不發地走到樓上，一眼就瞧見正在起居室打瞌睡的瑞特警探。「那個日本女僕在哪裡，瑞特？」

「呃？沒看到她，探長。」

「那麼，去把她找來。」

瑞特打著呵欠，動身去了。伊娃想進去臥室又不敢貿然行動。探長用仁慈的聲調說：「沒關係，麥可盧小姐，如果妳想上去，妳就去吧。」

「我和妳一起去！」特里說。

「我寧願一個人去，特里。」伊娃消失在通往閣樓的樓梯口。

他們聽到了她邁著緩慢的步伐，好像下了很大決心，才把自己拖進閣樓裡去。

「可憐的孩子。」探長說，「她一定很難捱。醫生，如果有什麼我們能做的事情——」

麥可盧醫生走到窗戶前，俯視著外面的花園。「探長，您打算如何處理伊絲特的屍體？」

「這個不在法律的權限之內，醫生。」

「那麼就由我來安排她的葬禮。」他停了一下，「當然了，還有卡倫。」

「當然……呃，進來，絹惠。」

那日本女僕畏怯地站在門口，傾斜的眼睛帶著憂懼的神色。瑞特龐大的身軀擋在她的身後，以防她突然逃跑。

「等一下，探長。」麥可盧醫生轉過身來走向絹惠，拿起她滿布皺紋的手。「絹惠。」

絹惠口齒不清地說：「噢，麥可盧醫生。」

「關於卡倫的事，我們都知道了，絹惠。」他柔聲說道，「也知道伊絲特的事。」

她害怕地仰望著他。「伊絲特她死。伊絲特死在大水裡好久了。」

「不，絹惠，妳知道那不是實情，妳知道伊絲特被關在樓上那間小房間裡。妳知道，撒謊是沒有用的，絹惠。」

「伊絲特死，」絹惠倔強地說道。

「是的，絹惠，伊絲特是死了，但她只死了幾天而已。警察在另一座城市，離這兒不太遠的地方，發現了她的屍體。妳明白嗎？」

戰戰兢兢的老婦人抬起頭凝視著他的眼睛，然後突然哭了起來。

「妳沒有必要再為任何人繼續撒謊了。」醫生低聲說，「絹惠，」她一直低頭哭著。「現在只有伊娃留給妳了，絹惠。只有伊娃。妳明白嗎，絹惠？只有伊娃！」

但是，此時的老婦人太過悲傷了，根本不能體會這個高大的西方人話語中巧妙的暗示。她只是悲嘆地說：「小姐死了。現在伊絲特死了。絹惠會變成怎樣？」

特里低聲對艾勒里說：「沒有用。她根本不懂。」

探長微笑著讓麥可盧醫生把她帶到長沙發上，讓她坐下，悲痛使她的身子前後搖晃著。

「妳不要擔心妳會變成怎樣，絹惠。」醫生急切地說著，「妳喜歡照顧伊娃嗎？」絹惠流著淚，突然地點著頭。「絹惠照顧伊娃母親。現在絹惠照顧伊娃。」

「保護她？」醫生悄悄地在她耳邊說，「不做任何會傷害她的事情？是嗎，絹惠？」

「我照顧伊娃，麥可盧醫生。」

醫生站起來，又走到了窗戶前。他已經做了他能夠做到的所有事情。

「絹惠，」艾勒里說，「是卡倫小姐吩咐妳，絕對不能說出有關伊絲特小姐活著，並住在這房子裡的任何事情嗎？」

「小姐沒說，我沒說。現在小姐死了，伊絲特也是！」

「妳知道是誰殺死妳的小姐嗎，絹惠？」探長咕噥說道。

她在迷惑中抬起了滿是淚水的臉。「殺？誰殺小姐？」

「伊絲特。」

絹惠的嘴微微張開，輪番地看著他們這些人；顯而易見地，這個消息對她來說打擊太大了。她再次地哭了起來。

從門外傳來伊娃微弱的聲音：「我不能——我無法碰那兒的任何東西。我到底怎麼了？」

「過來這裡，小女孩。」特里說，「不要——」

但是，伊娃仍舊走到絹惠身邊，隨後坐了下來，雙手摟住了正在流淚的老婦人。「別擔心，絹惠。我們會照顧您。」

「仔細聽著，」探長坐到了老婦人的對面。「星期一下午，妳記得嗎，絹惠？當時卡倫小姐讓妳去樓下拿一些信紙要寫東西？妳記得嗎？」

老婦人點了點頭，她的臉埋在伊娃的胸前。

「妳知道卡倫小姐讓妳去拿信紙的原因嗎？她應該知道閣樓的房間內有很多紙。妳記得嗎，絹惠？她當時說了什麼？」

絹惠坐了起來，露出了她的臉。她的臉看起來茫然空洞，黃皮膚顯得更加憔悴。站著的那三個人都屏住了呼吸。事情如何演變都看她的了……

「小姐不能去伊絲特房間。」絹惠說。

他們都失敗了，一切都徒勞無功。伊娃面無表情地坐在沙發上，雙手交疊，就好像等待著死亡宣判的囚犯一樣。

「她不能去——」探長一頭霧水，他停了下來，看著周圍的他們。每個人好像連氣都不敢喘一下。特里·林格——似乎停止了呼吸；麥可盧醫生——就像一個死人；艾勒里——看似平靜卻非常緊張；伊娃·麥可盧——完全一副聽天由命的樣子。

他突然用力地握住老婦人的手。「妳的意思是：她不能到伊絲特房間裡去？告訴我，絹惠！為什麼她不能？門開著，不是嗎？」

可憐的絹惠對周遭發出的暗示視而不見，充耳不聞。強烈的想法正在空氣裡鼓動著——說「是」，快回答。說門開著，門是開著的。但是，她接收不到訊息，再次搖著頭說：「門是門上的。我們打不開。」

「哪個門？指給我看！」

就像期待表現的孩子一樣，絹惠的興致提高了，現在的她樂於合作，她邁著沉重的步子，緩慢地走到臥室裡通往閣樓、現在已經打開的那道門。

她抬起布滿皺紋的手指頭緊貼在門板上，這個動作對於好像在椅子上生了根的伊娃來說，彷彿是一隻觸動電椅的手指頭。這一次，她呆呆地想著，沒有起死回生的可能了。這一次，她知道，是走到終點了。

昆恩探長的胸中鼓漲著空氣。「卡住了，呃？這個小小的門閂在這裡——它推不開？」

「卡住。」絹惠點頭表示。「小姐要開——不能。絹惠試——不能。我們試了又試；不夠強壯。小姐氣瘋了。她說絹惠下樓，帶來信紙，她想寫信。絹惠去。」

「這正好在伊娃小姐來之前，是不是？」

「伊娃來的那時。絹惠馬上拿來信紙。」

「我知道了。」探長說完，喘了口氣。

伊娃想，他終於知道了真相。這樣一來，不管母親寫了什麼，最後還是回到了原點，停在自己頭上。當他從臥室門口盯著她看時，伊娃覺得他好像有一千雙眼睛，每一隻眼睛都如此銳利，如此冷酷無情。

「妳已經騎馬難下了，年輕女孩。」探長說，「但是，這是我最後的旅程，妳也是一樣。」

「聽著，探長。」特里拼命地說，「她全弄錯了——」

「噢，當然，是有些不對勁，確實是非常不對勁。妳的母親不能殺卡倫·萊斯，麥可盧小姐。因為在案發之前，那道門根本打不開。這樣一來，沒有人可以經由那個門進入臥室，或者從臥室出去——甚至連卡倫·萊斯自己都無法進出這道門。窗戶還加裝了鐵窗——同樣沒有人能進入。再加上，沒有人經過起居室，這是妳自己親口說的。那麼妳的母親如何能犯下案子？她不能，只有妳能，妳殺了妳的阿姨。」

「我已經說過好多次了，儘管說了沒用，我還是要再說一遍，」伊娃用幾乎聽不見的聲音說道，「但是這是最後一次——沒有，我沒有殺害卡倫。」

「是的，」昆恩探長說，同時瞥了一眼特里。「既然如此，我們就來好好地想一想，自作聰明的林格先生，我會送你到合適的地方。在探員格維弗伊來到這裡之前，也就是案發之後，你打開了那道門的門閂。如果兩個女人聯手都不能打開它，麥可盧小姐當然也沒有機會——那麼就是你做的，為你知道的並不存在的凶手打開一條逃跑的路。你心知肚明，自始至終只有這個女孩有可能殺害卡倫·萊斯！」

伊娃說：「求您，噢，求求您。您必須——」

「別說話，伊娃。」特里迅速說道，「閉上妳的嘴巴。讓他胡言亂語吧。」

「至於伊絲特，現在我來看看我在什麼地方出了差錯。老實站著，林格！瑞特，看住他。她在袒護女兒，她把女兒的罪過承擔了下來。因為她實際上不可能犯案，她不能說出實情。」

在凍結的氣氛中，另一個房間的電話鈴聲響了。它又響了一次。最後探長說了：「看著，瑞特。」然後便走了出去。

「喂……噢，湯瑪斯！你在什麼地方？……所以，你才會找我！你想要什麼？」老探長無言地聽著，最後他一言不發地放下了電話，回到了起居室。

「那是我的手下維利巡佐，」他慢慢說道，「他剛從費拉德菲亞回來，他帶回的消息正好解答了最後的疑問。他告訴我說，我好像誤解了伊絲特的遺書意思。他說，她並不是在掩護她的女兒，因為如果是這樣，她就必須先知道卡倫·萊斯已經死了。而她不可能會知道卡倫·萊斯已經死了。那句所謂的『拯救我妹妹的生命』，肯定另有所指。」

「維利巡佐發現了什麼？」艾勒里刺耳地問道。

「在卡倫的屍體被找到之前，伊絲特·萊斯·麥可盧已經死了四十八個小時了！她是在上星期六晚上自殺的，而卡倫·萊斯直到星期一下午才遭謀殺。如此一來，妳母親就更清白無罪了，麥可盧小姐——而妳卻和地獄一樣有罪！」

伊娃瞪大眼睛，狂亂地叫著，她躍過長沙發，從瑞特身旁衝進了大廳。他們聽到她跑下樓梯的腳步聲，卻全都一動不動地呆站著，直到他們聽到前門砰地一聲關上才如夢初醒。

「伊娃，」麥可盧醫生跌坐在長沙發上。

探長大聲叫嚷著，而瑞特則張著嘴巴想要追出去，但是當他要穿過門口時，卻讓特里·林格擋住了去路。兩人結實地撞在一起，瑞特驚恐地大叫著，然後重重地摔倒在地。

「我替你去捉她，探長。」特里·林格用平板單調的聲音說道，昆恩探長則看著特里手中的點三八自動手槍，只能無奈地留在原地，動彈不得；趴在地上的瑞特同樣也不敢動。「我會找到她的，我一直就想當個警察。」特里說完後，馬上疾步追趕伊娃，在他們明白之前，房門已經在他們的面前關上了。

此時發生了整個過程中最令人吃驚的一件事。被眾人遺忘的絹惠，年邁矮小的絹惠沉著地向門口走去——她是如此冷靜，讓每個人都只能張大著嘴巴看著——她轉動著鑰匙把門鎖上，然後快步穿過房間，並在昆恩探長的眼前，把鑰匙扔出起居室窗戶的鐵欄杆外，鑰匙落到了花園裡。

「該死！」昆恩探長再次想起了他的舌頭，尖聲叫罵著。他狂怒地跳上跳下，在瑞特伸長的脖子上面揮舞著他的拳頭。「我要讓他們看看！我要讓他們好看！這是狼狽為奸……全是笨蛋！蠢人！無知！」他用力地扯住瑞特的衣領。「毀掉那個門！」

瑞特手腳並用地爬起來，然後撲向門板，但堅實的門板使他徒勞無功。

「他們以為逃得掉？跑掉，想得美？他們就等著吊死自己吧！」老人向臥室門走去。

「你打算怎麼做？」麥可盧醫生瞪著眼睛問道。

「準備一張逮捕令，」探長喊道，「以謀殺和共謀殺人起訴他們——這就是我們要做的！」

21

艾勒里·昆恩按著自家公寓的門鈴。過了一會兒，朱南面有懼色地開了門。

「沒事。」艾勒里一邊說著，一邊精神奕奕地走進起居室，而裡面連個人影都沒有。「我說，朱南，把前門鎖上。」他朝外邊吼著，「怎麼搞的，你瘋了不成！」

特里·林格從艾勒里的臥室中探出頭來。「好啦，別那麼大聲嚷嚷。過來，小伙子。」

伊娃從臥室躡手躡腳地走了出來，跌坐在墊得又軟又厚的椅子上，雙臂交叉在胸前，蜷縮在椅子的角落中，就好像非常冷似的。特里看了看手裡的左輪手槍，臉不禁紅了，隨手就藏了起來。

「現在，」艾勒里說，摘下帽子放在一旁，「妳有什麼高明的想法，伊娃？妳精神錯亂了嗎？」伊娃神色慘然。「四處逃亡！還有你，特里。我以為你會理智點。」他生氣得點了根菸。

「我也瘋了，」特里苦澀地說道，「給我根菸，行行好？我已經不可自拔了。」

艾勒里給了他一根菸。「你拔出槍，對準了我的父親！」

「我沒有。槍正好從我的口袋中露了出來，而那個傻瓜瑞特擋住了我的去路。好吧，我能做些什麼？她是那麼孤立無援。她不知道任何事，我不能丟下她不管。他們會在第一個街角就逮住她。」

「我把一切搞得一團糟。」伊娃茫然地說道，「爸爸怎樣了？當——當我跑的時候，我沒考慮到他。」

「我讓他回家了。你認為他會怎樣？」艾勒里對她皺著眉頭。「當然是沮喪得不得了。他帶著絹惠和他一道回家了。這個了不起的女士比我們任何一個人都要有勇氣。」

她看著他。「我應該怎麼做？」

「如果我比你們理智些，我會勸你們去投案。」艾勒里厲聲說道，「但是，我已經患了和你們相同的心理病症。當然你們瞭解，事情不能這樣發展下去。早晚你們都會被發現的。」

「她在紐約最安全的地方。」特里故意拉長語氣，然後一屁股坐在沙發上，對著天花板猛吸著菸。「想像一下，如果探長發現她竟然藏身在這裡時，他的臉色會如何！」

「你自以為幽默啊，真是變態。想像一下，當他發現我也是這件事的共犯時，他的臉色會如何！」

「特里告訴我，」伊娃有氣無力地說道，「你在老馮店裡時，把你自己的鑰匙給了他。我不知道為什麼你們兩人會如此好心？」

「正是，」特里說，「所以你幹嘛嚷嚷個沒完？藏身在這裡本來就是你出的主意。」

「算了，就算是這樣！這也是他媽的愚蠢至極。」艾勒里瞪著手上的菸。「你該想想，這個女孩子是謀殺案中的第一號嫌疑犯。我錯了，我不應該這樣做，我恨死我自己了。」

「我早就告訴過你，」特里說，「她就是有辦法讓神志清醒的人變得瘋瘋癲癲的，她到底施了什麼魔法，我自己也不清楚。」

「有時我會想——」伊娃雙手掩著臉，「我是不是真的殺了卡倫——也許是在一場惡夢中，我神志不清的——」

艾勒里不安地踱著步子。「這種談話一點用處也沒有。我們不能再躲避現實了，最後我們還是要面對。你們最多只有幾個小時的自由，而在那之後——就要在鐵窗裡度過了。」

「我準備好了，現在我自己去投案。」伊娃低聲地說，「當時——他說的那些事情，讓我不由自主地想逃。你難免會想逃離嚇著你的東西，這是自然反應。打電話給他，昆恩先生。」

「閉嘴。」特里從沙發上怒吼道，「現在妳不能退縮——妳必須堅持到底。也許會有事情發生。」

「奇蹟？」伊娃慘然地笑著。「我已經把一切事情搞砸了。我碰到的每個人都沒好下場……像我母親，就像我母親一樣。」她停了下來，然後突然說道，「這是個詛咒。聽來很荒謬可笑，是嗎？但是我已經讓你惹上麻煩了，特里，而我給我爸爸的只是心痛，還使昆恩先生對他的父親撒謊，而且——」

「別再說了！」特里喊道。他起身離開了沙發，開始在房間四周跟著艾勒里一起踱步。朱南從廚房的門縫裡不知所措地看著他們。這兩個人各自盲目地盤旋著，就像是在伸手不見五指的濃霧中。

「不說話也沒有用，」特里嘀咕，「她在你的手中。昆恩——我也是，直到事情結束。一切都混亂不堪。我猜我這樣的做法不值得稱頌。」

伊娃閉上了眼睛，往後靠躺在椅背上。

「聽著，」特里說，「卡倫·萊斯在上周四就與我聯繫上了。她告訴我伊娃母親的事情，只不過她沒這樣稱呼她。她只說有個朋友跟她住在一起，這個朋友的神智不是很正常，她害怕這個可憐的人會受到傷害，所以要求我不要張揚，暗中去尋找伊娃的母親，然後把她帶回來。她跟我描述的情形，聽起來很荒唐——就好像那個金髮女人有天晚上突然就消失得無影無蹤了。我在附近勘察過，然後我覺得事有蹊蹺。我不想貿然接下這種啟人疑竇的案子。於是，我甚至瞞著卡倫·萊斯偷偷潛入閣樓。我在房間內看見的情形，清楚地告訴我其中必定有不可告人之事。但是，我還是接下了這個案子——她強調她不想牽扯到警方。」

艾勒里停止了踱步，他坐了下來，吸著香菸。伊娃躺在大椅子上，眼睛追隨著特里·林格的腳步。

「呃，調查工作並不困難。」特里把菸蒂扔進了壁爐中。「我查訪到了她的行蹤，並循線追蹤到費拉德菲亞。我找總局的歐代爾幫忙，但他們一無所知。總之，以後的細節——一個計程車司機——你知道我們調查的手法。我隨時打電話向卡倫報告，但沒有告訴她我對這個案子的熱衷程度。我把這個案子當成是自己的事來辦，我想知道的範圍包括：卡倫·萊斯是怎樣的人，還有麥可盧醫生及伊娃——但是，當時我仍一無所獲。

「星期一早上我發現了她，就在那個出租房間裡。我偷偷地進入了那棟屋子，進入了她的房間，沒有讓任何人發現。我發現她時，她已經中毒死亡了。」他看了伊娃一眼。「我感到很遺憾，小女孩。」

伊娃再次經歷了刻骨銘心的痛楚，她的內心乾涸而空虛，就像是被太陽曬乾發硬的葫蘆。

「我看得出來她是自己服毒自殺，死亡已經兩天了。當時我沒有碰任何東西，所以當然也沒有看到遺書。我開始盤算，我該不該告訴卡倫·萊斯那女人？我應該把警察找來嗎？最後我決定回紐約，並且老實告訴卡倫——看看她會說什麼。於是我在沒有告訴任何人伊絲特已經死亡的情形下回到了紐約。女房東一定是在星期一晚上偶然發現了她。再給我一根菸。」

艾勒里默默地遞給他一根。

「我星期一下午稍晚時回到紐約。我已經得知她約了總局的警察五點鐘見面，因為她在星期日解雇我時曾在電話中告訴我。因此我想，她一定很怕那個金髮女人，因為她曾經說過不要警察插手，但是現在卻又主動找上他們。我在大學城的藥店中打了電話過去，但是一直沒有人接。我當時想我既然知道一些別人不知道的事情，如果火上正煮著東西，我想我至少能分得一杯羹。」他辯解似地喃喃低語，「你也知道我謀生的方式。」

「沒有人接電話。」艾勒里沉吟道，「換句話說，卡倫·萊斯死時並不知道她的姐姐已經死了？」

「我想應該沒錯。反正，我趕到時，就發現了伊娃。」特里再次蹙眉。「在我幫助這小女孩之後，我留在現場。我知道伊絲特不可能殺害卡倫·萊斯，因為我知道她在卡倫之前就已經死了。同時，我也希望能全程幫助這個女孩。那具在費拉德菲亞發現的屍體是我的王牌。如果那孩子真的陷入困境，我打算在適當的時機揭露這件事……總之，我必須爭取時間，而現在已到了最後關頭。你老爸發現了那道門的真相，這就破壞了一切。」

「這就是全部經過，特里？你能確定？」

特里直直地盯著他看。「我保證，昆恩，這就是我知道的全部，所以，幫助我吧。」

「噢，特里。」伊娃喊道，他走到她面前，低頭看著她，而她則抬頭仰望著他。於是他彎下腰來，用他的雙臂笨拙地、不好意思地摟住她，而她也伸出雙臂纏住了他。

艾勒里靜靜地坐著，猛烈地抽著菸。

十五分鐘後，艾勒里抬起頭來說：「伊娃。」她從特里的雙臂中轉過頭來。艾勒里倏地站了起來。「當妳在起居室——在妳發現妳阿姨的屍體之前——躺在沙發椅的時候，妳有聽到臥室傳來任何聲音嗎？」

「你父親在星期一就已經問過我了。沒有，我沒有聽到。」

「妳確定？」他鄭重地問，「好好想想，伊娃。任何輕微的動作、叫聲、談話聲？」

伊娃的眉頭緊皺在一起。動作，聲音……

「其中很可能有什麼線索。」艾勒里喃喃低語，「遺失的環節。如果我能找到……仔細想想，伊娃！」

她的腦中響起了一種奇特的聲音——一種刺耳的聲音掙扎著出現，某種奇異的音波在記憶的邊緣上顫抖著。它是什麼？它是什麼？當她在看書的時候……

「我想起來了！」她叫道，「鳥！」

特里茫然說道：「鳥？」

「那隻鳥！牠呱呱地叫了！」

「噢，老天。」艾勒里說道，他的手指顫抖著夾著香菸放入嘴中。「樫鳥！」

「牠正向著我飛回來。現在我記得更清楚了，可怕的叫聲——令人討厭的聲音。」

「樫鳥。」艾勒里以驚嘆的聲音重複說著。「那麼，就是牠了！」

「你說什麼？」特里焦急著問，「你到底在說什麼？」伊娃和他雙雙坐起身來，凝視著艾勒里。

「這就是整個案子的關鍵，」艾勒里說道，像瘋了一樣大步走著，大口吸著菸。「假如這是唯一的可能！妳不是說——你們中的哪一個說的，我想不起來是誰了——兇案發生之後進入那間臥室時，看見那個鳥籠是空的？」

「確實是空的，」特里回答，然後他停下來，迷惑不解地看著艾勒里。「這不對，如果那可怕的東西不在籠子裡，伊娃怎麼可能聽到呱呱的叫聲呢？」他抓住了伊娃的肩膀。「怎麼回事？當妳進去時，牠在臥室嗎？我到那裡時，牠確實不在了！」

伊娃蹙著眉。「我確定牠不在。我不記得看到牠在飛，也沒見到牠飛出去。真的，我認真想過了，我確定牠不在籠子裡。不，牠不在那裡。」

「真是出乎意料！」

「當然，」艾勒里低聲說，「牠也許不是真的在房間裡，而是在外面，伊娃聽到牠的聲音從……等一下。」

他跑向臥室。「伊娃！妳家的電話號碼是幾號？」伊娃告訴了他。他們聽到他抓起電話，撥動號碼。「你好！……我找麥可盧醫生。」

伊娃和特里在門口張望著，兩人都摸不著頭緒，只覺到氣氛緊張，是那種令人呼吸困難的不確定感，同時又混雜著懷抱希望的迫切感。

「麥可盧醫生！我是艾勒里·昆恩。」

「你找到她了嗎，昆恩？」醫生嘶啞著聲音問。

「就您一個人嗎？」

「還有維妮塔，我的黑人女僕，以及絹惠。到底如何了？」

「是的，她人在我的公寓裡。目前還算安全。」

「感謝上帝！」

艾勒里熱切地說：「聽我說——」

但是，麥可盧醫生以遲疑的聲音回答：「等一下，有人按門鈴。如果兩三分鐘內我沒有回來接電話，你就掛斷。來的人可能是你父親或他的手下。昆恩——好好照顧伊娃！」

艾勒里手指敲著電話桌，耐心等待著。原本站在門口的特里和伊娃則一起躡手躡腳地靠了過來。

「沒事了，」麥可盧醫生解脫似地說道。「是那個女僕吉妮佛·歐馬拉。探長讓她離開了，她找到這裡來，找我要我曾答應給她的工錢。」

艾勒里的臉亮了起來。「真是踏破鐵鞋無覓處，得來全不費工夫！醫生，留住她。現在讓我和絹惠談談。」他等待著，對一旁的兩個人急急說道：「祈禱吧，你們兩個人。有些事情已經有眉目了——」

傳來絹惠尖聲尖氣的聲音：「嘍？嘍？你找到伊娃了？」

「是的。聽著，絹惠。妳想幫助妳的伊娃，是不是？」

「我幫助，」絹惠簡短地說。

「那很好！妳必須回答我一些問題。」

「我回答。」

「小心聽著，仔細想想。」艾勒里相當謹慎地一字一句地說。「當妳在星期一下午，幫萊斯小姐拿信紙的時候，就在妳看到伊娃之前，那隻樫鳥在不在臥室內的鳥籠裡？妳知道的，就是那隻鳥？牠在籠子中嗎？」

「牠在籠子中。是的。」

艾勒里喜形於色。「絹惠，還有一件事情。妳知道卡倫小姐的屍體被發現時，她穿著什麼衣服？？」

「穿和服。她有時候會穿和服。」

「是的。但是，我想知道的是：當妳進入臥室拿給她信紙時，她穿著什麼衣服？」

「一樣。穿著和服。」

他看起來有些失望。「當門被卡住時，在她讓妳下樓去拿信紙之前，她穿的是什麼衣服？」

「噢！那個時候她穿——美國衣服。」

「啊哈！這麼看來，」艾勒里喃喃自語。「時間很短，只是兩三分鐘之前……」他對著電話急急說道：「妳做得很好，絹惠，還有，伊娃謝謝妳。請麥可盧醫生聽電話……醫生？」

「是，是，是的。昆恩？你發現了什麼？」

「相當可觀！保佑絹惠！現在仔細聽我說。這件事沒辦法在電話講清楚，我要您帶著絹惠和那女孩子吉妮佛·歐馬拉來我的公寓。您明白嗎？」

「一切就照你說的做。現在嗎？」

「馬上。醫生，小心點。確定沒有人跟蹤。您自信能夠偷偷溜出來而不被人發現嗎？」

「後面有個貨物用的出入口，」醫生低聲說道，「這裡還有一座逃生樓梯，不過，我想它可能已受到監視。你認為他們在監視我嗎？」

「這是可以想像得到的，他們當然會認為伊娃會想盡辦法與您聯絡。因此，千萬要小心。」

「我會的。」醫生神情堅定地說道。然後，他掛斷了電話。

艾勒里轉過身，面對著焦急等在一旁的那一對。「我想，」他輕聲說道，「我們即將進入這個神秘案件的決定性階段，以術語來說，就是結局。振作起來，伊娃。」他輕輕拍了拍她的臉頰。「現在，趁我在起居室冥想時，你們兩個人何不就在這兒休息休息？」

他走了出去，並隨手關上了門。

二十分鐘之後，伊娃打開房門，艾勒里睜開了眼睛，而朱南則同時打開了前門。伊娃微紅著臉，眼睛比這些天以來更有精神，更清澈明亮，而特里看起來則一副傻樣，像個笨拙的男孩子跟在她身後。

「爸爸！」她跑向麥可盧醫生。艾勒里把那兩個等在後面的女僕請進了起居室。

「關上前門，朱南，」他迅速說道，「現在別害怕，絹惠。還有妳，吉妮佛·歐馬拉小姐。我想和妳們兩個談談。」

「你究竟想幹嘛？」愛爾蘭女孩惱怒地質問，「醫生拉我到這裡來，好像我是——」

「很快就沒事的。醫生，你們沒有被跟蹤吧？」

「我想應該沒有。昆恩，這是怎麼回事？過去半小時你給了我很多希望——」

「在事情開始之前，醫生，」特里·林格打斷他的話，支支吾吾說道，「我想告訴您那個——」

「無論誰說了什麼話，」門口傳來昆恩探長的聲音，「都將成為證詞。」

就像有人從頭頂潑下一桶冰水一樣，他們全都啞口無言了。每個人都不自覺地畏縮了起來，彷彿罪犯被當場逮住一樣。

艾勒里扔掉了手中的香菸。「您不該在錯誤的時間出現！」他生氣地說道。

「我要和你談談，」昆恩探長說，他的眼睛連看都沒有看一眼本能地擁靠在一起的特里和伊娃。「站後面一點，湯瑪斯，要確保這一次不會讓他們再逃掉。」

「他們想都不用想。」維利巡佐的聲音從前廳傳來。他關上了公寓的門，還將背部緊貼在門板上。

麥可盧醫生整個人跌坐在扶手椅上，彷彿一下就被掏空了似地。「原來，你跟蹤我。」

「沒事的，爸爸。這樣更好。」伊娃平靜地說道。

「我們一直監視著後面的出口，醫生。湯瑪斯！」

「在。」

「逮捕令在哪裡？」

「就在這裡。」

巡佐邁開大步，把一份文件遞給探長，然後又退了回去。

「伊娃·麥可盧，」老人冷冷說道，他沒有打開那張紙，「我逮捕妳——」

「老爸。」

「我逮捕妳——」

「老爸，在您繼續之前，我想和麥可盧醫生說句話。」探長鐵青著臉。「還有你，」他失望地說，「想想你對你自己父親所做的事情！在我自己的房子裡窩藏罪犯！為此我絕對不原諒你，艾勒里。」

「請讓我和麥可盧醫生說句話，」艾勒里柔聲說道，「可以嗎？」探長瞪著他的兒子。然後他半轉身走開，狠狠地咬著他的小髭子。

「醫生，」艾勒里在那個大塊頭耳邊低聲說道，「我警告您，現在只剩下一個機會了——一個希望渺茫的機會。如果我錯了，那我們就玩完了。」

「你可能會出錯嗎？」

「是對是錯，只好聽天由命了。您會在伊娃稍縱即逝的機會上孤注一擲嗎？」麥可盧醫生緊緊握住了放在手中的柔軟小手。特里·林格正注視著昆恩探長，以及在他後邊像眼鏡蛇一樣垂著臉的龐大身軀，但這就像是垂死的掙扎。麥可盧醫生四處看了看，他知道現在除了艾勒里·昆恩，沒人能救得了伊娃。

「如果你能救伊娃，就儘管去做。我會挺你到最後。」

艾勒里點了點頭，走向他的父親，說道：「您決定以謀殺卡倫·萊斯的罪名逮捕這個女孩？」

「無論是你還是地獄裡全部的魔鬼，」探長厲聲道，「都不能阻止我！」

「我想，」艾勒里低聲說，「沒有魔王的幫忙，我們也能控制局面。您可以撕掉那張逮捕令，免除麥可盧小姐和您本身的許多不幸。」

「她要在法庭上為她自己辯護！」

「您曾經懸崖勒馬過一次，千萬別再犯同樣的錯誤，老爸。」

昆恩探長氣得吹鬍子瞪眼睛，嘴裡呼嚕呼嚕地喘著氣。「她沒有殺害卡倫・萊斯，呃？你簡直是睜眼說瞎話。」

「她沒有殺害卡倫・萊斯。」

「我猜，」探長諷刺地說，「你已經知道是誰幹的了！」

艾勒里回答：「是的。」

22

「現在還言之過早，」艾勒里說，「但是，你如果執意馬上採取行動就會影響到我正在著手進行的工作。理論上，這個案子只可能有一個正確的解答。由於你的倉促行動，我們必須訴諸於推理上的證據，至於法律上的證據則要再等一段時間。」

「如果你真的理出頭緒，找出答案，」特里·林格繃著臉說，「我就把我的執照收起來，然後回去打棒球。伊娃，妳過來和我一起坐在這裡，這個傢伙把我唬得一愣一愣的。」

探長的眼睛看著維利巡佐，同時偷偷打了個無人察覺的信號，然後他也坐了下來。維利巡佐則走回門廳，斜倚在門柱上，留神聽著。

「我不否認，」艾勒里點燃另一根菸，「我有這個異想天開的理論已經有段時間了。這是件最令人匪夷所思的案子。有一些瑣碎的事實，有趣且令人費解，而且還明顯地互相矛盾。乍看之下，這個案子確實不可能發生。」

每個人都靜靜地坐著。

「在案發現場的房間內有兩個出口——一個是通向閣樓房間的門，另一個是通向起居室的門。加裝鐵窗的窗戶不能進出，房間內也沒有發現任何暗藏的通道。然而，通往閣樓的門，在案發之後，被發現從臥室裡面閂住了，因此任何人都不可能經由這個出口逃離房間。至於另外那個通往起居室的門，在整個案發過程中，麥可盧小姐一直坐在那兒。麥可盧小姐堅持說，期間沒有任何人行經這裡。就如同我說的那樣，這是不可能的情況。還有一點，當麥可盧小姐坐在起居室時，卡倫·萊斯還活得好好的，而當麥可盧小姐跑進臥室時，卡倫·萊斯已經死於非命了。」

艾勒里扮了個鬼臉。「由此可以衍生出許多種可能的解釋。一是通往閣樓的那道門原本沒有閂住，而是特里·林格撒謊說它閂上了。關於這點，我昨天已經逼問過他了。但是，就現實情形來看還是說不通；此外，絹惠也證實了插銷確實早就卡住了。另一個是，雖然妳一再堅稱，伊娃，當妳在起居室時，某個人確實經過了那兒。」

「但是那不可能。」伊娃大聲說道，「我告訴你沒有任何人進出，我知道我沒有睡著！」

「但是假設，」艾勒里低聲說道，「妳被催眠了呢？」

他停了下來，看著他們目瞪口呆的模樣，然後他笑了，說道：「不要怪我會想到催眠術這類的事。伊娃，如果妳是清白的，那就必須要有一些合理的解釋，而只有催眠術能夠解釋此一現象。這種推論的唯一麻煩是它太牽強了，絕對不可能成為證據，而且也——非常不真實。」

麥可盧醫生坐了回去，長吁了一口氣：「幸好，這不是你最後的結論。」

艾勒里斜睨著手上的香菸。「因為我突然想到，倘若我按照伊娃沒殺她阿姨的假設繼續推理，會有一種合理、適當且具有煽動性的解釋可以說明這一切，使這件撲朔迷離的案子變得可能，這個解釋是如此簡單，但令人驚訝的是，在此以前竟然沒有人曾經想到過。

「看看這些事實。伊娃·麥可盧是唯一能夠殺害卡倫·萊斯的人——沒錯，她是唯一能犯下此案的嫌犯。由事實來看似乎也是如此。但是假設——只是假設——伊娃·麥可盧沒有殺害卡倫·萊斯，那麼她是唯一的嫌犯這點還正確嗎——也就是說如果她是清白的，那麼這件命案就不可能發生，這點還正確嗎？不，還有另外一個人可以刺殺卡倫·萊斯，並導致她死亡。」

每個人都看著他。然後特里·林格難掩失望地粗聲說：「你瘋了。」

「噢，得啦，」艾勒里說，「卡倫·萊斯難道不能夠刺殺她自己嗎？」

一輛警車在西八十七號街上迫不及待的鳴著警笛。但是，此時在昆恩的起居室裡，時間似乎因為突如其來的震驚而停止了。

探長紅著臉站了起來，然後抗議道：「你說那不是謀殺——是自殺！」

「如假包換，」艾勒里說。

「但是凶器，」老人大聲叫道，「那半把遺失的剪刀，又是怎麼回事？自殺的凶器不在那個房間，這不可能是自殺！」

「為什麼我們總是要對我們沒有想到的真相感到不滿？您說遺失的凶器不在那個房間，所以那不可能是自殺，而是謀殺。但我說的事實卻不容爭辯地指向自殺——那些事實全都是您視而不見的。還有，我建議當我們談到遺失的凶器時，必須注意到幾個現象。」

探長跌坐到椅子上，一會兒後他用力拉了拉他的小鬍子。接著，他以平靜的聲音問道：「什麼事實？」

「這樣好多了。」艾勒里笑著表示，「什麼事實？現在我們就開始來談吧。什麼事實會指向自殺？我認為有五點——主要的有兩點，次要的有三點，這些事實脈絡清楚，理所當然，就像果樹會結出果子來一樣。」

特里．林格張著嘴凝視艾勒里，他將手擱在伊娃的手臂上，同時搖了搖頭，就好像他不能相信他的耳朵似的。麥可盧醫生則聽得出神，身體往前傾著。

「次要觀點的證據性較弱——不過這只是相對性的——我們現在就從這部分開始。首先，就我們目前所知，卡倫．萊斯根據她本人的意志，在死亡之前，所做的最後一件事是什麼？就是她要寫信給莫瑞爾。莫瑞爾是誰？她的律師和經紀人。信的內容是什麼？她要求莫瑞爾全面清查她的稿費及版稅，『馬上且全面性地再檢查一下全部的名單』。她還告訴莫瑞爾說，現在已到了好好清理業務的時間。國外的版稅給付之慢早已臭名遠揚，一向只在他們認為合適的時間匯款進來。她為什麼突然迫不及待地要求催款？她需要這筆錢嗎？不，我們知道她的錢闊綽有餘。那麼原因是什麼？」艾勒里問道，「除非當時她確實想要清理她的事業，就在她的房間，就在星期一下午，就在她死前幾分鐘！這不正是很多自殺者在結束生命之前會做的事情嗎？這是無庸置疑的，同時也絕對合乎邏輯。這是論點之一。就像我說的，當它與別的事情連結在一起時，動機就更強了。」

他嘆了一口氣。「在給莫瑞爾信中的下一段——她沒有寫完的那一段——既然她已經死了，我們永遠也無法得知她真正的意思。但是，除了她的姐姐伊絲特之外，她不可能會提到別的事情。也許她打算，如果伊絲特被找到（這是她死前一直放心不下的事），要莫瑞爾把這整個秘密做個適當的處理。但是後來她揉皺了這封沒有寫完的信……似乎已經改變了主意，就好像她已經不在意任何事情……包括她的錢、她的姐姐、秘密及任何事情。這正好符合我對自殺的推論。」

他將香菸揉碎。「至於第三點，單就其本身來看並不具有決定性的因素，但如果與其他跡象一起看，卻是意義重大。」他看著絹惠，她正蜷縮在角落裡，對他所言感到困惑不解。「絹惠，妳記得那把剪刀——形狀像鳥的？用來剪東西的？」

「噢伊！伊絲特小姐從日本帶來。它總是壞。放在盒子裡。」

「它一直都放在閣樓房間內，是不是？」

絹惠點點頭。「上一次我看到它，是在我打掃閣樓時。」

「所以妳把它擦乾淨了。」探長低聲問道。

「那是什麼時候的事？」

「星期天。」

「卡倫死前一天。」艾勒里滿意地說，「這就對了！那把日本剪刀原本放在閣樓房間內，是伊絲特的，從來沒有放在樓下卡倫的臥室裡。可是我們在案發後，卻在卡倫的臥室裡找到它。誰能去閣樓房間拿這把剪刀下來？不是伊絲特——絹惠星期天還見到它在閣樓房間內，而伊絲特早在星期六晚上在費拉德菲亞死了。那麼，只有卡倫自己了，她從閣樓拿了這把剪刀下來。即使不是她自己——即使是她要絹惠拿來給她（這都不重要）——重要的是為什麼？當然不是為了將方便的凶器送給某個凶手使用，也不是要用它來剪東西——這把剪刀已經壞了。我認為，卡倫特地在門閂被卡住之前，也就是在她死之前很短的時間，從閣樓房間將這件不尋常的器械拿到她死亡的現場，從心理學角度來看，她是打算用它來結束自己的生命。」

「但是怎麼有如此古怪的事情？」探長問道。

「這也是有原因的，」艾勒里說，「等一下我就會提到這一點。」

「但是讓我繼續指出第四點，這是自殺的第一個真正有力的跡象。絹惠在電話中告訴我，就在卡倫死前，當她離開臥室時，那隻樫鳥——那隻曾經對著我惡狠狠地叫個不停的鳥——還關在卡倫床邊的籠子裡。」

「是嗎？」探長問。

「是的。我們從來沒有想過要問她這個問題，而絹惠經過多年訓練，已經養成不亂開口的習慣，所以也不會主動提供訊息。就在案發之前，那隻鳥還關在臥室內的籠子裡，但是半個小時之後，當伊娃進到房間時，籠子卻是空的。這一點也經過特里的證實。因此我問你們：誰會在這半個小時內放走了那隻鳥？」

「只有卡倫能夠做到。」醫生喃喃低語道。

「正是，只有卡倫。卡倫將她心愛的寵物，從籠子中放出來了。」

「但是，牠又如何能從房間飛走？」特里問道。

「非常簡單。那隻鳥既然沒辦法自己打開籠子，一定就是卡倫——當時她一個人在房間裡——打開了籠子，這也暗指她可能將這隻鳥帶到窗前，利用兩根鐵條之間的空隙將鳥放走了。雖然任何人都無法穿越過那些鐵條出去，」艾勒里隨口說道，「但是一隻鳥就能。」

他皺著眉頭。「卡倫寵愛那隻鳥——所有的證詞都這麼說。那隻鳥從來沒有被放出過籠子。記憶中只有一次除外，那是在幾個星期前，因為絹惠生病，所以讓吉妮佛·歐馬拉小姐去餵鳥，當時她不慎讓那隻鳥飛了出來，飛到了花園裡。所以吉妮佛·歐馬拉小姐看到這隻鳥時才會那麼生氣。妳能將星期三告訴我們的事再說一遍嗎？當時發生了什麼事情，吉妮佛·歐馬拉小姐？」

「我不知道為什麼，」那女孩子尖聲說道，「她幾乎要扯掉我的腦袋，我是說萊斯小姐，她要解雇我。讓我走，行行好？我想離開這裡。」

但是艾勒里沒有理會她，繼續說道：「你們瞭解了嗎？現在我們有合乎邏輯的理由相信，在她死之前幾分鐘，卡倫·萊斯自己把那隻鳥從籠子放出來，還讓牠從鐵窗飛走，為什麼她之前一直小心翼翼關在籠子裡的寵物，會突然願意放牠自由？什麼人會把最心愛的寵物放走？原因是對某個人來說，這些束縛已經毫無意義。因為隨著某個人的結束，所以也解除了對寵物的束縛。原因就是卡倫·萊斯打算自殺。」

探長咬著他的指甲。

「接著我們再來看第五點，這是所有自殺跡象中最具決定性的一點。這是一顆西方心靈轉向東方的綜合表現，穿著和服、踩著小快步、一把裝飾著寶石的匕首、咽喉上的一道傷口。這些綜合性的表現，包含著卡倫．萊斯扭曲靈魂中所有的一切，也代表了她疲累身體的一切。還有，即使只有這一個跡象，也足以告訴我卡倫．萊斯是自殺的。」

「你到底要說什麼？」探長焦躁地說道。

「這是無懈可擊的論點——漂亮而對稱。卡倫．萊斯是什麼？呃，她的皮膚是白色，但是骨子裡卻已變成黃色了。她長期生活在日本，深深愛著日本的事物，我們可以說她已經成了大半個日本人了。再看看她在華盛頓廣場的生活——用的是日式家具、掛的是日本藝術、穿的是日本服飾，甚至連花園都是日式的。在所有重要的場合，她一定穿著和服出場。她深受日本文化薰陶——你們還記得那個儀式隆重的茶會嗎？她在有一半日本血統的家庭中長大，來往的都是日本朋友、日本僕人，在她父親死後，她也曾經在帝國大學教日本學生。從某種意義來說，她是日本精神的皈依者——因此不難想像，她在精神和心理上都更像一個日本人，而不是一個西方人。其實，這已經有前例可循了，比方說，你們應該還記得小泉八雲吧？

「現在如果你們以這種觀點重新檢驗卡倫．萊斯之死，那麼對於她死時的特殊情境——穿著日本和服、刺傷喉嚨、使用飾以寶石的鋼製凶器，會有什麼啟發呢？呃？為什麼在她死前半個小時左右——就像絹惠告訴我們的——她要換掉日常的西式服裝，改穿和服？怎樣來解釋她對死亡那種微妙且殘忍的選擇——切斷咽喉？為什麼選用的凶器如此特別——半把飾以寶石的日本剪刀，稍不留神就可看成是『用寶石裝飾的匕首』？我將告訴你們為什麼。」艾勒里晃動著他的夾鼻眼鏡。「因為這三個元素——用寶石裝飾的匕首、切開的咽喉以及和服，是日本古老的切腹自殺儀式。」

「不對，」探長頑固地說，「不是這樣。雖然我知道的不是很清楚，但是我知道所謂的切腹儀式不是割斷咽喉。幾年前，我聽過一件日本人的案子，他切腹自殺的部位是在腹部的內臟位置。」

「這個日本人是不是男的？」艾勒里問道。

「是的。」

「那是您瞭解得沒有我深入。日本男人自殺，是切割他們敞開的腹部，而日本女人自殺則是切開她們的喉嚨。」

「噢，」探長說，「但是，你說得並不完整。切腹並不是個隨便進行的儀式，而是必須具備幾個特定的動機，而且幾乎都與榮譽有關。在日本，你不能隨便就動用切腹儀式來結束性命，只有在蒙受不名譽的行為時才可施行，這種自殺儀式可以將不名譽一掃而光——至少，就它的美學意義上是如此。但是，卡倫·萊斯有什麼問題？她難道是為了洗刷她的不名譽——剽竊她姐姐的天份與成就？而且，她不是死在凸肚窗前的小平台上嗎？她並不是跪著的，而這是切腹自殺儀式的另一個必要條件，你知道的。」

「不對，不對。如果單就一兩個跡象來看，確實有疑問，但若結合這五個跡象，關於自殺的推測就足以成立了，您不能簡單地漠然置之。」

沒有人說話。

最後探長喊道：「但是，沒有證據。這僅僅只是推理。我不能因為一個未經證實的推理就放過麥可盧小姐。你最好理智點！」

「我就是理智的化身。」艾勒里嘆道。

「那麼，你倒說說看她用來自殺的那半把剪刀到什麼地方去了？」老人搖了搖頭，站起身來。「它自己不會跑，艾勒里，你完美的推理上有了一個大大的漏洞，而我的推理卻有證據作為後盾。」

「聽著，」艾勒里說，「假設您在卡倫屍體的附近發現了那半把尖端折斷、目前下落不明的剪刀，而且在現場的其他情況都相同之下，您會接受這個自殺的解釋嗎？難道您只因為伊娃·麥可盧當時在隔壁房間，就確信這是他殺案件？」

「但是你知道，真實的情形是我們並沒有在現場發現那半把凶器。我是指真正的凶器——不是有麥可盧小姐指紋的另外半把剪刀。」

「您想要證據。」

「這也是陪審團想要的，」探長辯解道，「甚至在那之前，檢察官也會想要。你必須能讓亨利·山普森滿意，而不是我。」

這聽來像是最後通牒了。靠在特里身上的伊娃因為絕望而鬆垮了下來。

「換句話說，」艾勒里繼續說道，「我必須做到兩件事情：解釋何以凶器會消失在犯罪現場的理由以及找出它。如果兩者我都能做到，您就會滿意了？」

「你說到做到。」

「那麼告訴我，你們搜了哪些地方？詳細告訴我一遍。」

「整個地方。」

「不，不，要具體些。」

「整棟房子的內部，我們沒錯過一件東西。我們還搜查了地下室，也去了屋頂閣樓。我們還仔細檢查過房子周圍的每一吋土地，以防凶手將凶器扔到窗戶外面。但是均一無所獲。」他銳利的眼光停在伊娃身上。「不管你說什麼，凶器可能被麥可盧小姐或特里這個小流氓偷偷帶走了，就在星期一我讓他們離開的時候。」

「或者是外面有同夥接應，將凶器帶走了？」

「正是！」

艾勒里突然笑嘻嘻地說：「您有認真想過那塊石頭嗎？」

「石頭？」昆恩探長重複說道。

「是的，是的，就是一般花園或院子中都可見到的那種石頭，在卡倫房子後面的花園小徑旁就有各種大小的石頭。那塊石頭在案發之後不久砸碎了卡倫・萊斯的窗戶。」

「可能是小孩子扔的吧。」

「我以前也是這麼說的，」特里說。然後他們二人都瞪視著艾勒里。

「怎麼，難道您找到了那個扔石頭的小孩了？」

「這有什麼差別？」探長發著牢騷，「如果你手中已握有什麼東西，」他暴躁地加了一句，「我希望你拿出來！」

「前幾天，」艾勒里說，「特里和我做了個實驗。問問瑞特，他當時也在場，或許他認為我們是吃錯藥了。我們站在花園裡，挑了一些和砸壞窗戶那塊大小及形狀都近似的石頭，然後我們就對準那些凸肚窗扔。」

「為什麼這樣做？」

「呃，特里曾經是職棒投手，這您是知道的。他能投，我則看著他投，控制極好——幾近完美的投擲法。」

「別說了，」特里吼道，「你已經因為我浪費一分鐘了。快繼續！」

「特里，」艾勒里冷靜地繼續說著，「在我的指示下，連試了六七次，想要讓投出去的石頭能穿越過卡倫·萊斯二樓的鐵窗。但是每次他都失敗了——投出去的石頭都砸在鐵窗上，而後掉落到了院子裡。事實上，他甚至連試都不想再試，因為他說，任何人在任何情況下都會知道，不可能把一塊五吋長三吋寬的石頭，投進只相距六吋的兩根鐵條之間；而且還是在一個相當棘手的位置，從地面向二樓的窗戶上投擲。」

「但是之前石頭不是被扔進去了，不是嗎？」探長問道，「這就證明這並非不可能做到。」

「但是那並非是故意去投的！特里說的沒有錯。那些鐵條如此靠近，稍微有點理智的人都不會去嘗試。即使他們試了，目的是什麼？為什麼有人要從院子扔石頭到房間裡呢？這樣做不是為了要引起注意，以便轉移某人對其他事物的注意力，因為沒有其他事情發生。當然也不是為了要攻擊任何人，因為站在那個位置丟石頭，難度比發現石頭的地方還要困難許多。也不是為了要傳遞消息，因為石頭上沒有綁上任何紙條。

「不，老爸，您不能漏掉這件事。那塊石頭砸壞了卡倫．萊斯的窗戶，並不僅僅只是砸壞了卡倫．萊斯的窗戶而已。石頭穿過鐵條，進到了房間，純屬意外。那塊石頭根本沒有對著卡倫．萊斯的窗戶丟擲！」

每個人都一臉困惑，艾勒里笑了。「假如這塊石頭的目標不是窗戶，那麼真正的目標是什麼？一定是在那扇窗戶附近的某樣東西。那能是什麼東西呢？好，我們知道在卡倫．萊斯死前，從窗戶放走了她養的樫鳥。當時那隻樫鳥就在外面，也許就在附近某個地方；牠已經在那個房子生活得太久了，所以無法飛離。按我推測，那隻鳥正好飛到凸肚窗上面的山形牆上——就在屋頂的邊緣——並在那裡棲息著。你們不認為，也許有人站在院子裡對著那隻鳥丟石頭，而石頭因為偶然的意外而砸進了距離很近的房間裡嗎？」

「但是這又能說明什麼——」麥可盧醫生用驚訝的語氣說道。

「這是前提，」艾勒里怪里怪氣地說，「現在我們知道就在幾星期前，那隻鳥曾因吉妮佛·歐馬拉小姐的粗心而飛走。我們也知道當時萊斯小姐還為這件事大發雷霆。現在再讓我們假設一下。讓我們假設，吉妮佛·歐馬拉小姐星期一下午在院子時，突然看到那隻鳥在外面，就停在山牆上或在凸肚窗頂部。她會不會馬上想到，卡倫·萊斯會要她負起鳥兒第二次飛走的責任？吉妮佛·歐馬拉小姐會不會自然而然地想要抓住那隻鳥，並趁著惡魔般的萊斯小姐發現之前，將牠送回籠子裡去？但是那討厭的動物停在高處，不在她伸手可及的地方，所以我們是不是可據此推測，吉妮佛·歐馬拉小姐馬上撿起地上的石頭，為了嚇嚇牠，好讓牠能飛下來，所以丟了那塊石頭？」

他們的眼光一起轉向那個愛爾蘭女孩，她一時嚇呆了，從她的表情，他們知道艾勒里猜個正著。

她挑釁地高仰著頭，不甘示弱地還嘴：「不錯，那又怎樣？那沒有什麼不對吧，是不是？你們幹嘛都那樣看著我？」

「當妳砸壞玻璃時，因為害怕，就躲在附近不敢現身，嗯？」艾勒里柔聲問道。

「是呀！」

「當妳再次回來想弄清楚情況時，發現那隻鳥正在院子裡啄食，於是妳把牠捉住，並放回日光室的籠子裡？」

「是呀，」她惱怒地回答。

「你們瞧，」艾勒里嘆著氣，「這個場景的重建，說明了兩件事情：那隻樫鳥不在樓上臥室的籠子裡，時間就在案發之前；而牠出現在樓下日光室的籠子裡，則正好是在案發之後。還有，這整件事全是因為那塊石頭神如其來的幫助，才能夠明朗化。」

探長緊皺著眉頭。「但是，所有這些與遺失的那半把剪刀有什麼關係？」

「算了，」艾勒里意興闌珊地說，「那隻鳥將那半把剪刀放在房子的最上邊。」

「我不信！」

「我的意思是不僅卡倫·萊斯的這隻鳥，全部的鳥兒都有偷東西的壞毛病。我想說的是就像一般鳥兒那樣，這隻樫鳥百分之百也會被色彩繽紛、亮晶晶的東西所吸引。還有，我猜在卡倫·萊斯放走那隻鳥後，牠對多出來的自由顯然不習慣，努力要回到牠的女主人那裡。我猜牠就停在窗沿上，合攏著翅膀，神氣活現地穿越過兩根鐵條——記得吧，窗戶的底部是開著的——然後飛到小平台旁邊的地板上，卡倫·萊斯當時已倒臥在血泊中。而且我猜，那折斷尖端的半把剪刀還握在她手中，在她的鮮血中浸泡著。因為受到鑲飾在那半把剪刀上的寶石所吸引，那隻鳥就用強而有力的嘴喙叼起那件凶器（那半把剪刀並不重），飛上窗台，然後穿越過鐵窗飛了出去。在此我要特別指出，那半把剪刀長僅五吋，而鐵條之間的空隙是六吋。飛到外面後，這隻樫鳥又做了什麼？出於這種鳥類的本能，牠找到一個地方藏起牠發現的物件。好了，那隻鳥曾經到過什麼地方？牠曾棲息在屋頂或屋頂附近。」

艾勒里咯咯地笑著。「按照您的說法，你們搜查過房子裡面，搜查過房子四周，甚至還搜查了房子的下面，但是你們卻漏掉了房子的上面。由於屋瓦全都緊密地排列在一起，所以如果你們在山形牆內或在屋簷的落水管裡發現那半把剪刀，那麼就可證明我是正確的，而您錯了。」

因此，這是個賭局了。麥可盧醫生神情嚴肅地想著，他現在清楚地知道，這是什麼樣的賭局。艾勒里推理的整個脈絡細如蛛絲；看來像是真的——但是萬一不是呢？只有屋頂能夠說明一切了。假如結果讓他們失望……他緊緊握住了伊娃的手，而伊娃同樣地也用力回握著他。父女兩個人都不發一語，他們全都痛苦地知道，伊娃的安全都繫於這些纖細的線索上面。

探長蹙著眉頭。「如果我們真的在你說的地方發現了那半把剪刀，我承認，整個案情的發展將會有所不同。但是即使是這樣，為什麼不能是這個女孩子在殺害她阿姨後，自己打開鳥籠，再讓這隻鳥帶著那半把剪刀飛出鐵窗呢？告訴我這一點！」

這個想法出乎大家意料，那三個人全都驚訝地縮成一團。

但是，艾勒里搖了搖頭。「麥可盧小姐這麼做的動機是什麼？」

「為了丟掉凶器！」

「啊，如果是她殺了卡倫·萊斯，製造出自殺的錯覺是她最樂於見到的。如果處理掉凶器，她能夠得到什麼？導致的結果剛好與她希望的相反——把現場製造得像是謀殺，而她自己則成為唯一的嫌犯。不可能，老爸，這說法站不住腳。」

探長咕噥著，敗下陣來。

「我希望，」艾勒里繼續平靜地說，「我們夠幸運。有件事情對我們有利，那就是從案發至今還沒有下過雨。如果那半把剪刀真的被那隻鳥藏在屋簷落水管等地方，應該還可以找出指紋。現在我們害怕的最壞情況是露水。但是，如果凶器還沒有生銹，你將會有麥可盧小姐無罪的絕對證明。」

「凶器上就只會有萊斯那女人的指紋！」特里喊道。

「是的，就只有她的指紋。如果經證實無誤，老爸，那就是您輸了，您必須勇於承認卡倫．萊斯自殺的最後疑點將會被排掉。」

探長心情沉重地打了通電話到總局，然後再面色凝重地徵調了兩輛計程車，載著當事人前往華盛頓廣場萊斯的房子。

當他們抵達的時候，總局已派來兩個人——指紋專家——在等著他們。

維利巡佐從附近找來了一架長梯子。然後艾勒里從花園爬上梯子，上到傾斜的屋頂上，他一眼就看到一件閃著亮光的物件，正是從凶案現場遺失的那半把剪刀，尖端已經折斷了，就放在屋簷落水管半封閉的地方，而且幾乎就在卡倫．萊斯房間凸肚窗的正上方。

當艾勒里站直身子，揮動著那把尖端帶血的凶器時，特里在下面忍不住大叫起來，嚇了一跳的艾勒里差點就從屋頂上摔跌下來。站在院子裡的那一群人，每個人都伸長著脖子看著。伊娃歇斯底里地又叫又跳，伸出雙臂抱住了麥可盧醫生。

指紋專家在生銹的金屬物件上發現到處都有卡倫．萊斯清晰無誤的指紋，而且凶器上找不到第二個人的指紋。此外，他們之中的一個人，拿出從卡倫．萊斯喉間取出的三角形小裂片，與這半把剪刀的尖端相對接，也發現兩者完全吻合，最後一道證明手續還給了伊娃清白。

23

星期五晚上，特里·林格帶著麥可盧父女進入東五十街一處豪華的地方，吃了一頓沒有「味道」的晚餐，套句特里慣用的話，那是屬於「東區風味的」。

用餐氣氛含蓄中帶點沉悶，大部分的談話都以單音節開場與作結。醫生看起來累壞了，而伊娃的確也筋疲力竭了。

「至於妳，」特里最後說道，「妳必須好好休息，換個環境度假去。把妳腦中的事情一掃而盡。現在妳可以安心和公園大道那個傢伙結婚了。」

「伊娃沒告訴你嗎？」麥可盧醫生含蓄地問，「她已經將婚戒退還給斯科特了。」

「沒有！」特里放下他的叉子，凝視著。「那麼，妳打算怎麼做？」他眼睛瞪得更大了。

伊娃臉紅了。「這是個錯誤，全都是錯誤。」

「呃，我說，」特里咕噥說道，「那真是太好了——我的意思是那太糟糕了。」然後他抓起了叉子，掩不住興奮地叉起了魚片，此舉讓麥可盧醫生躲在餐巾後偷偷笑著。

「昆恩先生為什麼沒來？」伊娃想改變話題，急急地問道。

「他說是頭痛或是什麼的，」特里說。他再次扔下了叉子，面對著旁邊受到驚嚇的侍者。「聽著，妳和我不妨……」他再次拿起了叉子。「忘了它。」

「我想，」麥可盧醫生站起來說道，「你們兩個人肯定會因為你們自己而飽受折磨。我要走了。」

「不要，」伊娃喊道，「別走，爸爸。」

「不，事實上，」醫生說，「我真的很抱歉。我原本就打算今晚去見昆恩。我還沒有好好地謝謝他。」

「那麼我也要走了。」伊娃說著，開始從桌子處往後撤。「我應該比任何人都更感謝他。」

「妳最好待在這兒！」特里吼著把她拉了回來。「您走吧，醫生，趕快走吧。我會讓她老老實實待在這兒。」

「爸爸，」伊娃無奈地嘆了口氣。

麥可盧醫生搖了搖頭，微笑著離開了。

「聽著，」特里斜倚著桌子，熱切地說著，「那件事我知道的不多，如果妳能——」

「可憐的爸爸，」伊娃說，「他看起來好糟糕，這些天的焦慮和擔心讓他一下子老了十歲。他今天晚上看起來好像比昨天更糟。他是——」

「他是個一流的傢伙。」特里由衷地說，「我說，他待人處事真的是很得體！我們會相處得很好的。伊娃，能請妳……」

「我擔心他，」伊娃蹙著眉頭，拍著胸口。「他瘋狂地投入那個基金會的工作。我瞭解他，他應該再出外旅行一次。」

「你和他和我，都該去。」特里大聲說，「我們可以一道去！」

「什麼，你是什麼意思？」伊娃睜大眼睛問。

「我是說——說我們都——妳聽好，」特里對著她吼道，「我第一件要做的事就是趕到公園大道，去揍那個拋棄妳的笨傢伙！」

「特里！」

「算了，好了，如果妳說不要我就不去了。」特里滿腹牢騷地說。褐色的臉孔絕望地扭曲著，他深深吸了口氣，再一次向前斜倚著。「伊娃，妳和我——」

「對不起，」一個細微但堅定的聲音說道。他們抬起頭看著，原來是餐廳領班。「對不起，打擾了，先生……」他吐出了一連串的法語。

「呃？」特里茫然不解。

「先生能溫和一些嗎！」

「走開，討厭的傢伙，」特里抓著伊娃的雙手說道。

「聽著，我尊敬的先生，我的意思是——」

「他是說，」伊娃推開他，小聲說道，「你聲音太大了。」

「如果先生不降低音量，」領班強硬地加了一句，「我會請你離開！」

特里往上瞪視著。然後他直截了當地對伊娃說：「好好在這兒坐著。」他站起來，面對那個伸展著雙腿、說著法語的紳士。「我明白你的話了，」他用文雅的聲調說著，「你是說我在這個垃圾場中製造了太多噪音嗎？」

餐廳領班向後退了一步。「菲利浦！安東尼！」兩個又魁又黑的服務員走了過來，「護送這位小姐和先生──」

「站住，安東尼，」特里說道。

四周安靜無聲，餐廳所有的人都往這裡張望著。伊娃覺得自己渾身上下一會兒熱，一會兒冷，恨不能爬到桌子下面去。

「特里，求求你，」她低聲說道，「別忘了這是什麼地方──求你不要──」

「安東尼，上！」領班神經質地叫喊著。

安東尼結實的拳頭往特里打去，特里矮了矮身子，伊娃則閉上了眼睛。她知道會有什麼結果。在高級餐廳大打出手，他到底在想什麼，這一定會上報……這是最後一根稻草！

「我說停手，」她聽見特里的聲音，聲調如此奇怪，她迅速地睜開了眼睛。特里幾乎是哀求地接住了安東尼的拳頭，急得一身是汗。「聽著，安東尼，」他舔了舔嘴唇說，「你曾經……戀愛過嗎？」

安東尼張著嘴，看了看餐廳領班。領班的臉色蒼白，他顫聲說：「也許先生感覺不太好？也許醫生──」

「愛！愛！」特里緊張地說，「你知道愛是什麼，知道嗎？戀愛！戀愛！愛！」

「他是個瘋子。」安東尼小心地向後退著，喃喃自語道。

「我當然瘋了！」特里喊道，揮舞著長長的手臂。「我正在想盡辦法向我的女人求婚，而他卻說我製造了太多的噪音！」

伊娃剎時明白了過來，為何聖女貞德可以忍受火刑的折磨。她雙頰火辣辣的，在她的人生經歷中，從來沒有感到如此害羞過。餐廳騷動著，每個人都在笑，甚至連領班都釋懷地笑了。

「你這個傻瓜。」伊娃跳起來，喘著氣說，「我不理你了！」

然後她逃出了餐廳，追逐著從四面八方吹來的快樂的風。這就像一場夢。他怎麼能——那——那——

但是，她僅僅跑到外面遮陽篷下方的橡膠地毯那兒。在那兒，難以置信地，她發現特里正面對著她。

「聽著，小女孩，」他啞著聲音說，「嫁給我，把我從苦難中拯救出來吧！」

「噢，特里，」伊娃摟住他的脖子，喜極而泣。「我好快樂。你是這樣的傻瓜。我好愛你。」在他們後邊響起熱烈的歡呼聲，當他們轉過身來，發現餐廳門口聚集著很多人，餐廳領班往他們的方向弓著身。

「法國萬歲，」特里呆呆地說道，然後熱烈地吻著她。

朱南出來給麥可盧醫生開了門，他先是驚訝，緊接著又十分生氣，最後才冷靜了下來。朱南已經習慣了接待不分時間前來造訪的客人，他們手中拿著帽子，謙恭地前來請教某個案子的結論。

「你好！」艾勒里從壁爐前的扶手椅上站了起來，慢慢說道，「進來，醫生。」

「我不會打擾你太久，」麥可盧醫生說，「我還沒有好好地謝謝你，還有當然了——」

「噢，是這樣啊。」艾勒里似乎覺得不好意思。「坐下，醫生。我父親人在總局整理最後的一些細節，還要做出令人滿意的報告。所以，我只好一個人待在這兒了。」

「聽特里說，你身體不舒服是吧。」醫生接過香菸說道。「我想這是過度勞累所引發的後遺症。你看起來不太好，你的感覺如何？」

「心情低落，真是好笑。不過令我擔心的是你瘦了不少。」

「噢，我。」醫生拿下香菸，聳了聳肩。「呃，我也是人。不管再怎麼麻木無情，身為一個人總有些弱點。一是為你所愛的人提心吊膽；另一個是打擊——伊絲特，才知道她還活著，最後又發現她死了。當然還有，」他靜靜地加了一句，「卡倫。」

艾勒里凝視著昏暗的壁爐，點點頭。醫生嘆息著，站了起來。「好吧，我想我也不需要再多說什麼了——」

「醫生，坐下。」麥可盧醫生看著他。「我必須和您談談。」

麥可盧醫生的手臂懸著不動，香菸在他的手指上熏燒著。「有什麼問題嗎，昆恩？」

「是的。」

麥可盧醫生再次坐下，焦慮重新回到他那寬短又憔悴的臉上，他的眉頭緊皺在一起。

艾勒里從椅子上站了起來，走到了壁爐旁邊。「我苦苦思索了一整個下午和晚上，幾乎沒離開過那張椅子……是的，是有些問題。」

「非常重要？」

「非常重要。」

「如果你是說，」醫生慢慢地開始說道，「卡倫不是真的自殺……」

「噢，她確實是自殺，沒錯。」艾勒里面對著壁爐架上面交叉的軍刀，繃著臉說道，「那一部分是正確的。」

「那麼你是什麼意思？」醫生跳了起來。「你不能那樣莫名其妙地暗示伊娃——她仍然——」

艾勒里轉過身來。「這個案子的某些層面，醫生，還沒有被觸及到。這個案件並未完全結束。雖然警局已經結案——我的父親也認為如此——但是那還不夠。我有一個驚人的問題要解決——這是我經驗中最困難的一個問題。坦白說，我不知道要怎麼做。」

醫生困惑地陷坐在椅子裡。「但是如果伊娃不是——如果卡倫是自殺——我不明白——」

「我很高興您來找我。顯然地，這個案子中暗藏著對人性弱點的精心設計。」艾勒里摘下夾鼻眼鏡，開始心不在焉地擦拭著。「您的到訪解決了一些難題，可不可以佔用您一點時間，醫生？」

「當然可以，不管是多久時間，我都樂意奉陪。」麥可盧醫生憂心忡忡地看著艾勒里。

艾勒里去了廚房。「朱南。」朱南就像個玩具跳偶一樣突然站了起來。「你出去看場電影，如何？」

「我不想去，」朱南面有難色，「我想在這裡看漫畫書。」

「我相信一定很好玩的。」艾勒里放了一張鈔票在男孩手上。朱南抬頭對他凝視著，他們的眼睛交會在一起。

然後朱南說：「當然，我想是吧。」說完他迅速地去了壁櫥，拿了帽子後就走出公寓大門。

「你瞧，」當大門關上之後，艾勒里馬上說道，「我的處境相當不尋常，我到底是應該對我父親說出我所知道、而他目前一無所知的那些事情，還是隱匿不說？還有，自從我發現其中有個微妙之處後，尋常的方法就派不上用場了，我被迫要請求您的幫助。」

「但是我如何能幫你，昆恩？你想說的是不是那和伊娃終究有些關連？」

艾勒里坐了下來，慢慢地點燃了香菸。「我從頭推理，在最後的分析中，我下不了決定，甚至不是我能決定的，是您，您必須自己做決定，而且我會根據您的意見來執行——無論是讓此案正式結束，就像今晚那樣；或者明天公開出來，在紐約投下一顆超級炸彈。」

麥可盧醫生臉色蒼白，但他仍用平穩的聲音說：「人類肉體所能承受的打擊，我幾乎都曾忍受過，所以我想我也能夠挺過這一個。繼續說吧，昆恩。」

艾勒里從長外衣的口袋裡取出了一張折疊的紙片。當艾勒里打開時，醫生靜靜地等著。

「我這裡有，」艾勒里說，「我父親手裡那張自殺便箋的拷貝，就是您的弟媳伊絲特在費拉德菲亞留下的。」

「是嗎？」醫生毫無表情地說。

「原稿當然還在我父親的手上。我可以向您保證——我手上這張的內容和原件一模一樣。筆跡已經過證實，確定是伊絲特的筆跡沒錯。」

「現在，當然了，」艾勒里繼續說道，他的聲音好像來自遠方，「由於有了這封遺書，我們可以對卡倫·萊斯的自殺做出新的解釋。我們假定伊絲特把自己當作殺害卡倫·萊斯的凶手，也就是說她坦承了她殺害了卡倫·萊斯。但是顯而易見的，如果卡倫是自殺，那麼伊絲特就不能殺害她。即使卡倫不是自殺，她也不能殺害她，因為伊絲特死了之後，卡倫仍然活著。還有，伊絲特不可能因為卡倫的死而自責，因為當伊絲特寫這封遺書之時，卡倫還沒有死。」

「當然，她信中提到的是我弟弟的死，而不是卡倫。」醫生點點頭。「明顯地，在她結束自己的生命時，伊絲特還是認為自己是殺害弗洛伊德的凶手。」

「是的，確實是如此，她揮之不去的惡夢。現在有件事關係重大，因為它充分暗示了這整個案子中最令人困惑的答案——確切地說，卡倫手中到底握有什麼把柄，讓伊絲特甘願交出一生，讓她自己的妹妹不可思議地予取予求……甚至到了她被認定早已死亡的程度。」

醫生緊鎖著眉頭。「我看不出來——」

「這整件事充滿了邪惡、狡詐及病態的心理狀態。」艾勒里說，「您自己曾經說過，您在十七年前就對伊絲特的精神狀態感到驚訝不已——即使那件意外已經被確認屬實，為何她還要堅持認為是她殺害了你的弟弟。如果我說有一個聰明惡毒的女人在伊絲特接受精神治療時一步步設下陷阱，不斷告訴伊絲特說，是她故意殺害了你的弟弟，那麼在這樣不幸和煩惱的精神折磨之下，伊絲特終於相信是她殺害了她的丈夫，那麼你能夠瞭解她的困擾與不安嗎？」

醫生張口結舌地看著他。「這就說明了一切事情。」艾勒里沉重地說，「這解釋了伊絲特為何急切地將孩子送出去——她善良的本性怎麼能夠忍受將來有一天她的女兒知道她原來是殺人犯的女兒？你告訴過我，伊絲特是怎樣催促你收養伊娃，把她帶到美國來，把她撫養成人，而又不讓她知道她的出身。」

「這是實情，」醫生喃喃低語，「而卡倫也贊成。」

「當然，這個念頭也許就是卡倫灌輸的！現在，卡倫是個性格扭曲的女人，這已沒有什麼可懷疑的了。她達成了她的目的，她處心積慮地設計這一切。她知道伊絲特的才華是她所遠遠不及的，而卡倫是個野心勃勃的女人。所以，她灌輸伊絲特謀殺你弟弟弗洛伊德的想法，而伊絲特在精神錯亂下，很容易淪為卡倫野心的犧牲品，聽從卡倫支配與控制……卡倫為什麼要這樣做？這不僅僅是她個人的野心，想必也是因為滿腔的熱情受阻，無從發洩的緣故。我認為卡倫·萊斯深愛你的弟弟弗洛伊德。我認為她要讓伊絲特受盡折磨，以此來報復伊絲特搶走她自己想要的男人。」

醫生不知所措地搖了搖頭。

艾勒里看了一眼那張紙片。「她寫給伊娃：『妳的母親是個罪人，感謝上帝把她的秘密藏起來不讓妳知道。』」

「除了伊絲特為了伊娃的緣故承擔起所有一切，這還能表示什麼意思？伊娃是卡倫最有力的武器——她確信伊絲特認為，如果伊娃知道了她的母親是殺害她父親的凶手，那麼伊娃的一生，她一生的前途都將被毀掉，而伊絲特也同意這種說法。她明白伊娃還蒙在鼓裡。

「不難想像卡倫冷酷且異想天開地策畫了伊絲特因『自殺』而『死亡』的事件，而伊絲特也同意合作，就因為她——卡倫——覺得她的野心想要完美地實現，必須透過移居美國後藉助伊絲特的天份才能達成，所以卡倫故意親近伊娃，她知道伊絲特會因為接近自己的女兒而飽受痛苦的折磨，也知道她因此不會暴露出自己身份。這也是卡倫報復計畫的一部分……而且一直都是卡倫強迫伊絲特保持沉默的武器之一。她威脅伊絲特，說她要告訴伊娃，告訴她的母親是誰，並且她做過什麼事！」

麥可盧醫生緊緊交握著毛茸茸的雙手。「這個魔鬼，」他發出乾燥、遙遠的轟隆聲。

「或者至少是，」艾勒里點點頭說，「魔鬼的同夥。但是，我還沒有提到整個事件中最有趣的部分。聽著。」他再次唸出伊絲特的遺書內容。「『因為只有你，才可能是這世界上唯一可以拯救我妹妹性命的人。』」艾勒里大聲說道，「『可以拯救我妹妹性命！』伊絲特怎麼會知道卡倫註定逃不過一劫?當伊絲特自己在卡倫之前四十八小時死去的時候，伊絲特如何得知卡倫將會死去!」

他從椅子中起身，開始心緒不寧地踱步。

「就算伊絲特能夠知道，她也只知道卡倫想要自殺。但是，伊絲特又如何能事先得知卡倫要自殺的消息?唯一的可能就是卡倫告訴她的。『我已經看見它的到來，』她寫道，『而我無力反抗。』然後伊絲特採取了令人絕望的一步，她不希望因為卡倫的死而使她自己沒死的消息曝了光——她也不希望自己被發現死在那個房子裡，因為在任何一種情況下，伊娃都會在卡倫死後發現她的『罪人』母親仍然活著。就這樣，伊絲特驚惶失措地逃走了，在另一個城市，用了假名字，她自殺了。這就是在她寫遺書時提到的:『因此，絕望的我不得不走上這一條路……』」

「這非常清楚。」醫生疲倦地說。

「是嗎，醫生?卡倫為什麼要自殺呢?」艾勒里在小桌子對面斜倚著。「為什麼?她擁有一切值得活下去的東西——名聲、財富，而且馬上就要結婚，她為什麼要自殺?」

醫生一臉驚訝。「你自己說的，這一定是因為良心不安，感到自責。」

「你真這樣認為嗎?像卡倫·萊斯那樣的女人真的會感到自責?那麼在她自殺之前，她為什麼不向世人懺悔呢?自責意味著覺悟，意味著人類良心的復活——隨之而來的是償還、是彌補。但是卡倫·萊斯死時，她有告訴世人她長時間以來一直是個騙子嗎?她改變了她的心意，將原本該屬於伊絲特的東西歸還給她了嗎？她做了受到良心責備的女人應該會做的任何一件事情了嗎？沒有。如同她活著時那樣——她隱匿了所有秘密而死去。不，醫生，那絕對不是因為自責！」

「那麼，」艾勒里大聲說道，「伊絲特的遺書透露出什麼？是一個女人得知她的親妹妹對她犯下哪些罪行嗎？伊絲特提到『我們閃電般的命運』，以及『我們無情的命運』是什麼意思？她寫到有關卡倫的時候，難道沒有一點同情的意味嗎？還有，即使她擁有天使般的菩薩心腸，只要她知道了十七年前那宗意外是卡倫對她撒謊，知道了卡倫用謊言和威嚇作為武器，居心不良地利用她，她還會寫出那些對卡倫表示同情的話嗎？不是的，醫生，卡倫並不是因為她對伊絲特所做的事情而悔恨自殺；卡倫也沒有把她對伊絲特所做的事老實告訴伊絲特。卡倫的自殺完全是為了另外一個原因——這個原因和伊絲特沒有關係，這個原因她能向伊絲特吐露，這個原因讓伊絲特寫下同情她的話，而且祈禱上帝憐憫她們兩人的靈魂！」

「你使我困惑不解，」醫生用手摸著額頭說，「我不明白。」

「那麼，也許我能讓您明白。」艾勒里再次拿起那張遺書的影印本。「『只要，』」他唸出來，『你不離不棄！』他提到你，『只要你帶著她和你一道走！因為只有你，才可能是這世界上唯一可以拯救我妹妹性命的人！』這樣您是不是更清楚了？」

「伊絲特的意思是說，」醫生嘆道，「如果我沒有動身去歐洲度假，或者如果我帶著卡倫一起去，也許卡倫就不會自殺。」

「但是為什麼，」艾勒里柔聲問道，「她會在信中寫出您可能是這世界上唯一可以拯救卡倫性命的人呢？」

「那是因為，」醫生皺著眉頭回答，「一個未婚夫的影響——我是卡倫唯一真正在乎的人——」

「那她為什麼會在信中寫說您是卡倫最後的保護，她的最後希望？」

醫生瞪大了他的淡藍色眼睛，痛苦地注視著艾勒里。

「我會告訴您，醫生，」艾勒里慢慢地說，「這個房間就像個墓穴，所以我能大聲地告訴您。我能在這個房間大聲說話——我可以大聲說出我的臆測，這小小的事情，這可怕且不斷困擾我的事情，這證明有罪的事情，已經整整折磨了我一個晚上。」

「你這是什麼意思？」麥可盧醫生問，他的雙手緊緊抓住了他所坐的椅子。

「我的意思是，醫生，您殺害了卡倫·萊斯。」

24

過了一會兒，麥可盧醫生從椅子站了起來，走到窗戶前，毛茸茸的雙手交握在背後，艾勒里已經習慣了他那種表達方式。然後醫生轉過身來，令艾勒里驚訝的是他臉上竟然帶著平靜歡愉的表情。

「當然了，昆恩，」醫生咯咯笑道，「你在開玩笑。」

「我向您保證，我不是開玩笑。」艾勒里有些僵硬地回答。

「但是，小伙子——你是如此地前後矛盾！首先你說卡倫是自殺的——而且你還證明沒錯！——而現在，就像晴天霹靂一樣，你又指控我殺害了她。你應該可以理解我為何會對此感到迷惑不解。」

艾勒里撫摸著他清瘦的下巴。「我無法判斷您是故意拿我窮開心，還是您的忍耐力異乎常人。醫生，我要控告您犯了人類歷史上最糟糕的罪行，您能像我一樣對我的指控辯護嗎？」

「我盡力而為。」醫生立刻說道，「我好奇地想知道，你如何合乎邏輯地證明，當一個人在大海中間——距離港口還有一天半的路程——躺在船上的帆布躺椅時，能夠殺害遠在紐約房屋中的一個女人。」

艾勒里漲紅了臉。「您這是在侮辱我的智力。首先，我沒說我能用嚴格的邏輯來證明它。其次，我沒說您用您的雙手殺害了卡倫·萊斯。」

「這令我更加感興趣。我如何下手的——用我的靈魂還是身體？得了，昆恩，你就承認你是和我開了個小玩笑，就讓我們停止這場爭論吧。我們到醫學俱樂部去，我會幫你買杯喝的。」

「我絲毫不反對陪您一起喝一杯，醫生，但是我認為我們最好先澄清事實。」

「那麼你是認真的。」醫生若有所思地打量著艾勒里，而艾勒里在這雙銳利的眼睛直接注視下則感到有些不舒服。「算了，你就往下講。」醫生最後說道，「我聽著，昆恩。」

「香菸？」

「不用，謝謝你。」

艾勒里點了另一根香菸。「我必須再次引述伊絲特的遺書——為什麼您是這世界上唯一可以拯救卡倫性命的人？為什麼您是她最後的希望？」

「而我必須再次說明——儘管我不能假裝我確實知道可憐的伊絲特在想什麼——但對我來說，這個問題的答案很簡單。因為我的存在，讓卡倫可以依附我，而可能得以阻止她結束她自己的生命。」

「可是，伊絲特似乎沒這麼有把握，是不是？」艾勒里低聲說道，「她沒有說您能拯救卡倫的生命，她只說您也許能夠。」

「你是在雞蛋裡挑骨頭，」麥可盧醫生說，「當然是我也許能夠，即使我一直待在這裡不走，卡倫也許仍會自殺。」

「另一方面，」艾勒里溫和地說，「如果伊絲特心裡有對您可能無力阻止卡倫自殺的疑慮，理由可能是指您身為卡倫的情人，卻什麼事都沒做。」

「原諒我今夜駑鈍，」醫生笑著說，「我承認我抓不住你真正的意思。」

「醫生，」艾勒里突然說道，「您比世界上其他人都做得更好的是什麼事？」

「我從來沒有自以為是天下第一的想法，這只是他人的溢美之辭。」

「您太謙虛了。您的名聲響亮——您剛剛才獲得國際性的殊榮——因為您已經把您的人生、您享譽國際的技術及您的未來——都奉獻給了人類癌症療法的研究。」

「噢，你是指這個！」醫生揮揮他的手說道。

「所有人都知道在您的專業裡，您是無人能及的癌症權威。甚至連伊絲特都一定知道這一點——她的身體雖然被監禁了，但是從她寫的小說卻可以看出她透過閱讀，與世界的接觸是如何地緊密。現在，知道您是癌症權威的伊絲特，會在信中寫您可能是這世界上唯一可以拯救卡倫性命的人，這不奇怪吧？」

麥可盧醫生伸展著四肢坐回他的椅子上，然後又把雙手疊合在胸膛上，半閉著眼睛。

「這只是你的猜測，」他說。

「未必，」艾勒里慢慢地說，「因為我們仍然要找出，為什麼擁有一切的女人，會突然以自殘的方式來結束她自己的生命。您知道我們一直沒有找到動機。除非我們說：她覺得死亡已迫在眉稍。她也許罹患著一種無法治癒的疾病。除非我們說：她知道死亡之神不久就會降臨。

「那麼對一個正迎接著她近在眼前的幸福、正品嚐著最高的文學榮譽、正享受著舒適安穩的生活，以及在一個月後就可到手一大筆遺產的女人，她會選擇自殺，才變得可以理解。」

醫生以奇怪的方式聳了聳肩膀。「我相信，你是暗示卡倫罹患癌症？」

「我認為那就是伊絲特心中所想的，當她在遺書中寫出您可能是這世界上唯一可以拯救她妹妹生命的人時，伊絲特在心中確實有這樣的想法。」

「但是，你和我同樣知道，在你們自己的法醫鮑迪的驗屍報告中，並沒有提到癌症！一點癌症的跡象都沒有。如果卡倫患有末期癌症，難道你不認為屍體解剖時，法醫一定會發現嗎？」

「正是這一點！」艾勒里重重地拍著小桌子。「卡倫．萊斯自殺時，認為她罹患了癌症，但實際上她一點也沒有！而她的姐姐伊絲特也想到了相同的事情！」

醫生的臉色平靜且嚴肅，他在椅子中稍稍坐起身來。「我明白了，」他平靜地說，「所以答案出來了，這就是你腦中的想法。」

「是的！卡倫的屍體沒有罹患癌症的跡象，可是她自殺時卻認為她有。所以她毫不懷疑地確信那種並不存在的病症！」艾勒里向前探著身子說，「您想誰能夠讓她相信這一點，麥可盧醫生？」

醫生什麼也沒說。

「讓我引用您的話：『她沒有給別的醫生看過，』『她嚴格地遵行了醫療處方；她是個好病人。』是的，醫生，您是她的主治醫生，您診斷出她的神經衰弱和貧血症——體重下降，沒有食欲，也許營養失調，也許消化不良，在用餐之後會感到不舒服——您把這些當作癌症症狀，而因為您是她的未婚夫，所以她相信您，還因為您是享譽世界的癌症權威，所以她做夢也不會想到要去請教另一個醫生，而您也知道她不會！」

醫生仍然一言不發。

「噢，我不懷疑您做得相當徹底。您甚至可能還拿X光片給她看，確定無疑地告訴她，她罹患的可能是毫無希望的胃癌，而且已經擴散到肝臟和腹部，已經無法進行手術割除了。您做得如此徹底，如此地使人信服，因此不需要多說一個字，不需要再作任何直接的暗示，就能讓她在短短的時間內成為您的受害者，所以在她神經質的狀態下，不可避免地她會放棄治療，而計畫著自殺了。」

「我明白了，」醫生說，「你已經問過了。」

「噢，我打電話給我熟悉的一個醫生，才發現要使一個神經過敏的貧血患者確信她患了癌症，對一個肆無忌憚的醫生來說，是一件多麼輕而易舉的事情！」

「在所有這些敘述中，」醫生愉快地說，「你忽視了一個醫生，即使是具有世界上最美好的意圖，也可能會做出錯誤的診斷。我曾經見過不少例子，其所有的檢驗和症狀——當然包括X光片——都顯示出可能罹患癌症，而事實上卻不是這個樣子。」

「這太不可能了，醫生，憑著您的知識與經驗，您會犯下這麼大的錯誤。好吧，即使真是無心的誤診，您為什麼要老實告訴她呢？就在你們結婚之前？不讓她知道不是更仁慈嗎？」

「但是，就算是一個誤診的醫生，既然認為這是癌症，就不能夠不讓病人知道。因為他必須治療這個病人，不管是不是有存活的希望。」

「但是您並沒有這樣做，您做了嗎，醫生？您放棄了您的『患者』！您跑到歐洲去了！不，醫生，您沒有心懷仁慈——完全相反。您故意告訴她，她患了無法治癒的癌症，您故意告訴她，治療不僅沒用，而且只會讓病情更惡化。您做了這一切去折磨她，把她殘餘的希望也剝奪了——根據後來發生的情況，是您讓她走上自殺一途。」

醫生嘆了一口氣。

「現在您明白了，」艾勒里柔聲問道，「一個男人如何可以遠距殺害一個女人了吧？」

醫生用雙手掩住了他的臉。

「現在您明白我為什麼會不顧卡倫·萊斯自殺的事實，而說她是遭你殺害的。這是一樁相當詭異的謀殺案件，醫生，心理的謀殺——純粹以暗示殺人，但是心理的謀殺就如同您在那間屋子裡，用您的手將半把剪刀放到卡倫·萊斯的脖子上一樣。雖然您人遠在大西洋上，雖然您人躺在帆布椅上。」

麥可盧醫生想得入神。「告訴我，在你這些莫名其妙的推理下，我的動機是什麼？」他問道，「你把我歸類成馬基雅弗利（譯註：Machiavelli，原指義大利政治家，後用以指涉善於運用權謀，不擇手段的人）一類的人嗎？」

「您不是為達政治目的而耍弄手段的權謀家，」艾勒里低聲說，「您的動機是人，而且可以理解，甚至是有價值的。因為不知何故您發現了——在卡倫·萊斯的慶祝酒會和您乘船旅行的這段日子之間——很久以前您在日本就深愛著的伊絲特·萊斯·麥可盧這些年來一直住在您未婚妻樓上的閣樓裡……像個囚犯，被壓榨，被欺騙，被剝削，被利用。甚至可能您親自見到了伊絲特，還和她說了話，只是為了伊娃的緣故，您不動聲色。但是您卻發現您對卡倫的愛變成了怨恨，並且產生了報復的欲望——您第一次看清這個女人的真面目，她是一個不配活在世上的怪物。」

「就這一點上，」麥可盧醫生說道，「這是無庸置疑的。」

「對您來說，根本不必親自動手，」艾勒里心情沉重地繼續說著，「您的未婚妻遇害時，您人已經在船上。您原本以為她是親手結束了她自己的生命，但是後來卻發現她是被謀殺的，這讓您嚇了一大跳。您從來沒有想到會是那種情況。您反應正常，您擔心的是伊娃——甚至認為她有可能也發現了那個秘密，因此是她本人殺害了卡倫。您一直相信卡倫是遭謀殺的，直到我證明她是自殺時為止——於是，此時您才深切覺得您手上沾了謀殺的污點，知道最後還是您殺了她。」

麥可盧醫生說：「可以給我根菸嗎？」

艾勒里默默地遞給他一根——他們面對面地坐了很長一段時間，抽著菸，就像非常好的朋友正在進行精神交流一樣，就連開口談話都變得多此一舉了。

最後麥可盧醫生說道：「我想了又想，如果你父親今晚也在這裡，他會說些什麼。」他微笑著，聳了聳肩。「他會相信這樣的故事嗎？我懷疑。有什麼證據可以證明？什麼都沒有。」

「想要證明什麼？」艾勒里問，「這只是在我們已經心照不宣的真相上披上一層外衣。只要有足夠的意願去相信，任何人都能證明任何事情。」

「話雖如此，」醫生說，「我們的法庭和我們用以規範法官的法典，也許不巧的都需要更實際的判斷基礎。」

「這一點，」艾勒里承認，「的確是事實。」

「所以，就說我們都有個令人愉快的夜晚吧。」醫生說，「並停止這些廢話，為了我答應給你的飲料，去我的俱樂部吧。」他站起來，臉上仍掛著微笑。

艾勒里嘆了一口氣。「我想我最後還是必須亮出我全部的底牌。」

「你是什麼意思？」麥可盧醫生慢慢地問道。

「等一下。」艾勒里站起來，走進了他的臥室。麥可盧醫生緊皺著眉頭，在煙灰缸中輕輕彈著他的香菸。然後艾勒里回來了，麥可盧醫生轉過身來，看到他拿著一個信封。

「這封信，」艾勒里馬上說道，「警方一點都不知情。」他把信封交給了醫生。醫生用他強壯的手指將信封翻面。這是一個細緻優雅的信封，質地薄細的紙面上印著淺淺的玫瑰色菊花圖案。信封上是卡倫·萊斯整潔的筆跡，寫著：「給約翰」。背面的封口處用卡倫那只奇特的日式小印章和金色蠟密封著，醫生對這印章非常熟悉。封口已經被拆開，在切開的邊緣，醫生看到裡面放著手工製作的信紙。信封很髒，散佈著露水的痕跡，好像是在露天中放了一段很長的時間。

「是我找到的，」艾勒里看著醫生說道，「今天下午在卡倫．萊斯屋頂上的屋簷落水管中發現的，就放在那半把剪刀的附近。原本是密封的，被我打開了，直到現在我還沒告訴任何一個人。」

「那隻鳥，」醫生心不在焉地說道。

「一定是的，牠想必來回兩趟——一次是帶走那半把剪刀，另一次是帶著這信封。我想應該是信封上的金蠟吸引了牠的賊眼睛。」

醫生點頭，再一次把信封翻過來。「我納悶，」他小聲說道，「卡倫是在什麼地方寫的這封信？我想當她要絹惠去樓下拿信紙時，手邊應該沒有信紙可用了——」

「噢，也許她只剩下一張紙和一個信封了，」艾勒里淡然說道，「但是，因為她有兩封信要寫，一封信給您，一封信給莫瑞爾……」

「是的，」麥可盧醫生說。他把信封放在小桌子上，背轉了過去。

「不幸的是，」艾勒里說，「我們無法事事稱心如意。如果沒有那隻多事的鳥兒，一切都會不同。因為就在這個信封裡，假如您抽出卡倫．萊斯最後寫的遺言，她會告訴您，說她打算結束她自己的生命，並且她在信中也說明了理由——她說，因為您診斷出她罹患了不能治癒的癌症，因此自殺成為她唯一的出路。」

麥可盧醫生喃喃說道：「原來你是這樣才知道的！我始終認為那番精彩機智的推理過程，未免有些牽強。」

但是，艾勒里說：「所以您瞧，我為什麼必須徵求您的意見，醫生。該詛咒的是我有一顆永不滿足的腦袋，那真是太糟糕了。我非常非常的遺憾。我覺得這樣揭露您的罪行比起後來被警方發現，應該會更好。因為我不能決定該做什麼，所以必須徵求您的意見，並將決定權交到您手上。」

「是的。」醫生若有所思地說。

「您可以從下面三個選項中擇一去做：一是從這裡走出去，繼續保持您的沉默，在這種情形下，您把道德問題扔在了我的膝蓋後面；二是從這裡走出去，然後到警察局自首，在這種情況下，您把最後的打擊留給了可憐的伊娃；三是從這裡走出去，然後——」

「我想，」醫生轉過身來，平靜地說道，「我知道我要做什麼了。」

「噢，」艾勒里說，並摸索著他的菸盒。

醫生拿起了他的帽子。「那就這樣了，」他說，「再見。」

「再見。」艾勒里說。

麥可盧醫生伸出了他那強而有力的右手，艾勒里也伸出手緊緊握著，就像是朋友之間最後一次握手。

當醫生離開後，艾勒里穿著長外衣坐在壁爐前面。他拿出了那信封，悶悶不樂地凝視了一會兒，然後點了一根火柴燃燒著信封的一角，放入空空的壁爐中。他坐了回去，雙手交疊在一起，靜靜地看著那信封燒了起來。麥可盧醫生最後所說的話又浮現在他腦海裡：「原來你是這樣才知道的！我始終認為那番精彩機智的推理過程，未免有些牽強。」

艾勒里想起那天下午，他在卡倫房子中，是多麼仔細地想要找到一張信紙，當然沒有告訴任何一個人。然後，他又是如何靜靜地坐在卡倫·萊斯的臥室內，努力地模仿她的筆跡。然後，他將一張空白信紙放入準備好的信封內，接著以金色蠟封口，再小心地割開，使用的都是卡倫·萊斯專用的印章及金色蠟。然後，他又是如何弄髒信封，以便模仿露水沾濕的痕跡。

精彩機智的推理過程！是的，他想，確實非常精彩。

當他看見金色的蠟油在熱力作用下慢慢融化時，心中不覺納悶起來：要如何才能證明心理謀殺的案件？怎樣證明一個人可以憑藉他的腦力，不用親手幹下謀殺案？又要如何懲罰由正當報復的願望所自然產生的行為呢？如何讓公理正義判處自己死刑？

艾勒里悶悶不樂地凝視著壁爐，看著信封最後的碎片朝上吐出火焰，最後只留下一團失去重量的污黑灰燼。他想，所謂的虛張聲勢是人類用以對抗無法掌握、只能以良心為指引的一種手法。他又想到，這是多麼簡單，又是多麼可怕，僅憑一枝筆、一瓶墨水、一張紙和一點封蠟就讓那個神不知鬼不覺完成謀殺的人俯首認罪。他在陰暗的壁爐前面暗自顫抖著，這太像扮演上帝仲裁世人一樣，一點都不好受。

國家圖書館出版品預行編目資料

生死之門 / 艾勒里・昆恩（Ellery Queen）著； 紀暉譯. -- 初版. -- 臺北市：臉譜出版：家庭傳媒發行，2004〔民93〕

面；　公分.- -（艾勒里・昆恩作品系列；26)

譯自：The Door Between

ISBN：986-7896-92-0（平裝）

874.57　　　　93015351